U0902982

她比“可爱多”更甜

[上册]

默小水　著

青岛出版社
QINGDAO PUBLISHING HOUSE

图书在版编目（CIP）数据

她比“可爱多”更甜 / 默小水著. — 青岛 : 青岛出版社，2020.11
ISBN 978-7-5552-9386-6

Ⅰ. ①她… Ⅱ. ①默… Ⅲ. ①长篇小说－中国－当代 Ⅳ. ①I247.5

中国版本图书馆CIP数据核字(2020)第133897号

书　　名　她比“可爱多”更甜
著　　者　默小水
出版发行　青岛出版社
社　　址　青岛市海尔路182号（266061）
本社网址　http://www.qdpub.com
邮购电话　18613853563　　0532-68068091
责任编辑　李文峰
特约编辑　郭红霞
校　　对　李玮然
装帧设计　千　千
照　　排　梁　霞
印　　刷　三河市良远印务有限公司
出版日期　2020年11月第1版　　2020年11月第1次印刷
开　　本　16开（640mm×920mm）
印　　张　39.5
字　　数　430千
书　　号　ISBN 978-7-5552-9386-6
定　　价　68.00元（全二册）

编校印装质量、盗版监督服务电话　4006532017　0532-68068638
建议陈列类别：畅销・青春文学

目 录 [上册]

C O N T E N T S

第一章　她变成了讨人厌的千金大小姐　1

第二章　怀疑她不是唐沫颜　18

第三章　她真的是在演戏吗？　35

第四章　他是“渣男”　49

第五章　不能告诉别人我是安子颜　65

第六章　他知道她的秘密　80

第七章　他误会了她　97

第八章　做了一个错误的决定　112

第九章　他在意她吗？　126

第十章　让自己的心去做抉择　141

目 录 [上册]

CONTENTS

第十一章　被拐到他的公寓同居　158

第十二章　据说他有个青梅竹马　173

第十三章　你真的是唐沫颜吗？　190

第十四章　难怪“渣男”人人爱　206

第十五章　我又不是非你不可　222

第十六章　能当我的女伴的人只有一个　237

第十七章　她买的情侣戒指是送给谁的　252

第十八章　你是不是应该补偿我？　267

第十九章　我只对你一个人感兴趣　281

第二十章　她和南司耀之间的小秘密　297

目 录 [下册]

C O N T E N T S

第二十一章　你不心疼她，会有别人心疼　315

第二十二章　就凭我是她的未婚夫　331

第二十三章　情话说上瘾了　348

第二十四章　你问他是不是金屋藏娇了　364

第二十五章　把你一个人丢下不管　378

第二十六章　他昨晚在谁身边　392

第二十七章　他怎么能骗她说只是朋友　407

第二十八章　她不是真正的唐家大小姐　423

第二十九章　我不会跟你解除婚约的　438

第 三 十 章　为什么你连一次挽回的机会都不给我　455

目 录 [下册]

CONTENTS

第三十一章　像变了一个人似的　468

第三十二章　恋爱中的人智商都不太高　483

第三十三章　秘密被爆出来了　498

第三十四章　她承认她是安子颜　513

第三十五章　以后都只有你　529

第三十六章　我爱的是你的灵魂　542

第三十七章　做好被我宠的准备　556

第三十八章　她才是真正的唐沫颜　571

第三十九章　就算全世界都离她而去，她还有他　586

第 四 十 章　想让全世界知道你是我的　602

第一章

她变成了讨人厌的千金大小姐

“给我舔干净！”

安子颜无语地看着眼前发号施令的千金小姐。

她抿了下嘴唇，心里默念客人至上的守则，好声好气地解释道：“小姐，是你的朋友撞到了我，东西才洒到你鞋上的。”

千金小姐却一点道理都不讲，态度嚣张地冷哼了声，指着她的鼻子说：“给我舔干净，不要让我说第二遍。”

说完，千金小姐往后坐入沙发中，双手环胸，用高高在上的姿态瞅着安子颜。

千金小姐旁边的那些女生都围上来簇拥着她，连成一气地说：“我们唐大小姐让你舔，那是你的荣幸，真不知好歹。”

安子颜：“……”

觉得荣幸的话，那你来舔啊？神经病吧！

千金小姐跷起脚，把那只被酱汁弄脏的鞋傲慢地晃了晃，像是在催促她。

安子颜勉强笑着说：“你可以把鞋脱下来，我帮你洗干净。”

这是她的底线。

如果不是为了保住这份暑期工，她早就甩头走人了。

一个女生好笑地说："洗？你知道这鞋多少钱吗？洗了还能穿吗？"

安子颜蹙眉，硬气地说："那我赔给你，行了吧？"

大不了就当她这个月的兼职白干了。

千金小姐像是听到了什么笑话，呵呵一笑，说道："你赔得起吗？"

安子颜低头看着千金小姐的鞋，虽然她不懂品牌，但她心想：应该也不会太贵吧？

她问："多少钱？"

千金小姐说："十万块！"

安子颜差点翻个白眼，她也不反驳，只是拿出手机对着千金小姐脚上的鞋拍了一张照片，说道："我到网上查一下，官网上是多少钱，我就赔你多少。"

别想坑她，她不是傻子。

千金小姐脸色青一阵紫一阵的，眼中盛满不悦，吼道："把他们的经理叫来！"

这时，千金小姐身边的一个女生说："不用叫经理了，你们几个男生别站着不动啊，上去抓住她，没看到我们唐大小姐不高兴了吗？"

几个男生看向千金小姐。

千金小姐挑了下眉，眼中有着笑意，那是默许的意思。

于是那几个男生便动手了。

安子颜心头一惊，下意识地往后退了两步。

然而，另一边的几个女生注意到了她的行为，往后拦截。

安子颜攥紧拳头，想着该怎么办的时候，经理就急匆匆地赶了过来。

"怎么回事？发生什么事了？"

"李经理……"

安子颜正要松口气，就见李经理望向那千金小姐，表情一秒变成谄媚，狗腿似的凑上去说："唐大小姐，是不是我们的员工惹你不高兴了？我帮你教训她！"

千金小姐微微侧头，睥睨安子颜。

李经理顿时明白过来，转头看向安子颜，训斥道："你是怎么做事的？还不快滚过来给唐大小姐道歉！"

安子颜不动。

李经理皱眉瞪着她："你知不知道唐大小姐是谁啊？快过来道歉！"

安子颜动了，她上前一步：“李经理，我……”

我不干了。

没等她把话说完，李经理突然伸手扯了她一把，逼迫道：“道歉啊！”

安子颜往前踉跄了一步。

千金小姐顺势站了起来，走到安子颜面前，盛气凌人地说：“道歉就不用了。”

她的话音刚落，一巴掌猝不及防地就甩到了安子颜脸上。

啪——

安子颜被李经理拉着手，反应不及，骇然地瞪大眼睛。

李经理眼中却没有太多惊讶，估计是见怪不怪了，毕竟这位唐大小姐可是出了名的脾气不好。

千金小姐甩了甩手，满意地看着安子颜红起来的脸蛋，冷哼道：“别以为这样就算了，我的鞋你还是要赔！”

安子颜也不是没脾气的，她眼中射出寒意，下一秒就抬起腿给了千金小姐一脚。

千金小姐正得意时就被踹倒，还好后面是沙发。

李经理看安子颜要扑上去，吓了一跳，慌张地拉扯住她，吃惊得都破音了：“你干什么！”

这丫头是不要命了吗？

千金小姐气坏了，她出生于顶级豪门，从小被宠到大，还从来没有人敢这样打过她。

“给我拉住她，我要弄死她！”

安子颜当然不会坐以待毙，用力甩开李经理的手，转身就要跑。

千金小姐眼中喷着怒火：“拦住她！”

一群人蜂拥而上。

安子颜刚摸到门口，谁知撞上了一个结实的胸膛。

“在吵什么？”

一道低沉的嗓音在安子颜头顶响起，安子颜愣了一下。下一秒就有一双手臂搭在她的肩上，把她搂入怀中。

“你惹她了？”

屋内的人看到了来人是谁，面露诧异：“韩少，您怎么来了？”

韩胤希勾着嘴角，视线从唐大小姐脸上扫过，没停留：“这是我家的产业，我在这里很奇怪吗？”

“韩少，您来得正好，那个女生她刚刚……”

有人想要告状，但话还没说完，就被千金小姐打断了。

“你搂着她干吗？放开啊！”千金小姐极度不爽地瞪着韩胤希怀里的安子颜，仿佛安子颜抢走了属于她的东西。

安子颜也不想被陌生男人搂着，一直在挣扎。可这人的手臂就像是铁链似的，她怎么挣扎都纹丝不动。

“你放开我。”她对韩胤希说——原来他跟他们是一伙的。

韩胤希慵懒地微微弯腰，在她耳边小声说：“我要是放开你，你就要被这些豺狼吃掉了，小傻瓜。”

他在帮她？安子颜不太确定，但这时候她也别无选择，只能信他。

千金小姐看着他们咬耳朵的亲昵模样，怒火更盛了：“别告诉我她也是你的女朋友之一！”

韩胤希笑起来，说道：“如果我说是呢？”

安子颜：“……”

她感觉那位千金小姐的目光都可以杀人了，看来这两人之间有着些暧昧的关系。

“我不……”

她觉得自己应该纠正一下误会，但一根修长的手指拦截了她后半句话，手指的主人说：“你不用跟她解释。”

安子颜抬起头，这才看清楚眼前这张过分帅气的脸。她本来想说些什么的，突然就忘了。

韩胤希对经理说：“给唐大小姐换上最好的温泉房，好好伺候，别怠慢了。”

李经理颔首应道：“是，少爷。”

吩咐完，韩胤希便搂着安子颜离开了。

安子颜没回头都能感受到从身后射来的愤恨的目光。

走了没多远，她就拉下了韩胤希的手。

“谢谢你。”她礼貌地道谢。

韩胤希睨着她的脸，修长的手指一挑，气息突然贴近她，有些吊儿郎当地说：“你要以身相许来报答我吗？”

安子颜嘴角抖了抖，躲开他的手，摇头说：“当然不是。”

这人是花花公子吗？但不管怎么说，他都帮了她。

“总之，谢谢你。”

韩胤希一脸遗憾地说：“不是以身相许的话，那就算了。”

说完，他好像也不在意，转身就走。

安子颜看着他的背影，过了一会儿才往员工休息室走去。

收拾东西的时候，她还想着该不该找主管结算工资。

这里是本市最高档的度假会所，来的都是有钱人，所以工资也特别高。怎么说她也干了一个多月的兼职，就算扣除赔鞋子的钱，应该还剩一点吧？

但最后她没去问。

她还是先离开吧，那个唐大小姐一看就不是善茬，说不定回头还会找她的麻烦。

安子颜是从后门离开的，他们工作人员是不可以走前门的，每次上班、下班都是走后门。

没想到外面下雨了，雨水带来的凉意冲走了这盛夏的炎热。安子颜深呼吸一口气，不经意扯到了脸上的伤。她抬手摸了摸脸，想起自己踹的那脚，才稍微解气。

要是早知道能全身而退的话，她当时就该踹得更用力点。

哗哗哗——雨好像越下越大了。

安子颜犯愁地看着黑压压的天空，考虑着该怎么办。

这时一辆黑色轿车缓缓地停到了她面前。

车窗摇下，司机微笑着对她说：“少爷让我送你回家。”

少爷？是刚刚那个帮了她的帅哥吗？

司机还想下车给她开门，安子颜觉得不好意思，就上车了。等车子开出了会所的范围，行驶在无人的路上，她才惊觉不对。

真的是那位少爷吩咐的吗？如果不是呢？

一股冷意涌过安子颜的全身。

她悄悄地抬头，看了一眼前面的司机，察觉对方正从后视镜里偷瞄自己，顿时冷意更盛了。

这说不定是那个大小姐吩咐的人，要把她拉到没人的地方，然后把她给……

安子颜声音带着微颤说道："司机大哥，你在前面的公交车站放我下去就行了。"

"不行。"司机说。

安子颜心脏抖了一下。

司机冷声说："少爷让我把你送到家的。"

安子颜赶紧说："不用那么麻烦，我坐公交车回去就行了！"

这时车子开始拐弯，车轮突然打滑。

司机说："刹车失灵了！"

安子颜霎时脸都吓白了："那、那怎么办？"

雨越下越大，几乎把前方的视线都给模糊了。她的心脏都提到了嗓子眼，可偏偏司机没有再说话。

下一秒，司机突然拉开了车门，纵身跃入倾盆的雨幕中。

她愣了一下，只觉得眼前有一束刺眼的白光直射而来。

砰——一声巨响。

安子颜刚从黑暗中醒来，就被呛了一口水，她慌乱地摆动双臂，感觉身边都是水，根本找不到支点。

"咯咯——"

无措中，她腿一蹬，让自己脱离了水。

安子颜用手抹去脸上的水渍，茫然地望着四周。

这是哪儿？她不是应该在医院里吗？

她的脑袋闷闷地疼着，像是被挤了很多棉花，饱满却又空洞。

她环视四周，反应迟钝地注意到这里好像是一个温泉。

奇怪了，她怎么会在温泉里面？

车祸前那惊骇的一幕还清楚地刻在她的脑海里，让她心有余悸。

到底车祸是梦，还是现在是梦？她想不通，还越想头越痛。

安子颜从温泉里起身，感觉到空调的凉意，顺手拽过一旁架子上的浴袍把自己包裹住。

"这里到底是哪里？"

如果是梦，那这个梦也太真实了。

心跳突然顿了一下，她下意识地扭过头，正好跟一个人的视线对上。

一个男人，戴着可疑的面罩，看不清面容，只露出一双眼睛。

这人怎么看都像坏人。

对方看到她，眼中露出惊讶，然后眼神立马变得凶狠。

安子颜："……"

这人百分之百是坏人！她拔腿就跑。

冲出了房间，她看到有人，随即大喊："救命啊！杀人啦！"

身后的男人紧追不舍。

途中她遇到几个人，但他们都没有对自己出手相救。

眼看对方要追上自己了，安子颜惊慌失措中看到前面的一个房间打开了门，想都没想就蹿了进去，什么也不管，看到人就扑上去抱住："救我！救我！有人要杀我！"

她抖得很厉害，抱得也很紧。

"放开。"

她头顶传来深沉的嗓音。

这是唯一能救她的人，安子颜抱着就算死也绝不放手的念头，喊道："救我！"

"唐沫颜，你戏真多。"这声音带着几分讥诮。

安子颜回头看了一眼，这才意识到那个坏人没有追过来。

大概是看到有人救她，就放弃了吧？她这才松了口气。

这都什么事啊，做个梦都做得这么惊险！

安子颜的小心脏还在惶恐不安地狂跳着，不过身前抱着的人传来的体温给了她些许安全感。

"谢谢你……"一抬头，她愣住了，怎么是他？

安子颜有点羞赧，怎么会做梦梦到他了？

她尴尬地松开了手。

韩胤希扫了她一眼，微撇嘴角，哼道："唐大小姐，我对你一点兴趣都没有。"

唐大小姐？安子颜发蒙中，唐大小姐不是那个脾气不好的千金小姐吗？

韩胤希往后退开，看也不看她，说道："戏演完了，就请离开。"

安子颜转过身，本来要走，可是想到那个坏人可能在外面埋伏她，她就不敢动了。

就在这时有几个女生进来了。

"沫颜，你没事太好了。"

"对不起沫颜，我刚刚吓坏了，所以才没有上去救你，你不要生气好不好？"

几个女生围着她叽叽喳喳地说着，又是讨好，又是道歉。

这一幕她有点眼熟。

安子颜还在发蒙中，愣愣地说："什么沫颜啊，我不是……"

她叫子颜啊，这些人干吗叫她沫颜？

几个女生一听她这么说，都慌了，甚至还有人哭了起来。

"沫颜你别生气，我真的不是故意不救你的，下次、下次就算拼了命我也会去救你，你别生气了好不好？"

安子颜完全搞不懂现在是什么情况，她的头好痛。

"我想一个人静一静。"

这时经理和安保人员也赶了过来。

"唐小姐，您没事吧？"

这是李经理？他怎么也喊她唐小姐？安子颜觉得这个梦做得太离谱了。

她摆了摆手，说："我没事了，我现在就想睡一觉。"

她睡一觉醒来应该就好了吧？

经理还在鞠躬道歉，说道："对不起唐小姐，我们也不知道歹徒是怎么进来的，但请您放心，我们一定会……"

安子颜懒得听他说下去，看了一眼旁边的洗手间，就走了进去。

她不敢回刚刚那个房间了，还是待在这里让她比较有安全感。

她扭开水龙头，想要洗把脸。镜子里出现了一张让她非常讨厌的面孔，安子颜僵住了。

"啊啊啊——"她慌乱地用手摸自己的脸。

这不是她的脸！

她的脸为什么变成这样了？

这不是那个脾气不好，讨人厌的千金小姐吗？！

不知过了多久。

咚咚——有人敲门。

坐在马桶上的安子颜抬起茫然无措的眼睛看向门板。

外面传来韩胤希的声音：“他们都走了，你也回你的房间吧，别赖在我这里。”

安子颜虚脱地走过去，拉开门。

她无力地问他：“我是谁？”

韩胤希挑眉，说道：“戏还没演完吗？唐沫颜，虽然我们快要订婚了，但不代表我会配合你玩这种无聊的游戏。”

安子颜突然蹲了下来，把脸埋在膝盖上，双手抱紧自己。

这到底是怎么回事？这是梦吗？可是她刚刚捏了自己好多次，很疼，一点都不像是梦。

她……变成了唐沫颜？

韩胤希有些诧异地看着她此时幼稚的行为，这样的姿势让她就像一个迷路不安的小孩子。

向来嚣张跋扈的唐沫颜怎么可能会有这样的一面？韩胤希只当她是在演戏。

他说：“时间很晚了，你该回家了。”

安子颜抬起头，一双黑葡萄一般的眸子无辜又可怜地瞅着他。

韩胤希哼道：“你不会是想让我送你回家吧？”

想都别想。

唐家门口。

黑色的跑车刚停下来，韩胤希就睨了安子颜一眼，说：“下车。”

到了？安子颜望着前方的别墅，感觉很是陌生——这本来就不是她的家。

雨已经小了许多。

两个用人撑着伞跑过来，一人拉开车门，一人在旁边举着伞。

“小姐。”两人齐声恭敬地喊道。

安子颜怔怔地跨出车，在两个用人的簇拥下走进了眼前富丽堂皇的别墅。

她惶惶不安，担心着碰上唐沫颜的家人该怎么应付。但可能是时间晚了，唐沫颜的家人都睡了，一路上她并没有碰到唐沫颜的家人。

安子颜站在楼梯口，一时不知该怎么跨步——她不知道自己的房间在哪儿啊！

“我的……”

她问的话不就露馅儿了吗?

安子颜想了想，装出难受的样子，皱起眉头，声音虚弱地说：“我有点不舒服，你们扶我回房间。”

两个用人赶紧上前扶住她。

到了房间，关上门，只有自己一个人了，安子颜这才虚软地把自己抛到床上。

“天啊——”

怎么会有这样的事?真的不是梦吗?

安子颜闭上眼睛，想着睡一觉醒来可能一切就都还原了。

不知是不是累了，她很快就陷入了沉睡。

第二天。

然而一切并没有还原。

安子颜在床上唉声怨气地翻身，不知道该怎么办才好。

咚咚——

“小姐，您醒了吗?”外面传来女佣轻柔的声音。

安子颜坐起身，郁闷地说：“我醒了，有什么事吗?”

门被打开，几个女佣恭敬地走进来。

有人上前扶她起来，其他人进了衣帽间，拿了好几套衣服出来，在她床前站成一排。

“小姐，您今天想穿哪一套?”

安子颜：“……”

这就是有钱人的生活吗?连起床都有人扶。

她捏了捏额头，摆手说：“随便吧。”

“今天放晴了，阳光很好，穿粉色的这条裙子，小姐您觉得怎么样?”

粉色?安子颜抬起头，蹙了一下眉。

她性格比较男孩子气，从小到大没怎么穿过裙子，更别说粉色的裙子了。

谁知，一看她皱眉，女佣以为她不悦，顿时慌了，改口说：“小姐不喜欢的话，那穿这条红色的，小姐平时最喜欢的裙子。”

红色的更不行，安子颜摇头，这么鲜艳的裙子她不喜欢。

她问：“就没有裤子吗？”

女佣愣了一下，说道：“裤子……有是有，可是小姐您平时很少穿裤子的。”

安子颜说：“我今天想穿，可以吗？”

她只是礼貌地问，女佣却抖了一下，突然跪了下来，颤声说：“对不起小姐，我错了！”

安子颜：“……”

这什么情况啊？

见她不说话，女佣抖得更厉害了，随即抬起一只手扇了自己一巴掌：“小姐，我错了！”

安子颜：“你别打了，住手！”

这到底什么情况啊？！

女佣低着头不敢看她，很明显在瑟瑟发抖。

安子颜心里骂了一句，这唐沫颜平时到底是什么脾气啊？能让女佣这么怕她，可见这位大小姐平时对用人有多坏。

安子颜露出温和的笑容，对那女佣说：“我没生气，你也没有错，起来吧。”

女佣愣怔地抬起眼睛，不敢相信地看着她。

安子颜从床上下来，走向衣帽间——她还是自己拿衣服吧。

几个女佣一愣，赶紧跟过去：“小姐您要什么衣服？我们来拿就好。”

安子颜受不了被这样伺候，无奈地说：“你们别进来，我想自己拿。”

几个女佣显然不敢违抗她的命令，听话地停在门口。

安子颜挑了最简单的牛仔裤和T恤，换上就出来了——还是这样穿舒服。

她往洗手间走去。

女佣迅速跟过去，抢先帮她挤牙膏，还有拧热毛巾的，捧在一旁候着。

安子颜看了她们一眼，有点受不了：“你们全都出去。”

女佣担忧地问：“小姐，是不是我们……”

安子颜打断她们的话，说：“没有，你们没做错什么，我只是想一个人待着。别吵我，都出去。”

女佣面面相觑了一会儿，随即都出去了。

安子颜叹了一声。

洗漱完，她才想起一件事，急忙在房间里找手机。

然后她想起自己昨晚没带手机回来。

她变成了唐沫颜，那她本来的身体里又是谁呢？

那场车祸……安子颜心惊肉跳，总觉得一股不安萦绕在心头，她会不会已经……

“不，不会的！”她安慰自己。

就在她惶惶不安的时候，有人敲门。

“小姐，韩少爷来了。”

韩少爷？昨晚救了她的那个帅哥？

对了！安子颜想起来，那场车祸是他叫了司机送她回家，那出了车祸的事，他应该知道才对。

她急忙下了楼。

噔噔噔……正坐在客厅里的韩胤希听到了一连串匆忙的脚步声。

他不禁抬头看向朝他飞奔而来的安子颜。

他挑了下眉，说：“唐大小姐，你这么迫不及待想见我吗？”

安子颜跑到了沙发边，有些气喘吁吁：“你……你……昨晚……车……”

“你不会是想感谢我昨晚送你回家吧？”韩胤希问道，黑眸带着不解睨着她。

安子颜僵了一下，这才意识到自己的行为有露馅儿的嫌疑。

她差点忘了，她现在不是安子颜，而是唐沫颜。

如果发现这个身体的主人被调包了，他们会怎么做？安子颜不敢去赌这个结果。

她抿了抿嘴唇，努力让自己镇定下来，然后才走到另一边的沙发上坐下。

韩胤希微微眯眼，总觉得她这副淡定的模样散发着一股滑稽感。

安子颜被他的眼神盯得很无措，再加上她又想知道自己原身的安危，所以思绪更是乱成一团。

“那个……咯咯，你找我有什么事吗？”她扬起下巴，装出大小姐的高傲。

韩胤希修长的腿交叠，薄唇轻勾：“唐夫人今天打电话给我，说我们该约会了。”

"啊？"安子颜愣怔。

韩胤希扫了眼她的衣服，说："你今天穿衣的风格有点不像你平时。"

安子颜："……"她对他微笑着说，"我今天想换个风格，不行吗？"

韩胤希耸肩，道："谁敢对你唐大小姐说不行？"

安子颜站了起来，说："走吧，去约会。"

她正好用这个借口出门，去查一查车祸的事。

门口。

被昨天的大雨洗涤过的天空，今天格外晴朗。

因为有阳光，她走出门的时候用人还给她打着伞，直到送她上了车。

车开出了唐家大门。

安子颜朝他伸出手，说："手机……"

她想借一下他的手机。

韩胤希打开抽屉，拿了一部手机丢给她。

安子颜看着手机上的粉色手机壳，错愕了一下，问道："这是你的手机？"

她没想到……他这么有少女心。

韩胤希用余光瞥了她一眼，说："你自己的手机都不认得？"

安子颜一顿，结巴地说："我、我当然认得，我自己的手机我怎么可能不认得！"

这手机应该是昨晚唐沫颜遗忘在度假会所的。

她拿起手机，手机就自己面部解锁了，还是最新款的全面屏手机。

看着她有点笨拙的动作，韩胤希疑惑地眯起眼，问："你不会用？"

安子颜："……"

她没用过全面屏手机啊！她一直用的是她妈妈换下来的旧机。

为了不露馅儿，她硬撑着说："这手机是新买的，我还不熟悉。"

韩胤希说："这款根本没升级什么，只是外形变了一点。"

安子颜感觉被打脸了，只好道："要你管！"

韩胤希也不想管她，便不再接话。

跑车平稳地开在马路上。

安子颜心乱如麻，顾不上自己有没有露馅儿了，只想知道原身的安危。

她正想找借口跟他分开，就听到他问："在哪里放你下去？"

"啊？"她看着他道。

正好红灯，车子停了下来。

韩胤希转头看向她，说："不是照常吗？你找你的男朋友们，我找我的女朋友们，互不干扰。"

安子颜："……"

有钱人的私生活真乱。

她往路边一指，说道："你随便找个地方放我下车就行。"

韩胤希也不客气，就在前面的路口放她下车。

刚刚在车上有他在不方便用手机，一下车安子颜立马就用手机搜索，看有没有昨晚车祸的新闻。

"昨晚八点燕阳山发生一起车祸，一名女学生当场身亡……"

看到这个新闻，安子颜整个人就像被丢进了冰窖，全身发冷。

她……死了？

眼泪一下子涌出，她不顾路人的目光，蹲下去失控地哭了起来。

为什么会这样？她死了……

"喂。"有人碰了一下她的肩膀。

安子颜陷入悲痛中，双手环抱着自己，咬紧牙，无声地哭着。

"喂！"那人又碰她。

安子颜仿佛无知无感。

蓦地，一只大手拽住了她，把她拉了起来。

安子颜布满泪痕的脸庞赫然呈现在韩胤希眼中，韩胤希微愣："你……"

他只是觉得她很古怪，便把车停在了不远处，没想到就看到她突然蹲下来哭了。

她到底是怎么回事？就好像……变了一个人似的。

安子颜没想到会是他，急忙用手背擦眼泪，可是越擦越多。

韩胤希对上她楚楚可怜的眸子，只觉得很……不对劲。

眼前这人真的是唐沫颜吗？唐沫颜怎么可能会有这样的神情和眼神？

如果她是在演戏……

他只用了一秒就否定了这个可能——唐沫颜不可能做这样的傻事。

而且他刚刚都已经开车走了，她演戏给谁看？

韩胤希越想越觉得这情况非常诡谲。

安子颜回过神，抽了抽鼻子，说：“你不是……”

他不是走了吗？

一个女生在大庭广众之下大哭，还被男生拉着，两人又都高颜值，自然是引来了路人的瞩目。

韩胤希没说话，牵着她的手往车子的方向走。

把她塞进车里，他回到驾驶位，开车离开了这个地方。

安子颜泪眼婆娑地望着前方，压抑着情绪，哽咽地说：“我想回家……”

韩胤希颔首，说：“我送你回家。”

安子颜眼泪瞬间变得汹涌：“不是那个家……”

她想回她的家。

可是她知道她回不去了，她已经死了……

这种心情太过复杂，她不知道该怎么形容。

明明她还“活着”，可是她已经“死了”。

所以她到底是活着还是死了？

安子颜此时好想回去见她妈妈，她妈妈现在一定很伤心。

可是她又不敢回去。

她刚刚的哭声太沙哑，韩胤希没听清楚她说了什么，以为她又改口说不想回家了。

他问：“不想回家的话，那你想去哪儿？”

安子颜茫然地摇头。

韩胤希侧头睨了她一眼，建议道：“你可以去找你那些男朋友，让他们安慰你。”

安子颜沉默。

韩胤希从来没安慰过人，也不擅长做这样的事，便不再说话。

空气静谧了半晌。

韩胤希看了一眼前方的交叉路，随即扭转方向盘，拐回来时的方向，说：“那我送你回家。”

安子颜急忙说：“我不要。”

她现在不想回那个陌生的家。

韩胤希用自己仅剩的耐心问：“那你到底想去哪儿？”

“我……”

就在这时，安子颜的肚子咕噜叫了一声。

正好红灯，车停了下来，韩胤希扭头看着她。

安子颜觉得很是尴尬，别扭地低着头小声说：“我想吃点东西。”

她这才想起来自己还没吃早餐，而现在都快中午了。

韩胤希怀疑自己的眼睛是不是出了问题，居然会觉得眼前的她这低头羞赧的模样有一丝可爱。

他一定是脑子坏掉了。

他觉得诡异的事情变得越来越多。

前面转成绿灯，他收回视线，咳了声，说：“那你想吃什么？我送你过去。”

安子颜想了想，说：“我想喝粥。”

韩胤希说：“行。”

车子又行驶了十几分钟。

安子颜稍微调整了自己的情绪，扭头问他：“怎么这么久还没到？”

她真的很饿。不知是不是因为刚刚哭过，消耗了能量，所以她一下子变得好饿。

韩胤希说：“还没到。”

“还有多久？”

“半个小时吧。”

安子颜发出微弱的哀吟，摇头说：“不行，我真的很饿，我们就随便找个地方吃吧。”

随便找个地方吃？韩胤希忍不住看了她一眼——唐沫颜是个很挑嘴的人，在吃这方面很难伺候，外出吃饭也是固定的几家高档餐厅，“随便”这两个字是不可能从她口中说出来的。

安子颜眼尖地看到前方有一家店，连忙摆手说：“停、停、停，就停到那边，我们去那家店吃吧。”

韩胤希把车停靠在路边，顺着她所指的方向望过去，蹙起了眉头。

虽有疑惑，但他没开口，顺了她的意。

两人进了那家一共就四张小桌子的店面。

安子颜看了一眼菜单，就驾轻就熟地对老板点单：“我要一碗皮蛋瘦肉粥。”

她一转头，就对上了韩胤希让人猜不透的黑眸。

她不解地问：“怎么了？”

韩胤希没有说话，只是看着她。

安子颜说："你想吃什么就自己点。"

韩胤希淡淡地说："我吃过了。"

"哦。"安子颜此时脑子里就像糨糊一样，思绪很乱，无暇顾及他。

很快粥就端上来了。

安子颜很安静地用汤勺喝着粥。

韩胤希则像是在研究什么，一直注视着她的脸。

安子颜还沉浸在自己已经"死去"的悲伤中，不知自己的未来该怎么办。

她以后难道要以唐沫颜的身份活下去吗？

她当然不想，可是不想又能怎么办呢？她现在就是唐沫颜。

思及此处，安子颜才意识到韩胤希的目光，心中暗喊不妙。

唐沫颜可是千金大小姐，怎么可能会来这种小店吃东西？她不会露馅儿了吧？

安子颜努力摆出高傲的神情，咳了声，解释道："偶尔也想试一下这种平民的食物，不过味道真不怎么样，好难吃。"

说着，她嫌弃地放下汤勺。

韩胤希低头看了一眼那几乎被她喝完的一碗粥。

安子颜有点尴尬。

"吃完了，我们走吧。"她起身，又是驾轻就熟地走过去，准备扫码买单。

可是手机屏幕上却跳出要输入密码的页面。

安子颜愣了，这不是面部识别的手机吗？

看来是唐沫颜设置了要输入密码才能支付。

那现在她怎么办？

"我来吧。"韩胤希帮她付了钱。

安子颜郁闷死了，她是不是露出了太多破绽？

只要有点脑子的人都会怀疑她不是唐沫颜本人吧？

只是……重生这种事，有谁能想到呢？

她这个当事人都觉得太过离奇了，做梦都梦不到这么不可思议的事，旁人又怎么可能猜得到？估计只会觉得她是一时兴起吧。

安子颜在心里这样安慰自己。

第二章

怀疑她不是唐沫颜

两人回到了车上。

她正想着跟他待在一起好像太危险了，一抬头就看到他朝她这边倾身过来。

他的俊脸离她只有几公分的距离，他直视她的眼，沉声说："你不是唐沫颜吧？"

安子颜僵住了。

"呵……你说什么呢，我当然是唐沫颜！"她努力让自己镇定，其实刚刚脑子里嗡的一下变得乱糟糟的。

安子颜强迫自己冷静下来，去捋清这件事。

她……已经"死了"。从此以后她就要用唐沫颜的身份活下去，那她不能让人发现她不是唐沫颜。

对上韩胤希明显带着审视的眼神，安子颜往后退开一些，眼角挑起一抹傲慢，说："我不是唐沫颜，难道你是吗？"

她伸手推开他。

这人的气势太有压迫感了，还靠得这么近，让她紧张得心脏怦怦急跳。

他刚刚的那句话给她敲响了警钟，她不能再露馅儿了，她要时刻记住，她现在是唐沫颜，是那个嚣张跋扈的千金大小姐。

只是……嚣张跋扈她要怎么演啊？真伤脑筋！

韩胤希深沉的目光在她脸上转了一圈，默不作声地把目光转回前方，然后启动了车子。

安子颜抬头挺胸，扮出高傲的姿态。

她问：“我们现在去哪儿？”

韩胤希说：“去约会。”

安子颜：“……”

这时候她要怎么拒绝他？

她想起第一次见面时的情景，唐沫颜对他的态度挺暧昧的，还会吃醋，应该是喜欢他的吧？

所以两人去约会，唐沫颜应该不会拒绝才对。

可是……跟他待在一起太危险了，她怕自己会再露馅儿。

就在她想破脑袋的时候，车停了下来。

韩胤希说：“先去买点东西。”

买东西？安子颜看了看路边的商铺，一时猜不透他要买什么。

这时韩胤希解开安全带下车了，安子颜下意识地也跟着下了车。

韩胤希看着她，挑眉：“你要一起来挑吗？”

挑什么？安子颜好难受，要扮演一个自己不认识的人，真的是太难了。

她只能见机行事了。

她点头说：“好啊。”

于是韩胤希带着她进了一旁的超市。

安子颜用目光环视了一圈这家面积有点小的超市，思考了两秒，就装出嫌弃的样子说：“这种超市真的是人逛的吗？你要买什么快点好不好！”

韩胤希脚步一顿，回头看了她一眼：“你现在有点像你了。”

安子颜心头一喜，看来她抓到了唐大小姐性格的精髓。

她继续嫌弃地说：“这里的空气好臭，果然，穷人的地方就是寒酸，一股咸鱼味。”

不远处的大妈瞪了她一眼。

安子颜没发觉，接着催促韩胤希。

两人绕过一小段路，停在了收银台前。

安子颜不解，不是说买什么吗？怎么东西都没拿就来收银台了？

韩胤希在收银台旁边的架子上挑选着什么。

安子颜走近一看，是……保险套？

他买这个东西要干吗啊？！

相比她的尴尬，韩胤希神情自若，还问她："你想用哪个牌子的？你来挑吧。"

安子颜："……"

她只想离开这里！

"你……你自己挑吧……"

偏偏旁边还有不少人，安子颜完全不敢去看别人是用什么眼神在看他们。

韩胤希随手拎起几盒，问她："三盒够了吗？"

安子颜随便地点头："够了够了。"

能不能快点！她都恨不得找个洞钻进去了。

不等他买单，她先逃离了尴尬的现场。

回到车上，安子颜脸上的红晕还未散。

韩胤希进了驾驶位，把装着三个保险套的塑料袋丢给她。

他一边启动车子，一边说道："去万豪？万豪近一点。"

安子颜："……"

这一听就是酒店的名字。

她难道真的要跟他……开房吗？

安子颜感觉自己快要装不下去了——她第一天扮演唐沫颜，就要经受这样严酷的考验。

"我不去！"她板着小脸拒绝道。

就算重生成了唐沫颜，但她骨子里是安子颜，她的原则让她做不来这样的事。尤其是想到唐沫颜不知道跟多少个男的有过亲密关系，她就感觉浑身难受。

为什么要让她重生在这个人身上！老天爷是在惩罚她吗？

安子颜瞬间想哭。

韩胤希侧着身，一只修长的手搭在方向盘上，黑沉的眸子注视着她。

他和唐沫颜从来没有开过房，做这些只不过是想试她的反应而已。

她又是羞恼，又是着急，还要故作淡定，然而在他锐利的眼中，这些都无处遁形。

眼前这个人跟他所认识的唐沫颜差别太大。

尽管他是个无神论者，也不得不怀疑，眼前的唐沫颜实在是不像唐沫颜。

当然，也可能是唐沫颜昨晚吓坏了，突然转了性子。

但有些东西，比如一个人从内心散发出的气质、一个人的眼神，是很难在短时间内有如此大的改变的。

所以他才不禁怀疑，眼前这个人真的是唐沫颜吗？

看她眼中泛出泪花，韩胤希出声说："好了，不想去就不去，我又没逼你，谁能逼你唐大小姐做事？"

安子颜："……"

对哦，她现在是唐大小姐，嚣张跋扈的唐大小姐，只要她不想做的事，没人能逼她。

安子颜镇定了些，装出生气的样子说："我是不想跟你去！你那么多女朋友，谁知道你……"

后面的话她没敢说出口。

韩胤希好像并不在意，轻哼了声，反击道："唐大小姐，据我所知，你也有不少男朋友，我们算扯平了而已。"

说到这个，安子颜又抑郁了。

她明明是个清纯的女孩子啊，连男孩子的手都没牵过好吗？

把她的纯洁还给她！

安子颜一肚子气，动作粗鲁地把手中的袋子塞进前面的储物盒里："这些你留着慢慢用！"

韩胤希笑了笑，说："别吃醋了，女朋友随时可以换，而未婚妻就只有你一个。"

安子颜朝他翻了个白眼。

"渣男"！亏她之前还挺感激他救过她，没想到这人如此之"渣"！

所以有钱人的私生活都这么乱吗？

因为有钱，就可以为所欲为吗？

安子颜越想越来气，甚至发脾气地说："我不想跟你待在一起，你放我下车。"

韩胤希看着她气鼓鼓的样子，莫名地觉得可爱，忍不住想逗她。

“可是我想跟你待在一起，所以我不会放你下车的。”

真是奇怪了，以前他对唐沫颜向来是避而远之，今天他却意外地觉得她很有趣，让他忍不住想调戏她。

“你……”安子颜愕然地瞪着他。

这人也太霸道了吧？

不对，她现在可是唐大小姐！

安子颜想起这点，高傲地昂起下巴，端出大小姐的气势，对他命令道：“我现在要下车，你听清楚没有？马上！立刻！”

韩胤希启动了跑车，豪华跑车慢慢地驶入车流中。

安子颜着急地说：“你到底有没有听到啊？”

韩胤希一副吊儿郎当的模样，耸耸肩说：“你刚刚说什么？我没有听清楚。”

安子颜：“……”

他绝对有听清楚！他根本就是装的！这个浑蛋！

她提高分贝，气极地对他吼道：“我要下车！”

韩胤希往旁边躲了一下，好心提醒道：“请注意下自己的礼仪，你现在很不像一个名媛。”

安子颜：“……”

都怪他，害她又露出破绽了。

看她顿时安静得像只小猫，韩胤希嘴角微不可察地勾了一下。

他说：“你不想去万豪的话，那我们去丽思吧。”

丽思便是昨晚那家度假会所。

安子颜没有反对，算是默许了。

那家度假会所离市中心有些距离，开车要一个小时之久。

安子颜一直没说话，脸上也没什么表情，直到……车子经过一个路段，这里被路障围出了一个范围，看上去是出什么事了。

安子颜瞳孔猛缩，神情激动地盯着那段路。

就是这里！她就是在这里出车祸的！

韩胤希注意到了她怪异的举止，出声问道：“怎么了？”

“昨晚那里出车祸了……”安子颜一边说，一边观察他的表情。

韩胤希仿佛不知道这件事，满不在意地说：“是吗？”

车子已经离开了那段路，安子颜还在盯着他，问道：“你真的不知道？”

如果他连车祸的事都不知道的话，那昨晚载她的司机可能就不是他吩咐的人。

也就是说……

安子颜心里蹿起一阵寒意，手不自觉地攥成拳头。

是唐沫颜安排的，唐沫颜想要报复她，所以安排了这一切。

她是被唐沫颜害死的……

安子颜眼变得猩红，指甲几乎嵌进手心中。

她不懂为什么一个人可以恶毒到这种地步，她不过是跟唐沫颜起了一点小冲突，唐沫颜就能对她下如此狠手。

韩胤希察觉她全身都在发抖，她脸上的神情甚至过于阴郁，让他不禁好奇她在想什么。

他回答：“我确实不知道。怎么了，那个出车祸的人是你认识的？”

安子颜没有说话。

车子很快就到了丽思度假会所。

因为是本市新开的高级度假会所，又恰逢暑假，所以每天客人都络绎不绝。

也是因为客人多，所以会所才招了暑期工。

安子颜是为了赚钱给妈妈买生日礼物，才来这里打暑期工的，没想到……

一切就像是命运的安排。

安子颜露出一抹悲怆的笑容。

她下了车，抬头望着眼前富丽堂皇的会所大门。

今天阳光很灿烂，在光晕中她仿佛看到了命运的齿轮在转动。

但至少她的灵魂还活着，上天对她还不算太差。

没等两人进去，经理就已经毕恭毕敬地出来迎接了：“少爷、唐小姐！”

安子颜看着他狗腿似的模样就想起昨晚的事，心情就很是不爽。

她说：“我不想看到你。”

李经理一点都不介意她的态度，还点头哈腰地说：“好的，我马上滚。不过唐小姐，在我滚之前先跟您汇报一下，昨晚那个歹徒……不好意思，我们暂时没查到他是怎么进来的，但您放心，我们很重视这件事，一定会尽快查清楚。”

昨晚那个歹徒？安子颜也想起了这件事，急忙对李经理说：“带我去昨晚那个房间！”

李经理愣怔了一下：“呃，是！”

安子颜走得很快，像是着急要确认什么。

很快到了那个房间，安子颜跑向温泉。

没错了……她有印象，她刚醒来的时候是在温泉的中间处。

按道理说，泡温泉一般是坐在边缘才对，所以那个歹徒其实已经得手了，他已经杀死了唐沫颜。

也因此安子颜才能重生到唐沫颜身上。

这算是报应吗？唐沫颜想害她，她反而用唐沫颜的身体活了下来。

安子颜脱掉鞋子，踏进温泉中。

一些画面像是属于她的记忆，一幕幕地涌现在她的脑海中。

她每往温泉中间走一步，画面就更清晰。

唐沫颜被那个歹徒摁在温泉中……安子颜吓得猛然后退，蓦地一个踉跄跌入水中。

“小心！”

一只手臂及时把她捞了回来，安子颜感受到后背贴在一个温热的胸膛前，这给了她些许安全感。

她回头，对上韩胤希的黑眸。

韩胤希从她眼中看到很多情绪，惊恐、不安、无措、矛盾……

她大半个身子都湿了，眼中含着泪水，看上去就像一只可怜的小猫咪。

安子颜没注意到自己穿着的白T恤被水湿透了，但韩胤希注意到了，他也不知道自己为什么会下意识地伸手环住她，把她搂在怀中。

然后他沉声对李经理说：“你出去。”

李经理很有眼色地急忙离开，还体贴地关上门。

安子颜没有挣开他，这一刻她忘了自己之前还骂他是“渣男”。

他的怀抱好温暖，在他怀里让她感觉很安定。

她甚至用两只手环住他的腰，紧紧地抱住他。

韩胤希愣了一下，喀喀，难道这就是所谓的软玉温香？

温泉的水很暖和，感觉两人这样抱下去能抱到天荒地老。

还是韩胤希先反应过来，微蹙起眉头，松开了手。

他是怎么回事？居然被她成功勾引了！

“唐沫颜，这就是你的目的吗？”

她一次投怀送抱不行，就再来一次？

安子颜眼角还带着泪花，睁着亮晶晶的大眼睛看着他，那眼神完全就是无辜的模样。

该死的！韩胤希差点就信了，他沉着脸走出了温泉。

视线不经意地看到架子上的浴袍，他伸手的时候顿了一下，但还是拽了下来，往后丢给她：“披上。”

安子颜接住浴袍，低头的时候才发现自己的白T恤湿透了。

她脸上不禁泛起红晕，难怪他刚刚那样说，估计是又觉得她在对他投怀送抱吧？

她赶紧裹上浴袍，也走出了温泉。

站在温泉边缘，她忍不住回头看了一眼，脑海里的画面挥散不去，那是唐沫颜遇害时的画面——唐沫颜被摁在温泉里，死命挣扎都挣不开，最后不动弹了……

任哪个女生直面这样残酷的死亡画面，都会感到害怕，安子颜也不例外。

想到唐沫颜当时的绝望，她不自觉地颤抖了一下，不敢再看温泉，快速离开了这里。

她走出房门的时候，李经理就迎过来了，脸上依旧是那狗腿似的谄媚笑容。

李经理说：“唐小姐请。”

“去哪儿？”安子颜不解，或许是因为刚刚的情景让她不自觉地产生了警惕。

李经理微笑着说：“少爷吩咐了，给您换一个房间。”

安子颜不只是不想待在这个房间，她更想离开这里，可是她的衣服湿了……

幸好她想到自己现在是唐大小姐的身份，便对李经理说：“给我准备一套替换的衣服。”

李经理笑着说：“这个少爷吩咐过了，我已经派人去买，最快要一个小时。”

安子颜没想到韩胤希还挺细心的，然后一想，他是“渣男”啊，“渣男”不都是这样的吗，温柔体贴、善解人意，不然怎么让女生对他飞蛾扑火？

如果让韩胤希知道她是这样的想法，一定会嗤之以鼻——他韩胤希只需要勾勾手指，就会有成百上千的女生为他疯狂，不，他甚至不需要勾勾手指，他什么都不用做，就能让女生为他倾倒。

随后安子颜去了新的房间，不是温泉房，只是普通的酒店房间。

安子颜感觉浴袍底下的衣服黏糊糊的，便把里面的衣服脱了下来，只穿着浴袍。

叮咚——有人摁门铃。

难道是衣服送到了？安子颜也没注意时间才过了几分钟，只以为可能是李经理从哪里找到了衣服给她。

她去开门，门外站着的是一位漂亮的女生，化着精致的妆容，头发也打理得很好，只是眼神有些不善。

安子颜不用猜也知道这人不是会所的工作人员。

安子颜说：“你走错房间了。”

她正要关上门，对方却伸手抵住了门板，冷哼一声说：“贱人，我就是来找你的。”

贱人？安子颜眉头拧了一下——果然是来者不善。

她索性拉开门，跟对方面对面，姿态大方地问：“你确定你没有找错人？”

李雪婷双手环胸，带着一股明显的示威的姿态：“我确定没有！我知道，你就是韩少的新女友。”

安子颜无奈，解释道：“你找错人了。”

她确实不是韩胤希的新女友，她不过是韩胤希的未婚妻而已。

看安子颜想关门，李雪婷气势汹汹地一脚踹开了门，门板撞到墙壁上，发出砰的一声巨响。

安子颜皱眉说：“请你出去！”

李雪婷指着她，骂骂咧咧地说：“你这贱人还想骗我？我明明就看到你跟韩少一起来的！”

安子颜翻了个白眼，说：“我跟他一起来，就代表我是他的女朋友吗？你这是什么逻辑？脑子有问题吧你！”

李雪婷冷哼一声——这贱人还想忽悠她？

“谁不知道，韩少向来不爱让女人近身，只有他的女友才能靠近他。”

安子颜：“……”

不好意思，她不属于这女人所说的“谁”这个范畴，她跟韩胤希不熟，谢谢。

“我再说一遍，我不是他女友。请你出去，不然我叫人了。”安子颜懒得跟她争论下去，直接严肃地板起小脸。

李雪婷被她突然的气势弄得愣怔了一下。

之前是看这女生很好欺负的样子，她才敢跑来闹的，谁知道这女生一板起脸，怎么就变得这么震慑人？

而且……李雪婷突然间觉得这女人有点眼熟，好像在哪里见过。

没等她想起来，她就听到了某种声响——是暗号。

李雪婷把什么眼熟都抛之脑后，她瞪着安子颜，声音降低了几分，骂得非常难听：“你真是够虚伪的，当了韩少的女人还不敢承认，像你这样的女生，真是恶心死人了！不过我猜韩少也就是玩玩你而已，谁不知道韩少换女人比换衣服还快，你一看就是那种不知道和多少男生交往过的女生，韩少会喜欢你才怪！”

这句话刚好戳中了安子颜在意的点，她瞬间怒火就烧了起来：“你给我闭嘴！”

李雪婷看她发火了，双手叉腰，继续挑衅道：“你是谁啊？凭什么让我闭嘴？有本事你打我啊！别以为当了韩少的女人你就可以耀武扬威，你打我啊！打我啊。”

说着，她还把脸凑到了安子颜面前。

这时候，不打都不是人了。

然而安子颜还是没动。

李雪婷一急，伸手就去强拽她的浴袍。

安子颜不想走光，终于如她所愿地甩了她一巴掌。

啪——

李雪婷就是为了引她打自己，但被打后还是愣了一下，她怒火堵在胸口，好想打回去。

但不行，她要忍住！

听到有脚步声走到门口了，她连忙捂住被打的脸颊，猛然跌坐在地，挤出眼泪，楚楚可怜地说："你……你怎么能打人！我承认我喜欢韩少，我愿意为他做任何事情，可是我没说要跟你抢啊，你怎么可以这么野蛮，动手打人……"

安子颜本来还奇怪她怎么突然换了"人设"，就看到了从门口走进来的韩胤希。

原来是这样，她一下子就明白了这女人的算盘。

韩胤希走过来，对上安子颜的眼睛，问："你打了她？"

"韩少……"李雪婷抬头看着他，眼含泪水，模样要多可怜有多可怜，还挪到他脚边，只差抱住他的大腿了。

安子颜很坦诚地点头道："对啊，她让我打的。"

李雪婷哭起来，抽泣地说："我什么时候让你打我了？我只是说你不要仗着是韩少的女朋友就可以随便打人，你就打我了……韩少，我只是喜欢你而已，这也有错吗？"

说着，她还试探性地想去拽住韩胤希的裤脚。

韩胤希往前走了两步，李雪婷的手扑空了。

安子颜受不了这样戏多的人，也懒得解释，因为这不关她的事。

她对韩胤希说："你把她带走，不然我会再打她另一边脸。"

韩胤希说："可以。"

安子颜和李雪婷同时愣住了——他刚刚说什么？

李雪婷惊愕得都忘记挤眼泪了："韩、韩少……"

韩胤希扫了李雪婷一眼，说："你起来，让她再打一次。"

李雪婷："……"

她没听错吧？

不，她一定是听错了！

她赶紧又挂起眼泪，可怜兮兮地说："韩少，我不想打她，打人是不对的。虽然她打了我，但是我……"

韩胤希没耐心听她说下去："我是让你给她打，不是让你打她，你是不是傻了，你敢打她？"

这女的有脑子吗？她不知道唐沫颜是谁？

事实是，李雪婷是知道唐沫颜是谁的，只是今天的唐沫颜气质有太大的不同，再加上穿衣风格也不一样，所以她才一时没认出来。

李雪婷没听出韩胤希的意思，只是以为他在护着自己的女朋友，她很嫉妒，嫉妒得要疯了！

她委屈地流着眼泪，哭着说："韩少……就算她是你女朋友，你也不能这样盲目地维护她啊……是不是她做什么都是对的？就算她蛮不讲理地打人，也是对的？"

韩胤希没应她。

李雪婷转念一想，站了起来，颤颤巍巍地走到安子颜面前——她觉得她越可怜，就越有机会引起韩少对她的同情。

安子颜看她真的听从韩胤希的话，把另一边脸凑了上来让自己打，就觉得很无语。

她摇头说："我不打，你走吧。"

韩胤希微眯起眼睛，说："你打啊，不用客气，想怎么打就怎么打。"

他以前看过几次唐沫颜甩人巴掌，所以想对比一下这个古怪的唐沫颜打人的时候是不是跟以前一样。

"我不想打。"安子颜再次声明。

她打人，自己的手不疼吗？

"我让你打她。"韩胤希语气带着一点命令式。

安子颜没好气地睨着他说："你是我的谁啊？你让我打我就打？"

韩胤希双手环胸，说："我是你未婚夫。"

"我们好像还没订婚吧？"

"快了，就下周。"

"快了就是还没有。"

一旁听着的李雪婷突然瘫软地跌坐在地，惶恐地睁大眼睛说："你是……唐沫颜？"

安子颜奇怪地看着李雪婷。

那是居高临下的俯视，让李雪婷不自觉地发起抖来。

李雪婷几乎是连滚带爬地到了安子颜脚下，双膝跪地，满脸恐惧地磕头说："对不起唐大小姐！我不知道是你！我错了，我再也不敢了！是我有眼无珠，求唐大小姐不要生我的气！打我只会弄疼了大小姐您的手！"

安子颜："……"

这女人突然转变的态度有点吓到她了。

唐沫颜到底是多可怕的人啊？刚刚还对她气势汹汹的这个女人，一得知她是唐沫颜，就尽成这样了。

韩胤希盯着安子颜的反应。

这一幕他曾经见过，而唐沫颜的反应是，一脚踩在求饶的人背上，不顾对方瘦弱的身体，整个人踏了上去，还狠跺了几脚。最后听说那个女生伤了内脏，在医院里足足躺了一个月。

然而，此刻他眼前的唐沫颜并没有如法炮制，她眼中有着明显的错愕，仿佛对李雪婷的行为感到不解和诧异。

这反应怎么也不像是唐沫颜会有的，对于这样的情景，唐大小姐应该是司空见惯了才对。

韩胤希微眯起黑眸，胸口处就像藏着一只好奇心爆棚的小猫，一直在挠他。

李雪婷见安子颜一点反应都没有，吓得够呛。她跪坐起来，面对着安子颜，狠狠地朝自己甩了两巴掌："对不起，唐大小姐，我错了！

"我错了，求您原谅我。

"我有眼不识泰山，大小姐，您大人不记小人过，放过我吧！"

她说一句打一次，而且力道不敢有一丝松懈。

安子颜皱了皱眉头，终于出声说道："行了，别打了。"

虽然安子颜不喜欢眼前这个女生，但看到她这种行为，实在有些不舒服。

李雪婷停下动作，但还在瑟瑟发抖："大小姐……"

安子颜烦躁地说："别说话。"

李雪婷赶紧乖乖闭嘴，可怜地用带着哀求意味的目光瞅着她。

安子颜懒得跟她说太多，只是指着门口对她说了一个字："滚。"

其实她只是让对方离开自己的视线，没想到李雪婷非常听话，起身都不敢，半跪着爬出了房间。

安子颜露出蒙了的神情，天啊，这简直比电视剧里的剧情还要夸张。

一抹低沉的嗓音突然响在她耳边："你就这样放过她了？"

安子颜吓了一跳，本能地退开几步，跟他拉开距离："不然呢？把她剁成几块，丢到海里喂鲨鱼？"

他们所在的城市正好是近海的。

韩胤希看着她避开自己的反应，觉得有趣，勾了一下嘴角，说道：“也不是不可以。”

安子颜瞪大眼睛，下意识地反驳道：“不可以！这是杀人，是犯法的！”

这些有钱人就真的可以为所欲为？还有没有天理了？

韩胤希像是故意试探她，语气调侃地道：“你唐大小姐又不是没做过这种事。”

安子颜：“……”

真的假的？唐沫颜做过这么丧心病狂的事？

安子颜眯起眼，分辨他话语中的真假程度。

她昂起下巴，装出高傲脸，说：“我知道你是骗我的，想套我的话，这种事我绝对没做过！”

至少她安子颜本人是没做过这种坏事的。

韩胤希说：“做没做过，你自己最清楚了。”

或许她没有做过这样的事，但是其他丧心病狂的事，她唐大小姐还做得少吗？

安子颜沉默了。

她想起自己出车祸那件事，现在几乎可以肯定就是唐沫颜吩咐人干的。

唐沫颜这么坏，谁知道她曾经做过多少坏事。

一个人含着金汤匙出生，已经拥有了比别人多很多的东西，可是为什么心肠这么坏呢？

安子颜一想到自己以后要扮演这样坏的唐沫颜活下去，就觉得未来好艰难。

韩胤希看着她突然变得哭丧的小脸，一时猜不透她在想什么。

为她以前做过的坏事忏悔吗？呵呵，这显然是不可能的。

韩胤希一转念，换了话题说：“今天法国的酒庄送了一批新酒来，要不要尝尝？”

安子颜摇头说：“我不会喝酒……”

韩胤希挑眉道：“唐大小姐，你太谦虚了，众所周知，你可是千杯不醉的。”

安子颜："……"

她心里好苦，扮演这个大小姐也太难了吧！

韩胤希说："我们不喝多，喝几杯就好。"

安子颜："……"

她真的不会喝酒啊！然而她找不到借口拒绝。

两人在房间的沙发上坐下，没多久就有服务员送了红酒过来。

服务员醒了酒，倒了两杯，把其中一杯推到她面前。

安子颜偷瞄他，观察他的举止，然后学着他的动作，争取不露馅儿。

"这酒的味道……还挺香的。"

韩胤希微笑着说："喜欢的话你可以多喝点。"

随即他招手让服务员去多拿几瓶来。

安子颜后悔死了，自己干吗要多嘴！

她尴尬地笑着摇头："不用了，我……今天不太舒服，不想多喝酒。"嗯，这个理由还不错。这么一想，她放下了酒杯，索性说道："我还是不喝了，我头疼。"

韩胤希说："没事，你尝一杯，这个是可以治头痛的。"

安子颜："……"

她才不信！她只听说过喝酒后头疼，没听说过喝酒可以治头痛，他骗三岁小孩儿呢？

韩胤希盯着她，突然说："唐沫颜，你有点奇怪。"

安子颜一僵："什、什么……我哪里奇怪？"

韩胤希用漫不经心的语气说："你平时就算是生病也照样喝酒，今天这么别别扭扭的，有点不像你。"

事实是，唐大小姐不想做的事没人能逼她，那种用言语激她的事是完全不奏效的。

然而，他这句话戳到了安子颜心虚的点，她不能再露馅儿了！

安子颜端起酒杯，犹豫了两秒，昂头就喝。

虽然她不会喝酒，但她现在的身体是唐沫颜的，说不定这个身体早就适应酒精了呢？对，一定是这样的！

一杯酒下肚，一股酒气冲上脑门，安子颜一时不适应，差点缓不过来。

韩胤希用余光观察着她，放下酒杯，等着她醉过去。

“告诉我，你是谁？”

安子颜眨巴着大眼睛，眼中哪儿有一丝醉意，清醒得很。

她舔了舔嘴角，对韩胤希笑道：“我是唐沫颜啊，不然我是谁？你真逗！”

这已经是他第二次问她这个问题了，这人的疑心也太强了吧？

幸好她没有醉，不然就被他套话成功了，安子颜在心里松了口气。

看来她赌对了，唐沫颜的这个身体适应了酒精，不会那么轻易就醉，真是太好了！

安子颜很是高兴，胆子也大了起来，又给自己倒了一杯：“这酒味道还不错，口感挺好的。”

韩胤希往后靠进沙发里，笑了起来，说：“喜欢就多喝点。”

安子颜才不敢多喝，她现在是没醉，要是喝多了不小心喝醉了怎么办？

她还是保持清醒比较好。

她抿了一口酒，故作嫌弃地说：“不过吧，喝第二杯就不怎么喜欢了，我不想喝了。”

喝完杯里剩下的酒，她就把杯子放下了。

空气突然安静了，这时响起敲门声。

李经理走了进来，手里拎着个袋子，脸上依旧是那狗腿似的表情：“唐小姐，您的衣服送到了。”

安子颜借着酒胆，一副大小姐的姿态随手指了指，说：“放到那边吧。”

“好的。”李经理毕恭毕敬地放下衣服。

安子颜甩了甩手：“出去。”

李经理颔首，顺从地离开了。

安子颜顿时觉得当大小姐的感觉还是不错的。

胆子又大了起来，她瞥向韩胤希：“你也走吧，我要换衣服。”

韩胤希看着她此时的姿态，目光掠过一些什么，随即笑而不语。

安子颜看他没动，催促道：“喂，你出去啊，我要换衣服。”

韩胤希晃了晃酒杯里的液体，吊儿郎当地说：“你换你的衣服，我喝我的酒。”

安子颜无奈地道：“你不出去，我怎么换衣服？”

“你可以在我面前换，又不是没见过。”他对上她的眼，那双深邃的眸中似有暧昧。

安子颜：“……”

真的假的？！

不管是真是假，反正她是不可能在他面前换衣服的。

他不走是不是？行！她去卫生间换总可以了吧？

安子颜拎起袋子走进卫生间。

关上门，她脱掉身上的浴袍，丢到一边，然后掏出袋子里的衣物。

手上的布料轻飘飘的，像是没什么重量。安子颜一愣，把手中的裙子展开。

这……这是背面吧？她把裙子转过来，后面更夸张，完全是露背装，裸了大半个背。

这真的是裙子吗？这其实是泳衣吧！

这到底是谁挑的裙子啊？

安子颜快要抓狂了，这裙子让她怎么穿？

可是没有其他选择了，她只能硬着头皮换上。

因为很少穿裙子，安子颜就感觉底下空荡荡的，很怪异。后背也露着，让她有种自己好像没有穿衣服的错觉。

不行，这衣服她真的没办法穿！

第 三 章

她真的是在演戏吗?

咚咚——

偏偏有人在这个时候敲门，吓了她一跳。

门外传来韩胤希的声音：“你没事吧？”

安子颜急忙回答：“我没事啊！”

韩胤希说：“你换个衣服这么久，我还以为你在里面晕倒了。”

换个衣服为什么会晕倒？安子颜这才意识到自己好像在卫生间待太久了。

她总不能说自己不习惯唐沫颜的穿衣风格吧？她现在就是唐沫颜啊！

她好头疼……

咚咚——

又响起敲门声，又是韩胤希的声音：“换好了没？要不要我进去帮你？”

“不用！”安子颜赶紧拒绝，生怕他真的进来。

她只是想试试门锁了没，谁知道一扭门把手，门打开了。

两人面对面。

韩胤希扫了她身上一眼，眯起眼：“这裙子……”

安子颜脸红了，羞赧地解释：“不是我让他买这种裙子的！”

韩胤希本来想说这裙子很有唐沫颜平时的穿衣风格，可是一看她害羞的反应，又觉得很诡谲。呵，唐大小姐什么时候学会害羞了？

他越看越觉得眼前这个女孩儿不像唐沫颜，虽然脸是一模一样的，可是气质、眼神和反应，都跟他所熟知的唐沫颜天差地远。

如果不是他从唐家接她出来的，他可能就会怀疑眼前的唐沫颜是不是别人假扮的。

他随口说道："很好看。"

安子颜脸蛋更红了。

被他盯着看，听着他磁性的嗓音说"很好看"，这让她不由得心跳加速。

怪只怪这人长得太好看了，一张迷倒众生的俊美脸庞，简直是造物者最完美的作品。

当然，她也知道自己穿这裙子好看。虽然唐沫颜是坏了点，但不得不承认，唐沫颜长得漂亮，身材比例也很好，加上肌肤又白又嫩，真的是太适合穿裙子了。

这裙子还露出她天鹅一般的脖颈和优美的背部线条，所以也不怪他会盯着她看。

可被他这样盯着看，只会让她更加浑身不自在，她好想快点换下这身裙子。

"呃，那个……我感觉有点冷。"她双手交叠在胸前，小声说。

韩胤希回身说道："我把空调的温度调高一点。"

安子颜："……"

你就不能让人给我拿一件外套来吗？或者重新买套衣服也行啊！

好吧，求人不如求己，安子颜走过去，对韩胤希说："你把那个李经理叫进来，我有事吩咐他。"

她得记住，她现在是唐大小姐，可以随便命令别人。

韩胤希坐在沙发上，挑眉说："唐大小姐，我好像不是你家仆人吧？"

安子颜看了他一眼，走过去拿起内线电话，大不了她自己叫咯，果然求人不如求己。

只是……呃，她该拨什么号码呢？

她问他："打给前台拨什么？"

韩胤希摊手，不说话。

安子颜气极，他这人怎么这样啊！

不想理他，她试着摁了几个键，可电话就是拨不通。

或许李经理就在外面候着？不对，她印象中有贵宾来的时候，李经理并没有在门口候着，一般是在前台或是休息室里。

安子颜无奈地瞪着韩胤希，没好气地说："你告诉我会死啊？"

韩胤希修长的手搭在沙发背上，薄唇噙着邪气的笑意，慢悠悠地吐出两个字："求我。"

真是奇怪，看着她那种小表情，就让他忍不住想逗她。

别说唐沫颜这位大小姐从没有求过人，安子颜也从不求人，所以她只是给了韩胤希一个白眼。

接着她小脑袋一甩，傲然地走到门口，拉开了门。

李经理果然没有在门外，但安子颜抓到了一个路过的服务员，叫住对方说："把李经理给我叫来。"

服务员一愣，急忙点头应道："好的。"

问题解决，安子颜舒服了。

她走回沙发那边，拽过一个靠枕抱在怀中，挡住胸前。

韩胤希有趣地看着她。

他大概是疯了，居然觉得她得意的小表情很可爱。

可爱？这个形容词跟唐大小姐可从来不会扯上关系。

没一会儿，李经理就匆匆赶来了："唐小姐，您找我有什么吩咐吗？"

安子颜也不跟他客气，直接下命令："给我重新买一套衣服，牛仔长裤、T恤，简单一点就行，尽快。"

李经理面露慌张："是不是之前送来的衣服让您不满意了？"

安子颜能感觉到他很怕自己生气。

"没有不满意，只是我最近想换个风格，别啰唆了，赶紧去买。"她不想多说话，怕说多了容易露出破绽，所以索性表现出不耐烦的样子。

果然，李经理不敢多问了，点头哈腰地离开了房间。

"等等。"安子颜喊住他。

李经理肩膀抖了一下，战战兢兢地回过头："大小姐您还有什么吩咐？"

安子颜说："我有点饿，你让人准备点吃的给我。"

还是她自己开口好，免得还要拜托韩胤希那家伙。

李经理松了口气，问："您想吃什么？"

安子颜想了想，说："就我平时吃的那些。"

她怕自己点的口味跟唐沫颜平时吃的不一样，那又要露馅儿了。

唉，扮演另一个人，还是她不熟悉的人，就要这样处处小心谨慎，还真是累人，比她做一天的数学题还要累。

"好的，明白。"李经理不敢磨蹭，应完就离开了。

房间里只剩下两人。

安子颜看也不看韩胤希一眼，好像当他不存在一样。

她决定要对这个人避而远之，能不接触就不接触，免得自己被怀疑，最好的办法就是忽略他的存在。

空气大概安静了十分钟。

韩胤希睨着她，察觉她在避开他的视线，那态度实在有些明显。

他问："生气了？"

他感觉她像在闹别扭。

安子颜没回答他，在心里默念要把他当不存在的人。

对，他是不存在的，这个房间里只有她一个人。

她放松姿态，视线漫无目的地转来转去，故作在参观这个房间。

"好饿，怎么饭菜还没来？"她之前喝的那碗粥早就消化完了。

韩胤希见她不理自己，微眯起黑眸。

她又等了一会儿，终于有人敲门，随即一排服务员进来了，走在前面的那个服务员手中还托着一个很大的木船。

安子颜一愣，什么东西啊？

服务员把手中的盘子摆满了她前面的茶几。

安子颜这才看清楚，那木船上面是刺身，一桌都是日料。

她微僵。

她正好不吃生的东西……而偏偏唐沫颜最爱吃的就是刺身？

安子颜顿时感到绝望。

果然，她跟唐沫颜八字不合，非常不合！

摆完东西，服务员就麻利地离开了。

安子颜握着筷子，一时不知该如何下手。

她的目光在满桌子的日料中寻找她可以吃的熟食——哎，这个好像是熟的！

可是她的筷子还没夹到，那碟东西就被端了起来。

韩胤希说："我要吃这个。"

安子颜瞪他，他是故意跟她作对的是不是？

韩胤希解释道："我不吃刺身。"

说着，他眼明手快地把桌子上的熟食都端到了他自己面前。

剩下的，都是生食。

安子颜生气了："这些是我点的，你要吃的话自己点啊！"

韩胤希挑眉："这是我的店。"

安子颜："……"

是你的店了不起啊？欺负人！可恶！

安子颜甩下筷子，说："我不吃了！"

让她吃生食，那她宁愿饿肚子。

韩胤希看着她像小孩子似的气呼呼的样子，感觉有点新鲜，这又是以前的唐沫颜不可能出现的表情。

韩胤希笑了一下，说："你不吃，饿肚子的是你。"

安子颜瘪嘴——他怎么可以这样欺负人？

"你又不饿，干吗抢我的东西吃？"

这人的性格也太恶劣了，难怪会跟唐沫颜订婚，这就叫物以类聚。

哼，他也不是个好东西！

韩胤希指了指桌子上的刺身："我就吃这么两碟，你还有这么多，这些还不够你吃吗？"

安子颜好气，可是又不能露馅儿，真是难受。

反正她就是吃不了生食，索性找了个借口说："看着你就气饱了。"

最后她真的说不吃就不吃，一直等到李经理送来了她要的牛仔裤和T恤，她换上后就让李经理安排车送她回家了。

韩胤希看着她离开的背影，眼神若有所思。

快到会所大门的时候，安子颜听到有人喊自己。

"沫颜，沫颜小姐？"

安子颜迟钝了几秒才反应过来是在喊自己，扭头一看，是一位染着棕色头发的帅哥。

这帅哥有点面熟，她好像在哪里见过。

为了避免露馅儿，她没问对方是谁。

帅哥快步走到她面前，用诧异的眼神上下看了她好几遍，吃惊地说：“沫颜小姐，真的是你啊，我还以为认错人了，你今天……风格很不一样。”

安子颜摆出大小姐的高傲姿态：“哦，有什么事吗？”

帅哥注视着她，眼神带着一丝忧郁：“上次我们约会完，你说会再联系我的，我一直在等你的电话……”

这暗示已经很明显了。

安子颜一惊，原来这帅哥是唐沫颜的男朋友之一啊！

“呃，不好意思，我最近有点事，下次有空我再联系你。”她随口敷衍道。

其实她连对方是谁都不知道，怎么可能会联系对方？

帅哥拿出手机，主动说：“加个微信行吗？这样你找我也方便一点。”

安子颜也不好拒绝，点头答应了。

她拿出手机，加了他的微信，看到他的名字——“彭俊轩”。

等等！这不是最近挺红的那个“小鲜肉”演员的名字吗？

她抬头再看了看眼前的帅哥，天啊……真的是他！

难怪她刚刚觉得他有点眼熟。

彭俊轩问她：“你现在要去哪儿？如果方便的话……”

安子颜急忙拒绝道：“不方便！我现在要回家。”

彭俊轩一脸失望：“哦，这样啊……那下次吧，你一定要联系我。”

“嗯，再见。”安子颜赶紧走了。

接下来的几天，安子颜一直窝在房间里，为了多了解唐沫颜这个人，她翻遍了唐沫颜的朋友圈和电脑。

彭俊轩发了很多微信给她，也打过几次电话，她都当作没看到。

转眼快到她和韩胤希订婚的日子了。

订婚的前一天，安子颜接到了唐沫颜的朋友的电话，催促她去参加派对。

安子颜哪儿敢去啊，露馅儿了怎么办？所以她坚决不去。

“不去，你们自己玩吧。”她装出大小姐的高傲姿态。

窝在房间里练习了两天，她目前最拿手的就是这个。

对方却软磨硬泡，始终不罢休。

“沫颜，你明天就订婚了，这是我们为你开的单身派对，你一定要来！你可是主角，不来怎么行啊？

“你最近好奇怪啊，发你微信不回，约你逛街你也不出来，你到底宅在家里干什么呢？这一点都不像你。

“我们唐大小姐什么时候变成宅女了？”

这都用上激将法了。

安子颜听着对面换了好几个人对她进行劝说，好像她不去就是千古罪人。

终于她还是被说服了，主要是她怕自己被怀疑。

算了，去就去，到时候她再见机行事。

她不可能一直不见唐沫颜的这些朋友，总是要面对的。

安子颜啧了声，很是无奈地说：“行吧，我等下过去。”

“耶——”手机那头的人发出一阵欢呼。

有人还卖关子地说：“亲爱的，你赶紧来！我们给你准备了大大的惊喜哦！嘿嘿，保证你意想不到！”

惊喜就免了，别是惊吓才好，听她们这么一说，安子颜难免不安起来。

但她还是去了她们所给的地点——一家高档的KTV。

为了不露馅儿，安子颜还硬着头皮穿上了唐沫颜的裙子，挑了一条比较低调的黑色的，搭上一件小外套，在女性的柔美中添了三分帅气。

她一进KTV，服务员像是认识她，立马点头哈腰地迎上来：“唐小姐，您的朋友在二号至尊VIP房。”

安子颜端着大小姐的架子点了点头。

服务员毕恭毕敬地弯着腰领她过去。

安子颜并不知道，就在她转入拐角的时候，身后的电梯门打开了，一双眼睛盯住了她的背影。

她走到包厢门口。

“唐小姐，请。”服务员为她拉开门，做出请的手势。

里面的音乐声有点大，可是灯很昏暗，安子颜小心翼翼地走进去。

砰——

身后的门突然关上了，吓了她一跳。

随即灯亮了，炫彩的灯光在她头顶旋转。

“哇哦！Surprise（惊喜）！”

不知是谁喊了一声，一群人涌上来，把她团团围住，还有几个露出结实胸肌的男人贴着她跳舞。

安子颜被弄得头晕目眩。

“停、停、停——”她闭上眼，受不了地喊道。

不知道他们是不是没听到她喊的话，反而更兴奋了。

安子颜一时不习惯这么震耳欲聋的音乐，只觉得太阳穴隐隐发疼，而且眼前的几个壮男把她挤来挤去，让她很烦。

“我说停！”她拔高音量，厉声喝止。

一瞬间所有人都安静下来，有人赶紧去关了音乐。

“沫颜……你不喜欢吗？”一个女生凑上前问她。

安子颜捏了捏太阳穴，白了她一眼，说：“这就是你们说的惊喜？”

几人面面相觑。

安子颜说：“我不喜欢！你们现在弄得我很不高兴。”

一听这话，在场的人都惊吓到了。

“对、对不起，我们以为你会喜欢这个惊喜，对不起沫颜，你别生气，我马上让他们走。”那女生赶紧把那几个男人赶出去。

安子颜用高傲的眼神环视他们一圈，然后走过去在沙发上坐下。

一群人簇拥过去，围坐在她两侧还有她前面的桌子上。

“沫颜，你最近都在忙什么？有什么好玩的算上我们一份啊。”那女生亲昵地挨着她，还去搂她的手臂。

安子颜却不耐烦地挡开她的手：“我做了什么需要跟你们交代吗？”

那女生连忙摇头：“当然不用！沫颜，你别生我的气了，是我今天安排得不好，下次一定会让你满意的。”

“不用了。”安子颜姿态傲慢又冷漠。

对于她阴晴不定的情绪，众人大概也是习以为常了，此时都不敢吱声，就怕一不小心就触到唐大小姐的逆鳞。

安子颜用余光悄悄地瞄他们，嘴角要很用力才能压制住不上扬——看来她演得很逼真！

其实她是故意的，之前她就在度假会所见识过，唐沫颜的那些朋友没几个是好人，她与其以后还要花心思应付他们，不如趁现在跟他们慢慢疏远了。

安子颜嗖地一下站起来："没什么事的话，我走了。"

"等、等等……"一群人着急地围住她。

"沫颜，我们不能让你这样扫兴而归啊，你不喜欢这个单身派对的话，我们换个地方吧？对了，去韩少的度假会所怎么样？"

"对、对、对，去丽思吧！说不定韩少也在！"

安子颜才不想看到韩胤希呢。

"我不想去丽思。"她一边说，一边往外走，见他们要跟上来，指着他们说，"不准出来！"

那些人显然不敢违抗她的命令，都乖乖地站定，没人敢跟出来。

安子颜这才忍不住扬出了得意的笑容。

然而，她刚经过一个房间，就被身后不知何时冒出来的人用毛巾捂住了嘴巴。

安子颜吓得心跳都停了半拍。

她赶紧挣扎，可对方是个孔武有力的男人，她的挣扎一点用都没有。

眼看着就要被拖进房间，安子颜心生一计，用力往后踩了对方的脚背。对方吃痛，手臂松开了些。安子颜又用手肘把对方的胸口顶开，然后趁机逃脱了。

"来人啊！救命啊！"她一边跑，一边喊，没想到猝不及防地撞上了一个人。

因为刚刚的事，安子颜下意识地一惊，伸手就打了过去。

"别打，是我！"前面的人发出喊声，但还是被她的拳头砸到了脑袋。

她定睛一看，居然是彭俊轩。

"是你啊。"

彭俊轩揉了揉被她砸痛的额头，问她："怎么了？刚刚是你喊救命吗？"

安子颜点头："有人要绑架我！"

彭俊轩惊讶地道："绑架你？哪里？那人呢？"

安子颜回头看过去，发现那个人已经不见了。

可她的心还是惶惶不安。

她之前几天都待在家里，怎么一出门就出事了？

她想起她刚重生的时候在度假会所发生的事，那个时候就有人要杀唐沫颜了。

会是同一批人吗？

不管是不是，显然那幕后之人并没有放弃要唐沫颜的命。

而现在她是唐沫颜，那她就有危险了……

彭俊轩不解地问她："你今天没有带保镖出来吗？"

"保镖？"安子颜茫然地摇头，她哪儿知道唐沫颜出门还要带保镖？

彭俊轩看她小脸都白了，估计是吓得不轻，拉起她的手说："我先带你离开这里吧，去一个安全的地方。"

安子颜点了点头。

她不想回到之前的包厢，因为她现在怀疑那个幕后主使说不定就在那群人里，可能是之一，也可能是几人合谋。

不管如何，她都不相信唐沫颜的那些朋友。

彭俊轩领着她出了KTV。

门口停了辆保姆车，显然是他的。

上车之前，安子颜顿了一下脚步。

彭俊轩把她推上去："快点上去，免得被人认出我。"

他现在没戴口罩。

安子颜在他的催促之下上了车。

车门关上，彭俊轩急忙对司机说："快点开车。"

车上所有的车窗都遮挡着，这让安子颜感觉很不舒服，这样车里发生什么事，外面都不会知道。

彭俊轩从车上的小冰箱里拿出一瓶可乐递给她："喝点水，你就会放松了。"

没等她反应，他已经把可乐塞到了她手里。

瓶身传来的冰凉气息确实让安子颜感觉舒服了些。

彭俊轩看她不动，笑了一下，伸手拿过可乐帮她打开了："差点忘了，你是大小姐，从来不会自己开瓶盖的吧？喏，喝吧。"

安子颜确实渴了，接过可乐后喝了一口。

不愧是"肥宅快乐水"，喝了后，她确实放松不少。

她又喝了第二口，对他说："你送我回家吧。"

彭俊轩喝水的动作一顿，他低着头说："我想跟你多待一会儿，不行吗？"

安子颜没说话。

彭俊轩抬头，一双眼睛似乎带着哀怨："我知道我发了那么多微信，你肯定觉得我很烦……"

他发了多少微信给她，其实她都没有注意，可以说是完全无视了他这个人。所以听他说这些，她也没什么感觉。

但他毕竟刚刚帮了她，安子颜还是客套地回了句："没有。"

"真的吗？"彭俊轩瞅着她，"我好怕你讨厌我，所以后来就不敢发微信给你了，怕你烦我。可是我又好想见你，所以我一得知你去了皇城KTV，我就赶紧过来了，就想见你一面。"

他这是在解释他为什么会出现在那家KTV吗？

他不说安子颜都没意识到，他怎么会那么巧出现在那里？

彭俊轩突然一把握住她的手，低声柔情地说："沫颜，你在生我的气吗？"

安子颜蹙眉，下意识地就要挣开他的手。

他像是早就料到，握得死紧，就是不让她挣开。

安子颜说："你放手。"

彭俊轩索性要起赖："不放，你要是不说你没生我的气，我就不放。"

"我没生你的气，放手。"

她并不是想如他所愿，而是她确实没有生他的气，或者说准确一点，她根本就没生任何人的气。

她前几天窝在家里只是不想出门，并不是因为生他的气好吗？

严格来说，他太把自己当回事了，如果不是他今天出现在她面前，她都忘记了有他这么一个人。

然而，她说了他想听的话，彭俊轩并没有放手，甚至还两只手握住了她的手。

安子颜眉目中有了一丝不悦，这人得寸进尺是不是？

彭俊轩一脸高兴的模样，说："我就知道你舍不得生我的气，你放心，我以后跟你约会的时候一定会注意，不让人拍到。"

安子颜给了他一记白眼，谁要跟他约会啊？

她想都没想，就直白地告诉他："我明天就订婚了。"

这应该是众所周知的事吧？

彭俊轩表情一顿，说：“那又怎么样？韩胤希不是也有很多女朋友吗？你们是各玩各的，就算订婚了也不会影响我跟你之间的感情啊。”

安子颜很无语，谁跟你之间有感情啊？

她是不知道唐沫颜之前是怎么玩弄男女感情的，但她已经决定了，订婚后就正好可以拿这个当借口，跟以前那些“男朋友”划清界限。

而彭俊轩也不会是个例外。

安子颜索性跟他说清楚：“我打算订婚后就认真对待跟韩胤希之间的关系，不会再跟其他男生有过多的来往。”

彭俊轩脸唰地一下白了，突然吼道：“不可以！”

她居然为了韩胤希可以做到这样的地步，跟以前交往的人一刀两断！

安子颜语气肯定地说：“我已经决定了。”

言下之意就是，她决定的事谁也改变不了。

彭俊轩死死地盯着她，手突然很用力，把她都捏痛了：“你对韩胤希动了真情？”

他的眼神仿佛在谴责。

安子颜当然不是，可她也不打算否认，随他怎么想。

她皱眉说：“你抓得我很疼，你先放开手。”

他的神情变得有些诡异，让她心头冒出一股不安。

“我不放！我不允许！”彭俊轩很大声地对着她吼道。

安子颜感觉他的情况很不对劲，对他安抚道：“你先冷静一下好不好？就算我们不是……男女朋友的关系，我们以后也可以当朋友啊，对不对？”

她没想到他的反应会这么大。

“不行！”彭俊轩说着，嘴角撇了一下，他冷笑道，“你唐大小姐那么多朋友，我在你心里算什么？你连微信都不肯回我，一个字都不回！”

显然他心里也是有数的。

现在是在他的车上，他的情绪又这么激动，安子颜慌起来了，只想快点下车。

她缓下态度，装作难受的样子：“你先放手好吗？我的手好疼啊。”

这时，前面的司机回头说了一句：“马上就到了。”

马上就到了？到哪儿了？安子颜心生不安，盯着司机的侧脸，隐约觉得有点眼熟。

她低头看了看司机过分健硕的手臂，猛然惊恐地瞪大了眼睛——这司机就是刚刚试图绑架她的人……

看她盯着自己，司机显然有所警惕，从后视镜观察她，见她露出这样的表情，就明白过来。

司机皱眉，出声提醒彭俊轩："她好像认出我了。"

彭俊轩冷声说："没关系，药效也差不多该发作了。"

什、什么药效？安子颜心脏跳得飞快，愕然地看着彭俊轩。

视线突然一阵恍惚，她感觉有点晕，随即眼前一黑。

韩家。

韩胤希一边拽拉领带，一边往楼上走，同时给连城打电话："都几天了？你查的结果呢？"

连城向来效率很高，要查一个人从不需要到第二天。

手机那头隐约能听到海浪的声音，还伴随着美女的嬉笑声。

连城无辜地说："结果我不是给你了吗？"

韩胤希停在自己的房间门口，无奈地说："你什么时候给我了？"

这家伙，事没办完就跑海岛度假去了。

连城笑着说："我放在你房间的桌子上了啊，你不会这几天都没回过房间吧？"

韩胤希："……"

显然，他这几天确实没有回过房间。

要不是明天就是订婚宴了，他家人要他回来试礼服，他可能还不会回来。

"你知道我不经常回这个家，你把结果放在这里，就不能事先跟我说一声吗？"韩胤希表示这个黑锅还是得连城背。

如果不是他不常回这个家，这家伙还能跑到他这里来白吃白住吗？

为了照顾这人的白吃白住行为，韩胤希还在自己的房间放了冰箱，时不时让用人往里面补满食物。

连城倒不在意黑锅谁背，无所谓地说："OK，我的错，是我忘了！"

韩胤希打开房门，走进房间，环视了一圈，在一张桌子很明显的位置上找到了连城所说的检查报告。

可是拿起一看，他皱起了眉头："你确定这个结果的百分之百准确性？”

对于他的疑问，连城不满了，说道：“喂！兄弟，你可以质疑任何人，但在这方面你不能质疑我，这结果可是我亲自检验出来的！”

韩胤希手中拿的是一份DNA检验报告，用唐沫颜的DNA做的对比。

这可以证实，现在的唐沫颜就是原本的唐沫颜，并没有被调包。

以防万一，这还是由学医的连城亲自做的检验。

说起检验的结果，连城也很是惊讶，道：“我几乎断定她不是唐沫颜，所以DNA报告出来的时候我也吓了一跳。”

韩胤希沉默了，黑沉的眸子直盯着手中的报告：“那为什么她突然性情大变？”

唐沫颜真的是在演戏吗？韩胤希不相信，她演戏不可能好到骗过他的眼睛。

连城说：“我怎么知道啊？可能是……唐大小姐遇上了什么事，让她对人生突然有了感悟？这也不是不可能的，国外就有过案例，一个本性极坏的男人突然醒悟想要当一个好人……”

韩胤希没有听他说下去，挂断了电话。

这是第一次他对自己引以为傲的智商产生了怀疑，他真的被唐沫颜骗到了？

呵，向来骄傲的韩胤希完全接受不了有这样的可能性。

就在他感到烦躁的时候，一个电话打了进来。他看不是连城打来的，这才接听了。

“少爷，唐大小姐她……”

韩胤希淡漠地打断对方的话：“不用跟着她了。”

他为了观察唐沫颜，便让人跟踪了她。

对方一顿，犹豫了一下，还是说了下去：“唐大小姐之前一直待在家里，今天突然出门，去了皇城KTV，她出来后上了彭俊轩的车……”

韩胤希声音冷了几分，说：“不用跟我汇报她的事。”

对方冒着危险，战战兢兢地接着说：“不是，少爷，我觉得情况有点不对。他们到了彭俊轩的公寓后，唐大小姐像是晕了过去，她是被背上楼的……”

第四章

他是“渣男”

这是公司给彭俊轩安排的公寓。

本来他不想把唐沫颜带到这里来，但他在燕城没其他住处，又怕去别的地方被人发现，只能把她带到这里。而且这公寓对住户的隐私方面保护得很好，这也是公司给他安排住在这里的原因。

遮遮掩掩地从停车场把唐沫颜带到房间，彭俊轩把她放在床上后，就出去准备东西。

谁知道他一回来，就看到那个男人不知道给唐沫颜喂了什么。

他大惊，连忙上去阻止。

“你给她吃了什么？”彭俊轩一把拉住男人的手，可惜还是晚了。

男人嘴角扯出一抹猥琐的笑容：“没什么，就是一种助兴的药丸。放心吧，不伤身的。”

彭俊轩皱眉，坚持逼问他：“药丸？什么药丸？你干吗给她喂乱七八糟的东西！”

男人解释：“我这不是怕她会醒过来吗？她刚刚才喝了一点可乐，药效维持不了多久，你也不想我们的事还没搞定她就醒过来了吧？”

彭俊轩说：“就拍几张裸照，花不了多少时间。”

他的想法很简单，就是想用裸照威胁唐沫颜，让唐沫颜给他资源，捧红他而已。

这对唐家来说不过是轻而易举的事。

可是对于他的计划，男人显然觉得不够，男人摸了摸下巴，眼神流连地盯着床上的人："你不觉得我们这么大费周章地绑架她，就只是拍几张裸照，太浪费了吗？"

彭俊轩瞪着他说："她是唐家大小姐！你想对她做什么？你不想活了吗？唐家只要动动手指，我们都会像蚂蚁一样被碾死！"

他也见识过唐沫颜的残忍手段，所以不敢做得太过分。要是刺激到了唐沫颜，谁也不知道会发生什么事。

如果不是他最近被打压得很惨，也不会这样铤而走险。

男人眯起眼，冷哼一声，瞥了一眼床上的安子颜，说："现在像蝼蚁一样任人宰割的，是她唐大小姐吧？"

彭俊轩指着他的鼻子警告道："我们就按照原本的计划来，你不要想其他有的没的，你不怕死，我怕！"

男人嗤之以鼻："㞞货！"

彭俊轩不介意他怎么说自己，爬到床上，准备脱安子颜的衣服。

可偏偏这时候安子颜动弹了一下，像是要醒了。

男人伸手去拽彭俊轩："等等，她醒了。"

彭俊轩慌了："你赶紧来帮忙啊！"

男人看着他的㞞样，投以鄙夷的眼神："你慌什么，幸好我刚刚给她喂了药，那个药发作很快，放心，她就算醒了也认不出我们。"

彭俊轩不解地看着他："你到底给她喂的是什么东西？"

男人猥琐地笑道："一种很迷幻的……药。我要她做什么，她就会乖乖做什么。"

彭俊轩目瞪口呆，还有这种药？

"让她做什么她就做什么……那你想对她做什么？"

男人给他一个"你懂的"的眼神："你说呢？"

彭俊轩倒抽一口凉气："你不会是想……"

男人舔了舔嘴唇，盯着床上的安子颜，像是在看什么美味的食物："豪门大小姐的滋味如何呢？我还真没尝过。"

彭俊轩惊恐地看着他："你疯了吧？你要敢动她，十条命都不够你死！"

男人不以为然地道："就算她是豪门千金又怎么样？我把过程拍下来，她要是敢对付我，我就把片子放到网上，看她怕不怕！"

彭俊轩看出他是玩真的，连连摇头："不、不行！唐沫颜要是生起气来……"

男人用手背拍了拍他的胸口，说："放心啦，到时候她被强暴的视频在我们手上，她敢不听我们的话？像他们这种有钱人，面子比什么都重要。"

彭俊轩几乎要被他说服了——被强暴的视频绝对比裸照更有威胁，到时候受到威胁的唐沫颜不可能不帮他。

想到唐家的关系网一旦用上，他想要什么资源没有？彭俊轩心动了……

男人看他不说话，就知道他默许了，便一把推开他，说："你出去给我把风。"

彭俊轩一愣："你想干什么？你出去才对，我来就行。"

他怎么可能让别人碰唐沫颜，要上也是他上。

"药是我下的，你想跟我抢？"男人冷笑，曲起手臂给他看自己鼓起的肌肉。

彭俊轩还想说什么，就被硬拽着扔了出去。

卧室门口，他不安地来回踱步，越想越觉得不对，这男人是他给钱叫来帮忙的，怎么能让这男人占了便宜呢？

"喂，你——"他伸手去拍门。

谁知砰的一声巨响从身后传来，彭俊轩吓得缩起了脖子。

彭俊轩腿一软，狼狈地跌坐在地："韩、韩少？！"

他猛然想起韩家是干什么的，顿时吓得屁滚尿流。

"唐、唐……"他指着房间里，浑身哆嗦得说不清楚话。

韩胤希一脚踹开挡在路中间的他，快步走了过去。

门一开，他就看到床上的男人正在拉扯安子颜的衣服。

"你进来干什么……"男人回头想要叱喝，却在看到来人后乖乖地闭嘴了。

跟刚刚面对彭俊轩的强势不同，男人立马认尿："我没碰她！我还没来得及……"

她的话还没说完，就被来人踢到了床下。

"啊——"男人趴在地上惨叫。

韩胤希走过去查看床上的安子颜。

她看上去是醒着的，可是状态不对，韩胤希一看就知道她被喂了某种迷幻的药。

"你给她喂这种药？"他冷眼扫向被踹下床的男人，眸中盛满了怒火。

"不、不是，这只是普通的……啊！"

又是一脚，男人痛得直翻白眼，跪趴在地上。

韩胤希用被子包裹住安子颜，把她抱下床。

一开始安子颜挣扎得很激烈，他怕摔到她，便沉声说："别动。"

安子颜顿时乖巧地靠在他肩上。

韩胤希抱着她出了房间。

下一秒，就有几个黑衣人鱼贯而入，继续教训这个色胆包天的人。

车上。

安子颜半睁着眼睛，看似清醒，眼神却是迷糊的。

韩胤希让她靠在自己的肩上，伸手轻拍她的脸，低声唤她："沫颜，唐沫颜，醒醒，唐沫颜。"

可是安子颜没有一点反应。

韩胤希皱眉。

虽然他猜测她是被下了某种迷幻药，但是那种药也分很多种类型，轻的还好，只是让人迷迷糊糊，任人做什么都没反应，而重的就会……

还好目前看来她的情况应该不是被喂了重的那种。

韩胤希算松了口气，没好气地睨着她，教训道："让你识人不清，活该！"

安子颜的脸埋在他的颈窝中，像是听到了，委屈似的蹭了蹭。

韩胤希感觉她现在像小猫似的。

只是她的呼吸喷在他的脖子上，热乎乎，又痒痒的，让他的心尖像是被撩拨了一下，也有点痒痒的感觉。

这种从没体验过的感觉让他很不习惯。

他抬起她的小脑袋，对上她的眼睛，明知道她不会回答，还是喃喃地问道："你真的是唐沫颜吗？"

安子颜突然呜咽一声，皱着眉头否认："我不是唐沫颜……"

韩胤希眼神一凛，捏起她的下巴，严厉地逼问她："那你是谁？"

安子颜对上他漆黑如墨的眼睛："我是……"

空气好像在瞬间安静了下来。

韩胤希甚至下意识地屏住了呼吸。

谁知安子颜突然笑了一下，然后脑袋一歪，埋在了他的肩膀上："才不告诉你……"

韩胤希感觉自己被耍了，刚刚那一刻他还以为她真的会说什么。

果然，她就是唐沫颜。

呵，这不是搞笑吗？她本来就是唐沫颜。

明明连城检验出的结果已经证实了这一点，为什么他对她的怀疑还是挥之不去呢？

埋在他肩膀上的小脑袋傲娇地哼了一声，接着说："才不会告诉你，我不是唐沫颜，我是安子颜……"

安子颜？韩胤希心头一震。

他当然不知道安子颜是谁，可是从她口中说出了另一个名字、另一个身份，所以这算她亲口承认了她不是唐沫颜？

那为什么DNA的检验结果会是吻合的呢？

他在脑中顿时分析出很多种可能性：也许她和唐沫颜是双胞胎，从生物学上来讲，如果是同卵双生的话，DNA基本是相同的；也有可能把她调包的人在她身上动了什么手脚……

而不管是哪一个，至少证实了他所怀疑的那一点——她不是唐沫颜。

韩胤希低头看着安子颜的侧脸，她好像还感觉很委屈似的，在他肩上蹭了几下，呜咽着重复："我是安子颜、我是安子颜……"

她不知是在对他强调，还是在对自己强调，好让自己永远不要忘记这个身份。

不管她现在是唐沫颜还是谁，但她的灵魂是安子颜，她永远都是安子颜。

韩胤希伸出手，修长的手指拨开她因为乱蹭而掉落在脸颊上的发丝，手指一顿，接着指腹在她细腻的脸蛋上摩挲了一下。

"安子颜……"他黑眸微沉，重复着她所说的名字。

前方，司机从后视镜中不经意地看到了两人相拥的亲密姿势。

是谁说少爷跟唐大小姐的感情不好的？这完全是热恋状态啊！

因为安子颜这样的状况，韩胤希为了避免唐家人多问，便没有送她回家，当然也不可能带她回韩家。

没辙，他只好把她带到了他常住的公寓。

那是一处位于市中心的高档公寓，他买了上下两层，打通做成复式。

安子颜是在沙发上醒过来的。

韩胤希对自己的地盘有着较严重的洁癖，他的床只能他睡，别人不能碰，就算是连城这样的生死之交去他家白吃白住，也不敢碰他的床，只能睡沙发。

而韩胤希的这套公寓，是他的私人地带，很少有人能来。

“水……”安子颜一醒来就感觉口干舌燥，非常想喝水。

她刚睁开眼睛，也没注意自己在哪儿，就迷糊地四处找水喝。

“这里。”一只大手握住她细白的小手，把一个玻璃杯塞到了她手中。

安子颜捧着水杯，像沙漠中饥渴的人，昂头就咕噜咕噜喝了起来，几秒就把一杯水喝完了。

“还要吗？”那道低沉悦耳的嗓音问道。

安子颜缓解了那股干渴，舒服了些，点头说：“谢谢，我还要一杯。”

她倒是挺懂礼貌的，韩胤希嘴角似有笑意，接过水杯，转身去给她倒水。

安子颜这才看清自己的处境。

这里……是哪儿？她怎么会在这里？

安子颜环视这个只有黑白灰颜色的房子，一双黑葡萄般的大眼睛迷茫地瞪大了……过了一会儿，记忆回归，她想起了什么，突然大叫一声：“啊——”

韩胤希走回来，看到她小脸惨白，双手环抱自己，就明白她在想什么。

他安抚道：“放心，我到得及时，那男人没有得逞。”

安子颜愣怔地看着他：“真、真的吗？”

她瑟瑟地低头检查自己——身体没有酸痛感，只是头有点昏沉沉的感觉。

韩胤希把重新倒满的水杯放到茶几上，坐在一旁的沙发上，盯着她的眼睛，沉声问道："你还记得发生了什么事吗？"

安子颜努力回想："是彭俊轩……从一开始就是他的计谋。"

韩胤希问："还有呢？"

比如她跟他坦白了什么的情况。

其实他知道，那种迷幻药的后遗症就是会让受害者忘记那段时间的记忆。

果然，安子颜复述的都是跟彭俊轩相关的片段，后来韩胤希出现的那段她就完全没有印象了。

韩胤希说："不记得就算了，再喝点水。"

安子颜点头，整个人不知道是不是因为药效刚过，显得呆萌，让她喝水她就乖乖喝水；问她要不要吃东西，她就眨巴着大眼睛思考两秒，说自己好像有点饿；问她想吃什么，她又歪着小脑袋想了两秒，然后说随便，真是可爱到有点没道理。

韩胤希把目光从她脸上收回，起身走向开放式厨房，翻找了一圈，找出了两桶泡面。

"只有泡面。"他说。

他自己不下厨，家里能找到泡面就算不错了。

安子颜点了点头。

韩胤希看着手中的泡面，低声一笑——泡面，那可是唐大小姐最嫌弃的东西。

煮水泡面只需要几分钟的时间。

安子颜还有点蒙，打开泡面要吃，发现坐在沙发上有点高，便很自然地刺溜一下滑到了地板上，然后就这样大大咧咧地坐在地板上吃着茶几上的泡面。

韩胤希失笑地看着她的一举一动。

安子颜吃了两口泡面，突然扭头，像在找什么。

韩胤希问她："怎么了？"

安子颜看着他："遥控器呢？"

韩胤希找到了遥控器，递过去给她。

安子颜打开了电视，一边看电视，一边享受泡面。

对，是享受。

如果不是她有一张唐沫颜的脸，韩胤希真的无法把眼前的人跟唐沫颜联系到一起。

他微微眯起眼，眸中带着猜度——难道真的是双胞胎？

这张脸实在是太像唐沫颜了，甚至可以说是完全没有破绽，哪怕是世界上最先进的整容技术都不可能做到如此之像。

安子颜吃完泡面，感觉还是难受，揉了揉太阳穴。

她皱眉说："我还是觉得脑袋昏沉沉的……是不是那个药有什么后遗症啊？"

韩胤希想了想说："可能你不太适应那种药，身体产生了排斥反应。"

他看了一眼面前的泡面，实在难以下咽，便伸手推开了。

他平时不吃泡面，这泡面不是他买的。

安子颜爬回到沙发上躺下了，声音有点不高兴地反驳："谁要适应那种药啊！"

韩胤希看她脸色不太好，猜测道："你可能是生病了，多喝点水，再休息一会儿吧。"

对药物产生排斥的话，身体的机能就会进行调节，便会有生病的现象，这属于正常现象。

安子颜拽过一个靠枕抱在怀里，身子像毛毛虫似的蜷曲起来。

她呜咽着说："我肚子疼……"

韩胤希不解地问："怎么会肚子疼呢？"

"就是肚子疼啊！是不是你的泡面有问题啊？"安子颜越来越难受，小脸皱成一团。

韩胤希说："不可能，我也吃了……"

不对，他没吃，他闻着泡面的味道就没胃口了，所以一口都没吃。

韩胤希想到了什么，突然眼神一冷，把泡面拎起来一看。

泡面过期了……还过期了半年之久。

难怪她吃了会肚子疼。

韩胤希顿时感觉很抱歉，有点不好意思告诉她真相。

但安子颜注意到了，逼问他："泡面是不是过期了？"

他没回答，算是默认了。

安子颜气得用靠枕砸他："过期了你还给我吃！我都这么惨了，你还害我！你是不是人啊！"

"对不起咯，我也不知道过期了，这泡面不是我买的。"韩胤希利落地躲过她丢来的靠枕，很真诚地表示歉意。

安子颜生气地道："在你家，不是你买的，那是谁买的？"

韩胤希说："应该是连城买的。"

他这么一想，好像是……前年？连城来他的公寓，买了一堆零食，这泡面应该就在其中。

安子颜不说话了，整个人蜷成一团，看上去非常难受的样子。

韩胤希凑近一看，发现她的额头都冒冷汗了。

"这么难受？"他皱起眉，心脏像是被人揪了一下。

安子颜不说话，把脸埋进沙发里。

韩胤希凑上去要拉她："我送你去医院吧。"

安子颜不肯动。

韩胤希没辙，只好伸手去抱她，这才看到她眼角含了泪水，看上去可怜兮兮的。

她满眼都是对他的控诉，这让他心生内疚。

"我不知道这泡面过期了。"他一边说，一边抱着她往外走。

安子颜疼得厉害，又往他怀里缩了缩，发出闷哼声。

韩胤希走得很快，到了电梯口停下的时候，又低声安慰她："你忍一忍。"

安子颜很委屈地说："我都这么惨了，被人下了药，还差点被……呜呜，你还害我……"

"我不是故意的。"韩胤希叹息道。

安子颜以无声表示控诉。

进了电梯，韩胤希问她："那你想怎么样？"

安子颜不说话。

到了地下停车场，韩胤希动作轻柔地把她放进车里，然后绕到驾驶座。

安子颜坐在副驾驶座上，双手搂着肚子，眼角还湿湿的，一副"好惨一女的"的模样。

韩胤希屈服了："我可以答应你一件事，这样行了吧？"

她显然是听到了的，余光还悄悄地瞥了一下他那边，可还是不说话，随即把小脸扭向车窗。

韩胤希哼道："你别得寸进尺。"

安子颜缩了缩身子，双手收紧，捂着自己的肚子。

韩胤希不敢耽误，先启动了车。

一路上她都没说一句话，只是咬着牙，像是在忍痛。

到了就近的医院，韩胤希停好车，绕过去要抱她。

安子颜可能是在车上缓了一下，感觉没那么痛了，就不要他抱。她自己下车，却笨拙地撞到了脑袋。

韩胤希睨了她一眼，也不管她要不要，长臂一伸，就把她抱了起来。

安子颜挣扎："我不要你抱，你放我下来。"

"你别动！"韩胤希威胁地瞪了她一眼。

她还是之前乖乖听话的样子比较可爱。

安子颜回瞪他，控诉道："你害我还不够，还这么凶！我不要你抱还不行吗？"

韩胤希懒得跟她争辩，索性霸道地说："不行！"

安子颜气鼓鼓地噘起小嘴，嘀咕道："这么霸道……"

韩胤希没理她，抱着她往医院里走。

这里好多人，安子颜被看得太难为情了，扯了扯他的衣服，小声对他说："你放我下来吧，这么多人看着，好尴尬啊。"

不知道的人还以为她病得有多严重。

韩胤希习惯了无视别人的目光："马上就到了。"

到了？安子颜这才看到他把自己抱进了急诊室。

她突然想找个洞钻进去，她就是吃坏了肚子，不用进急诊室这么夸张吧？

医生看她是被抱进来的，还以为她有多严重，急忙凑过来问情况："她怎么了？"

韩胤希解释："她吃了过期半年的泡面，然后就肚子痛了。"

"……"一旁的医生和护士是同样的表情。

护士笑了一下，说："就是闹肚子，在家里自己吃点药就没事了。"

安子颜刚想说自己好很多了，肚子突然又绞痛起来。

韩胤希看到她猛地拽紧了自己的手，不禁担心地看向她，发现她痛得额头又冒出了冷汗。

他皱眉问："又痛了？"

安子颜点点头。

韩胤希对医生说："你快给她看看。"

医院对护士吩咐道："你带这小姑娘去做抽血检查。"

护士便把安子颜带去了另一边，准备给她抽血。

安子颜最怕抽血了，急忙摇头："不要，我不要抽血！我就是吃坏肚子了，吃点药就行了啊。"

她只是吃坏肚子而已，为什么要抽血啊！

护士哭笑不得地道："还是检查仔细点比较好，你看你男朋友多担心你。"

什么男朋友啊，他才不是我男朋友！

安子颜瞅着韩胤希，怨念地说："你害我闹肚子还不够，还要人家抽我的血，我跟你有仇吗？"

韩胤希解释道："抽血是为了检查你的具体病情，你痛得这么厉害，如果不是闹肚子呢？"

安子颜笃定地说："我就是闹肚子。"

韩胤希没理她，对护士说："别管她，给她抽血。"

护士也是左右为难，对他建议道："检查仔细一点是对的，但你女朋友很怕抽血的样子，你过来搂着她，哄哄她吧。"

安子颜脸蛋一红，喊道："我才不要。"

她又不是他女朋友，干吗要他哄啊！

护士拿了抽血的工具过来。

安子颜一看到针，小脸就白了，害怕地往旁边缩，可怜兮兮地说："我不要抽血……"

韩胤希睨了她一眼，默不作声地走过去坐下，然后长臂一揽，强硬地把她拽到怀中，扣住了。

护士显然习以为常了，只是笑了笑，然后给她抽血。

"啊——"安子颜也顾不上其他，害怕地把脸埋进韩胤希的胸口，发出小声的惨叫。

韩胤希不自觉地把她搂紧了些。

很快就抽完了血，护士示意韩胤希摁住消毒棉签。

“你在这里陪着她，我去拿药。”护士说着走开了。

安子颜感觉虚脱了似的，就一直靠着韩胤希。

其实韩胤希很不习惯跟人有肢体上的亲密接触，他眉头微蹙，犹豫了一下，可能是看她一副惨兮兮的样子，鬼使神差般没有推开她。

过了几分钟，安子颜才反应过来，猛地坐起身：“你别误会，我、我不是故意要抱着你的……”

韩胤希还摁着棉签，怕她挣开，便一把握住她的手。

安子颜顿时小脸通红：“你干吗啊？”

韩胤希注意到她羞得脖子都红了，不禁觉得好笑。

空气突然变得很暧昧。

他不说话，只是一直睨着她，那双漆黑如墨的眸子里似有笑意。

安子颜被他盯得心跳加速。

没过一会儿，护士拿药过来了，递给韩胤希说：“你给她吃一包，饮水机在墙角。”

韩胤希拿起棉签看了看，没出血了，这才放开她。

他起身走过去倒水。

安子颜赶紧用手背扇了扇自己的脸，降一下温。

她的脸为什么这么热啊！想到自己的脸此刻有多红，她就难为情地想躲起来。

看到他转身回来了，安子颜赶紧装作淡定。

韩胤希好似什么也没发现，把水杯和药递给她，说：“吃药，现在还很痛吗？”

刚刚抽血安子颜只顾得上害怕，哪儿还记得痛不痛啊！

谁知被他这么一说，肚子好像也记起了自己的职责，又痛了起来，安子颜赶紧接过杯子吃药。

她委屈地说：“都怪你，你不提它还不痛，你一说，它就又痛起来了。”

吃了药后她感觉到有些反胃，胸口闷闷的，还有些难受。

韩胤希注意到她的脸色不好，刚好护士路过，便赶紧问护士。

护士说：“你给她多喝点水吧。”

韩胤希便去倒水。

安子颜有点想吐的感觉，所以不想喝水。

韩胤希把水杯递到她面前："护士让你多喝水。"

安子颜摇头："我不想喝。"

韩胤希索性把水杯塞到她手里，强势地说："喝掉。"

安子颜皱眉："我不喝。"

他怎么这样啊？她不想喝水，他还非要逼她喝。

韩胤希盯着她说："让你喝水是为了你好，快点喝。"

安子颜瞪他："你好烦，我不想喝都不行吗？"

韩胤希瞪回去："你才烦，喝个水磨磨叽叽的，你乖乖喝掉不就行了吗？"

"我不喝！"

一旁的人都看不下去了，对韩胤希教育道："女朋友正生病呢，你对她温柔一点，女生是要哄的。真是的，女朋友这么漂亮，你也不懂得对她好点。"

其他人附和：

"这么漂亮的女朋友，别人想要都没有，自己有还不懂得珍惜。"

"自己的女朋友自己不哄，等着别人来哄吗？"

护士小姐正好走回来，听到这些话，笑着对他们解释："你们别说他了，他就是紧张自己的女朋友，让她多喝水是对的。"

韩胤希对安子颜说："听到没有？"

安子颜无奈，也不想让旁人继续看笑话，只好乖乖喝水。

谁知，她刚喝完，韩胤希又去给她倒。

她只好又喝。

一连喝了好几杯，突然她胸口一阵上涌，忍不住跑去厕所吐了。

吐完后，她莫名地感觉舒服了些。

她从厕所走出来，韩胤希就站在门口等她，手里还端着一杯水。

安子颜愁眉苦脸地问："还喝？"

韩胤希点点头。

安子颜叹了一声，接过来喝掉。

但她发现这次的水有点不一样，是咸的。

韩胤希解释道："这是盐水，给你补充盐分用的。吐完是不是感觉舒服点了？肚子还痛不痛？"

安子颜眨巴了一下眼睛，说："好像……不痛了……"

韩胤希说："我怀疑你是食物中毒。"

所以他才逼她多喝水。

安子颜嘟着小嘴，瞅着他说："食物中毒也是你害的。"

"……"韩胤希无法反驳。

两人等了不知多久，验血报告终于出来了，果然是食物中毒。

"只是比较轻微的食物中毒，不严重。给你开了点药，拿回去吃，还有，回去记得多喝水。"医生叮嘱道。

面对医生的时候，安子颜乖巧得就像个三好学生，她点头应道："嗯，知道了。"

韩胤希带着她走出医院的时候，天都已经黑了。

他拉开车门，让她坐上车。

安子颜系好安全带后想起了什么，笑眯眯地看向他："我好像记得……你之前说可以答应我一件事，对不对？"

韩胤希握着方向盘，耸了耸肩，说："我有说过吗？你记错了。"

安子颜不敢相信他居然是这样的人，生气地说："你怎么能说话不算数！"

韩胤希只是逗她的，他当然是个言而有信的人。

他点头："行，你说吧，想要什么？"

安子颜摸着下巴想了一会儿，不知想到了什么，眯起眼睛贼贼地偷笑，然后小脑袋凑过去，坏笑着说："我想要……"

韩胤希对上安子颜清澈透亮的眼睛，莫名有种好像在里面看到了小恶魔的感觉——她最好别说什么想要天上的星星之类的蠢话。

安子颜起了戏弄他的心思，故意拖长了尾音，观察他的表情。

她扯开嘴角，笑得蔫儿坏："你猜，我想要什么？"

韩胤希黑眸微眯，轻轻一笑，说道："你什么也不想要。"

"你猜错了！"安子颜指着他的鼻子得意地说。

韩胤希不以为然，启动了车子，说："好了，你想要的东西我已经给你了。"

安子颜本来还在思考应该让他答应自己什么，听到他这话，不由得一愣："什么啊？你什么时候给我了？"

她有一秒的迷茫，还以为自己失忆了。

韩胤希说："刚刚。"

刚刚？安子颜努力回想，一脸蒙："哪儿有！你哪儿有给我什么东西！"

韩胤希解释："你刚刚不是让我猜你想要什么吗？我回答了啊。"

"所以呢？"安子颜表示不解，他只是回答了她的问题，又没有给她什么东西。

正好遇上红灯，车停了下来。

韩胤希转过头看她，这次很仔细地解释："你说你想要我猜你想要什么，然后我猜了，对吧？"

安子颜点头："对啊。"

韩胤希说："你想要的东西，我给你了，对不对？"

安子颜摇头："没有啊！你没有给我什么东西啊！"

韩胤希顿时失笑："你说你想要的是让我猜你想要什么，而我回答了。懂了吗？"

安子颜还是发蒙状态。

她能听懂他说的每一个字，可是这些字连在一起，她就发现自己听不懂他的意思了："你在说绕口令吗？"

他能说人话吗？

韩胤希觉得自己已经解释得很清楚了。

正好转了绿灯，后面的车子摁喇叭催促，他只好先启动车，给她丢下一句话："你这么笨的吗？自己想！"

安子颜愕然地瞪大眼睛："我笨？明明是你没有说清楚！是你表达有问题！"

韩胤希说："我说得很清楚了。"

安子颜生气地反驳他："你哪儿有说清楚，我根本听不懂你在说什么！"

"听不懂那是你的理解能力有问题。"

"我理解能力很好的！"

她的语文成绩还拿过全班第一好吗？

韩胤希很快意识到自己在跟她吵这种小学生的架，这要是让连城看到，估计会惊得眼珠子都掉了。

"我在开车，不跟你吵，你自己想想我刚刚说的话。"

安子颜气呼呼地把头转向窗外，嘀咕："明明是你没讲清楚……哼，我看你就是想要赖，言而无信，卑鄙、无耻！”

韩胤希哭笑不得：“我已经给了你想要的，这还叫言而无信？”

不过他确实有点投机取巧。

“你明明就没有给……”安子颜突然一顿，脑子好像瞬间通了一样，捋清了他的意思。

她懂了！他的意思是，她让他猜她想要什么，这就是她想要的东西，而他回答了她，就等于给了她想要的东西。

安子颜怒了，说道：“你怎么能这样！这也算？你不想兑现承诺就算了，哪儿有这样凑数的！”

这人果然卑鄙无耻！

韩胤希本来只是想逗她玩的，没想到她真的生气了，他说：“那这个不算吧。”

安子颜不理他，心里更笃定了他是“渣男”。

第五章

不能告诉别人我是安子颜

到了唐家，安子颜板着小脸，不跟他说再见就开门下车。

“等等。”韩胤希喊住她。

安子颜脚步一顿，又继续往前走。

韩胤希只好下了车追上去拽住她，把药塞给她，还叮嘱道：“记得吃药，还有，多喝水。”

说完，他就松开手走了。

安子颜回头，看着他的车子驶出唐家大门。

她此时的心情好复杂，又是生他的气，又是……

不想了！好烦！安子颜拎着装药的袋子飞奔似的跑回家。

路过的用人都错愕地看着她，显然很少看到大小姐这副模样。

她刚要上楼梯，就有人喊她：“沫颜，你怎么了？”

安子颜停下脚步望过去，才发现客厅里多了一男一女。

男子安子颜是知道的，是唐沫颜的父亲。

女子穿着很精致，气质高雅大方，是个看上去很强势的女人。

安子颜脑子有点乱，一时没想到她是谁。

她怔怔地对唐父摇头说：“我没事。”

唐父笑了一下，说：“刚刚是胤希送你回来的吧？怎么了，跟他吵架了？”

安子颜噘了一下小嘴："谁要跟他吵架！"

唐父也是过来人，听到这回答就懂了。

他招呼安子颜过去："你妈回来带了礼物给你，快过来看看喜不喜欢。"

妈妈？安子颜愣怔地看着他身边的女人，她就是唐沫颜的妈妈？

这是安子颜万万没想到的，唐母居然是个女强人。

待她走近了，唐母盯着她的小脸，像是发现了什么，蹙起眉头问："你的脸色怎么这么白？哪里不舒服吗？"

"呃……"安子颜不知该不该说出实情。

自己被人下了药，差点被强暴了？这事她当然不能说。

唐母眼神很是锐利，又发现了她手中拎的袋子，问道："你手中拿的是什么？"

安子颜这下想瞒也瞒不了："就……我在韩胤希那边吃坏了肚子，他带我去医院了，只是轻微的食物中毒而已，不严重的。"

一听是食物中毒，唐父吓了一跳："食物中毒？这么严重的事，你怎么不跟我们说啊？"

他心疼地走过去牵起她的小手，把她带到沙发上坐下。

"不严重的，只是轻微的食物中毒，轻微的。医生说吃点药，多喝水就没事了。"安子颜强调道，不想他们过于担心。

唐母对管家吩咐，让家庭医生过来一趟，然后坐到她身边，拿过她手中的袋子，打开看里面的药。

安子颜战战兢兢的，怕她会看穿自己不是唐沫颜。

看过验血结果，唐母放心了些，看向她，问："吃饭了吗？"

安子颜这才想起自己还没吃饭，摇摇头："没吃。"

唐母摸了摸她的小脸，心疼地说："我才出差几天，你怎么就瘦了这么多？"

安子颜没说话，主要是怕自己多说多错。

一听她没吃饭，唐父立马让厨房那边快准备饭菜。

"你妈也是刚下飞机，晚饭还没吃，原本看你不在家，我们刚刚还说要不要等你回来再吃。"

安子颜跟着他们去了饭厅。

吃饭的时候她也一直没有说话。

唐氏夫妇只以为她是不舒服，所以话才那么少，没多想。

吃过饭，唐母让用人倒了一杯水过来，给她送来药。

安子颜找借口要休息，就回房间了。

晚上睡觉的时候，她做了梦，梦到唐沫颜回来了，要抢回她的身体："你现在的一切都是我的！身体、未婚夫、父母……你把我的东西还给我！"

安子颜满头冷汗地惊醒过来。

窗外天色刚亮，还有些灰蒙蒙。

她就这样坐在床上，抱着被子，不知发了多久的呆。

直到用人敲门，她才回过神来。

"小姐，您醒了吗？礼服送来了。"

安子颜这才恍然想起来，今天是她和韩胤希的订婚宴。

不，准确来说，是唐沫颜和韩胤希的订婚宴，不是她的，她不过是个鸠占鹊巢的小偷。

订婚宴安排在中午，整个燕城有权有势的人几乎都来了。

当然，安子颜一个都不认识。

再加上昨晚的那个梦让她情绪低落，所以她整个人看上去冷冰冰的。

用人怕惹到她，都小心翼翼的，不敢说话。

而唐氏夫妇心疼她生病，想让她多休息，便也没叫她下楼来招呼客人。

咚咚——有人敲门。

女佣看了看安子颜，犹豫着要不要去开门。

下一秒，外面的人就推门而入。

"韩少！"女佣赶紧毕恭毕敬地唤道。

韩胤希深邃的目光落在发呆的安子颜身上，他对女佣摆了摆手，说："你们都出去。"

安子颜终于有了反应，抬头看到是他，本来看上去冰冷冷的神情一下子变得生动了起来。

"怎么是你啊？你来干吗？"她一副很嫌弃的语气。

韩胤希笑道："我是今天的主角之一，你说我来干吗？"

安子颜像是这才想起今天是订婚宴。

韩胤希走到她面前说："还在生气啊？你要不要这么小气？"

明明是他卑鄙无耻，他居然反过来说她小气？安子颜无语了。

“对，我就是这么小气。”她哼道，“好过有人言而无信，卑鄙无耻、禽兽不如！”

韩胤希睨了她一会儿，没反驳，转身去抽了纸巾递给她：“把口红擦了。”

她上了妆的脸比平时更艳丽，尤其是配上这口红，加上她刚刚不说话冷冰冰的模样，让他刚刚有一刻的错觉，还以为看到了以前那个唐沫颜。

安子颜正跟他生气呢，当然不接他递过来的东西。

韩胤希蹲到她面前，亲手帮她擦。

安子颜扭头躲开，说道：“你干吗啊？”

韩胤希却霸道地捏住她的下巴，逼她转过头来，继续擦。

“你已经很漂亮了，不需要化妆。”

安子颜一愣，没想到他会夸自己，小脸顿时发烫。

口红被他擦掉了，安子颜感觉嘴唇有点干，下意识地伸舌头舔了舔。

韩胤希目光一滞，盯着那抹一闪而过的粉色，眼神似乎深了几分。

安子颜不经意地抬头对上韩胤希深邃的目光，心跳加速——她不会又露馅儿了吧？

不行！她不能一再地露馅儿，再这样下去，别人就会怀疑她不是唐沫颜了。

安子颜从沙发上起身，让两人拉开安全的距离：“喀喀，那个……你上来干什么？”

韩胤希也不知自己费了多大力气，才把视线从她的粉唇上移开。

“你的嘴唇很干，抹点唇膏吧。”

不然她一直舔，勾引人还不自知。

安子颜也觉得嘴唇很干，听到他这样说，便去梳妆台上找唇膏。

“唇膏……哪个是唇膏啊？”

她从没化过妆，所以对桌上这些国际品牌的化妆品都不认识。

她打开了几个，都是口红。

安子颜郁闷死了，小小年纪用什么口红嘛！

韩胤希看不下去了，指着迪奥的那支变色唇膏对她说：“那支，粉色壳的。”

安子颜顺着他所指的方向找到了，打开一看，果然是唇膏。

她一边抹，还一边狐疑地瞅了他一眼，这些都是女生的东西啊，他为什么会知道？

然后她立马就想到，他交过那么多女朋友，估计是送过不少吧，所以才会这么了解。

呵，他果然是“渣男”。

安子颜眼神中对他的鄙夷完全没掩饰。

韩胤希注意到了她的眼神，挑了挑眉——又是这种眼神，她到底在想什么？

其实安子颜是冤枉韩胤希了，虽然他是有不少名义上的女朋友，但他从不会在她们身上花心思，送礼物更是没有的事。韩胤希之所以会知道这支迪奥的变色唇膏，是因为他表妹缠着让他买过一次。

安子颜这时候很嫌弃他，就对他下了逐客令：“女生要梳妆打扮，你是不是应该回避一下？”

说着，她用眼神示意了一下门口。

韩胤希怎么可能听不出她的意思。

她居然赶他？韩胤希怎么可能是那么乖乖听话的人，他反而走过去在沙发上坐下，用理所当然的语气说：“等下我们要一起出场，我就在这里等你吧。”

安子颜瞪大了眼睛，说：“你出去等啊！”

韩胤希说：“外面没椅子。”

她说：“那你就下去等！”

韩胤希眉头一拧，侧头看着她，那双如墨般的黑眸透出一种让人捉摸不透的幽深。

他沉声问：“你就这么不想见到我？”

安子颜没想到他会这么直白地问，而且他的语气……隐约有种怨念的味道？

她没办法当面说出难听的话，况且两人就要订婚了，以后要经常接触，关系闹得不愉快好像不太好。这么一想，安子颜摇头否认：“当然不是啊！”

韩胤希提醒她：“我昨天还救过你，我想你也不是那种忘恩负义的人。”

安子颜：“……”

她赶紧换上亲和的笑脸说：“你坐吧，就在这里等我。”

这样总行了吧？虽然他是“渣男”，但确实，他昨天救了她，这是不争的事实。

如果昨天不是他及时出现的话，她很可能就被……

她安子颜才不是那种忘恩负义之人。

其实安子颜的妆早就化好了，发型也做好了，礼服也换好了，根本不需要再梳妆打扮，只是她之前用这个借口赖在上面，不肯下楼招待客人而已。

韩胤希看着她，突然说道："关于彭俊轩，你想怎么处置他？"

以唐沫颜的性格，自然是不会手下留情的，但现在在他面前的人，并不是以前那个嚣张跋扈的唐沫颜，所以他故意把这个问题丢给她，看她如何回答。

安子颜这次反应很快，她隐约感觉到他可能是在考验她。不管是不是，她的回答绝不能露出破绽。

安子颜下巴一昂，高傲地撇了一下嘴角，露出"恶毒"的笑容说："我当然不会放过他！"

韩胤希说："行，那你想切成几块？"

安子颜不解地问："什么切成几块？"

韩胤希理所当然地说："切成几块丢到海里喂鲨鱼啊。放心，以我们两家的身份地位，神不知鬼不觉地弄死一个人，也不会有什么事的。"

他后面那句是故意说的。

安子颜一惊，急忙否决："不行！"

有钱人就可以这样草菅人命吗？太过分了！

但是她又不敢把心里想的吼出口。

韩胤希嘴角微不可察地勾起，眸中似有笑意，问她："为什么不行？还是说你想用别的方式处置他？"

安子颜顿了一下，装出凶狠的样子说："我只是不想让他死得那么痛快，呵呵，他敢对我做出这样的事，我要让他生不如死！所以我要慢慢地折磨他！"

怎么样？她的表情够恶毒吧？

这是她之前几天窝在房间里努力练出的成果。

韩胤希看着她，眼中的笑意却更深了。

他没反对，点头说："行，这很符合你唐大小姐的作风。"

安子颜松了口气，看来她抓住了假扮唐沫颜的精髓。

于是她继续昂着下巴，保持着高傲大小姐的姿态。

就是……她的脖子有点累。

咚咚——这时有人敲门。

“唐小姐、韩少爷，唐夫人让两位下楼去。”

看来是要进入订婚宴的主要部分了。

安子颜站起身，不太习惯地踩着高跟鞋往外走。

韩胤希看着她走路的别扭样，薄唇微抿。

他快步走上前，一把抓起她的小手，放到自己的手臂上。

安子颜反应过来，挽住了他的胳膊，正好，这样她好走路多了。

看着她很自然地流露出的笑容，韩胤希不禁也跟着笑了一下，领着她往前走：“走吧。”

安子颜从没参加过宴会，更何况是这种场面隆重的订婚宴——而她还是主角。

整个过程她都很紧张，但幸好有韩胤希在她身边，他带着她跟客人打招呼，还提醒她应该说什么话。

只是才不到一个小时，不习惯穿高跟鞋的她就累到想瘫下了。

呜呜呜，宴会还要多久才结束？

她的呜咽声一时没藏住，被他听到了。

其实韩胤希也早就注意到她走路变慢的情况，低头问她：“要上去休息一下吗？”

闻言，安子颜急忙如小鸡啄米般点头：“要！”

韩胤希便带着她上楼去了。

进了房间，安子颜也不管什么大小姐仪态了，直接脱下高跟鞋，光着脚踩在地毯上。

好舒服……这一刻，安子颜不想下去了。

她坐在沙发上，看向韩胤希，问道：“我可以不下去了吗？”

韩胤希说：“可以，客人有我们两家的长辈招待就行。”

“真的？”

真是太好了！安子颜简直想欢呼，但她还记得自己现在是千金大小姐，所以克制住了。

肚子小声咕噜了一声，她扫了眼桌子，看有没有吃的东西。

一转头，她就看到韩胤希出去了。

安子颜也不管他，正好她可以一个人待着，舒坦！

只是她的舒坦没持续多久，就有一个不速之客闯进了她的房间。

“不好意思，来晚了。”

进来的是一位帅哥，一头张扬的银灰色头发，配上不羁帅气的脸庞，简直是让女生尖叫的存在。

安子颜不认识他，看他这模样还以为是哪个偶像明星。

看样子对方是认识她的，而她不知道对方是谁，所以这个时候她不说话是最好的，避免出错。

安子颜赶紧摆出大小姐的姿态，神情高傲，不正眼看人。

然而，帅哥走过去就直接拉起她的手：“走吧。”

安子颜有点蒙，这是什么情况啊？

“去哪儿？”她下意识地问。

帅哥笑了一下，说：“不是说好了吗？帮你逃婚啊。”

安子颜一惊：“什么？逃婚？”

“走吧，飞机在等我们。第一站我们就先去马尔代夫怎么样？到时候你把跟我在一起的照片发出来，订婚当晚未婚妻就跟别的男人跑了，韩胤希得多没面子啊，哈哈！”帅哥像是想到了韩胤希可能有的表情，露出了愉悦的笑容。

安子颜却抽回了自己的手：“什么啊？”

“沫颜，你怎么了？我们不是说好了吗？帮你气他啊，你不会要反悔吧？”帅哥眯起眼盯着她，像是怕她真的反悔。

安子颜不知道这是什么情况，但她肯定不会跟他走啊：“我……”

“她不会跟你走的！”突然一道厉喝声响起。

韩胤希不知道什么时候回来了，就站在门口，一双犀利的黑眸冷冷地睨着对方，沉声说：“南司耀，你觉得我会允许你带走我的未婚妻吗？”

他强调了“我的未婚妻”五个字。

南司耀哧的一声笑了，说道：“跟不跟我走，那可不是你说了算，沫颜，对不对？”

安子颜看到了，韩胤希身后跟着一个用人，用人手里端着个托盘，托盘上还有吃的。

他刚刚出去是为了帮她拿吃的东西？

南司耀注意到她的目光一直落在韩胤希身上，心里不禁生出一丝不安，总觉得她会反悔，他忙道：“喂，沫颜，你到底跟不跟我走？”

以唐沫颜的性格，这时候她跟他走正好刺激到韩胤希，她不可能不选他。

她不是一直都很想看到韩胤希为她吃醋吗？

南司耀百分之九十九肯定，唐沫颜会选择跟他走。

然而韩胤希没走进去，只是对着安子颜微微一笑，温柔而不失强硬地说："过来。"

安子颜望着韩胤希，脚步下意识地就要往前走。

南司耀惊了一下，动作更快，急切地拽住了她："你什么意思啊？"

安子颜蹙眉，甩开他的手。

她昂起下巴，摆出高傲的脸色，睨着他说："我什么意思？我不要跟你走，就是这么个意思！"

拜托，她又不认识他，为什么要跟他走？

南司耀神情微冷，道："我们不是说好的吗？"

安子颜摊手说："说好就不能改了吗？"

南司耀脸都黑了。

安子颜心里有些惴惴不安，就怕自己惹怒了他，觉得自己还是别树敌比较好。

于是她为了缓解气氛，对他说："你要是想去马尔代夫的话，我下次再陪你去，反正今天不行。"

这当然是客套话啦，下次是什么时候，谁知道呢！

对于唐沫颜这人的喜怒无常，南司耀显然早就习惯，她给了他台阶下，他也就没那么生气了。

南司耀哼了声，点头说："行，你唐大小姐说什么就是什么。"

说着，他还冷冷地睨了韩胤希一眼。

韩胤希示意身后的用人把吃的端进去。

他对南司耀说："如果没什么事的话，我想跟我未婚妻享受一下二人世界。"

他这是在下逐客令。

南司耀扯了扯嘴角，上前牵起安子颜的手，在她的手背上落下一个吻："沫颜，不好意思，我今天没带礼物，下次补上。我今天还有事，就先走了。"

安子颜也想他快点走，点头说："好，再见。"

南司耀看她一副迫不及待想跟韩胤希享受二人世界的模样，忍不住瞪了她一眼。

安子颜还朝他挥手，说：“我要吃东西，就不送你了。”

南司耀哼了一声，生气地走了。

用人把吃的东西放下，也出去了。

没了陌生人，安子颜放松下来，坐到食物面前，再次感受到肚子的哀鸣。

“你怎么知道我饿了？”她好奇地问韩胤希。

好香啊！不知道是什么好吃的。

安子颜迫不及待地掀起盖子，是意大利面、汉堡，还有一些小糕点。

汉堡！她喜欢！

反正只要不是生食就行，她生怕韩胤希给她端来刺身那些。

安子颜心中雀跃，伸手就要去拿汉堡。

谁知韩胤希突然拍了一下她的手，语气严厉地说：“洗手。”

安子颜微嘟了一下嘴，实在忍不住想吃，就把目标转移到了旁边的小糕点上：“我吃这个行了吧？”

小糕点可以用叉子来吃，不用洗手。

然而韩胤希还是不许，蹙起眉头重复：“洗手！脏死了！”

安子颜委屈：“哪儿有那么脏啊！”

韩胤希嫌弃的是她刚刚被某人吻了一下手背的那只手。

“洗手！马上！”这次他强硬地命令道。

安子颜无奈，为了吃东西，只好起身去洗手。

进了卫生间，打开水龙头，她随便地冲洗了一下，好了！

她一转头，就看到韩胤希倚靠在门边，睨着她指挥道：“用洗手液。”

安子颜撇了撇嘴，没辙地按照他所说的挤了点洗手液，乖乖地洗手。

这下总行了吧？

韩胤希又开口了：“手背没洗，洗干净一点。”

安子颜简直怀疑自己是不是三岁的幼儿园小朋友了，连洗个手都要被教导。

为了吃到好吃的，她忍！

等她按照他所说的仔仔细细地洗完手，她才突然想到，她现在是唐家大小姐啊，为什么要这么听他的话？

安子颜没好气地推开站在门口的韩胤希，径直走过去在沙发上坐下，拿起汉堡就啃。

好吃！

看在他给她带了好吃的食物的分儿上，她就不跟他计较刚刚的事了。

韩胤希坐在一旁的单人沙发上，看着她愉快地啃着那个汉堡，嘴角微不可察地扯出一个弧度。

如果他没记错，唐沫颜曾经嫌弃过吃汉堡要张大嘴，太不优雅了，所以唐沫颜是不吃汉堡的。

而眼前这个女孩儿，此时吃汉堡吃得开心，才几分钟时间，她手里的汉堡就基本吃完了。

吃完汉堡，安子颜又吃了两个小糕点，便开始对意大利面下手。

韩胤希看她吃得还不少，要是唐沫颜，估计吃半个汉堡就说饱了。

安子颜快把意大利面也吃完的时候，才注意到韩胤希一直在盯着她看。

糟糕！她一吃东西就进入忘我境界，该不会是她的吃相露馅儿了吧？

唐沫颜可是千金大小姐，吃相应该很有仪态才对。

那怎么办？她现在补救还来得及吗？

安子颜放下叉子，伸手扯了一张纸巾，优雅地擦了擦嘴角，轻咳了声，解释道："我刚刚太饿了，所以吃得有点急。"

韩胤希睨了一眼只剩一点点的意大利面，问道："还要吗？"

安子颜端起水杯喝着，道："不用了，我饱了。"

其实她还可以再吃掉那些小糕点，但她克制住了。正常来说，千金大小姐的食量应该不会这么大。

安子颜多看了几眼剩下的小糕点，想着要浪费这么好吃的小糕点，心里就一片惆怅。

韩胤希注意到了，她遗憾的表情简直太明显了。

他嘴角轻勾，修长的手指捏起了一块小糕点，放进嘴里："挺好吃的。"

虽然他不爱吃甜食。

他说着，又捏起了一块，放进嘴里吃掉。

安子颜急了，就怕他全部吃掉，也不管会不会露馅儿了，赶紧先抢了一块。

好好吃！怎么会有这么好吃的小糕点！

安子颜忍不住夸赞道："这家酒店的甜品师太棒了。"

他们的订婚宴是在一家山庄举办的，韩家很豪气，直接包下了整个山庄，宾客甚至可以在这里过夜，玩到明天再走。

虽然订婚宴是在中午开始，但晚上还有一场派对，这一点据说是唐沫颜自己要求的。

想到晚上的派对，安子颜就头疼。

她都不认识唐沫颜的朋友，到时候又要处处小心，免得露馅儿了。

虽然她现在已经学会了扮演唐沫颜的精髓，但总是要昂着下巴摆出高傲的姿态，那也很累好不好！

“晚上的派对不知道能不能取消……”她嘀咕道。

韩胤希耳尖地听到了，轻轻一笑，说：“取消应该是不太可能了，不过……我们可以不去。”

听到不能取消的时候，安子颜还叹息了一声，但一听到他后面那句，眼睛就亮了起来：“可以不去吗？！”

韩胤希点头：“当然可以，你唐大小姐不想做的事，谁能逼你？”

太好了！安子颜简直想欢呼。

咦，不对！她谴责地瞪了他一眼：“你怎么可以偷听我的碎碎念！”

韩胤希笑道：“那你下次最好再小声一点，免得让我听到。”

而且碎碎念这种小习惯，他想唐沫颜应该是没有的。

安子颜不管他了，把剩下的那块小糕点据为己有后，就躺进沙发里：“可以不去，那我就不去了！”

韩胤希问：“那你想去哪儿？”

安子颜拽过一个靠枕，舒服地搂着，摇头说：“我哪儿也不想去，就想待在房间里。”

谁知韩胤希说：“那可不行。”

安子颜不解：“为什么不行？”

不是说好她不想做的事谁也不能逼她吗？

韩胤希笑着说：“你宁愿窝在房间里，不去派对，这可不符合你唐沫颜的风格。”

安子颜：“……”

那怎么办？

她灵机一动，嘿嘿笑了两声，说：“那我就不待在房间里，我去其他地方，这样总行了吧？”

韩胤希说：“可以，但你得跟我待在一起。”

“为什么？！”

安子颜才不想跟他待在一起，跟他在一起才是最危险的好吗？

韩胤希解释道："你不见了，你爸妈一定会找你，你说跟我在一起，他们会以为我们是去过二人世界了，这才放心，对不对？"

安子颜想了想，好像还挺有道理的，于是就跟着韩胤希离开了酒店山庄。

让她没想到的是，韩胤希居然带她去了他的公寓。

然后他搬出了一箱红酒，一瓶瓶摆到桌上，每一瓶都打开，各倒了两杯。

"正好来了一批新酒，你帮我试酒吧。"

安子颜想着自己这个身体可是千杯不醉的，就豪迈地说："试就试！"

韩胤希那双深不见底的黑眸里似乎隐藏着某种笑意。

千杯不醉？那当然是不可能的。

唐沫颜的酒量虽然是不错，但也没到千杯不醉的地步，而且这红酒有后劲。

喝到不知第几杯，安子颜就彻底醉了，脸蛋一片酡红，说话都大舌头了。

相比之下，韩胤希眼神清明，清醒得像没喝过酒。

安子颜坐在地毯上，上半身趴在茶几上，黑亮的眸子此时像隔了一层薄雾。

感觉到有股热源贴在自己的脸上，她伸手想拨开，可是没力气："你……干吗啊……"

韩胤希鬼使神差地摸了她的脸，在感受到她脸蛋的热度后，手指又情不自禁地移到她的嘴角，轻轻地蹭了蹭。

可能是喝了酒的关系，她的嘴唇比平时艳红了几分，看上去格外……诱人。

安子颜感觉到自己的嘴角有东西，手没力气抬起来，就下意识地用舌头去舔，想把这个东西给弄走。

粉嫩的舌尖每舔一下，韩胤希的眼神就深几分。

这丫头又勾引人……

她的唇瓣粉嘟嘟的，触感犹如果冻，摸起来软乎乎的。

韩胤希的指腹蹭着蹭着，不自觉地蹭到了她嘴唇的中间。

谁知安子颜看用舌头推不开它，感觉到它的靠近后，突然一口咬住了他的指尖。

韩胤希吃痛地皱了一下眉。

其实不是很痛，大概是类似被不听话的小猫咪咬到的感觉吧。

盯着安子颜泛着红晕的小脸，他失笑，什么小猫咪，是小老虎才对。

安子颜露出又凶又萌的表情，好像把他的手指当仇人了似的。

韩胤希赶紧把自己的手指“救”了回来。

安子颜赶走了骚扰她的东西，就趴回茶几上，下巴叠在手臂上，一只小手还在戳着面前的红酒杯：“这酒不好，不好……”

韩胤希好笑地问她：“怎么不好了？不好喝？”

不好喝的话，刚刚是谁喝了那么多？

要不是他有意控制的话，她可能还要喝下去。

安子颜孩子气地摇了摇头，说：“不是……不好喝，是……喝了头晕，难受……”

韩胤希看得出她现在处于毫无防备的状态。

这正是他想要的。

他靠近几分，压低了嗓音问她：“可以告诉我你是谁吗？”

安子颜转头，一双带着水汽的眼睛有点蒙地看着他，傲娇地哼了一声，说：“不告诉你。”

韩胤希想起她上回的回答，笑道：“不能告诉别人你是安子颜？”

安子颜如捣蒜般点头，手指竖在嘴唇上，做了一个嘘的手势，道：“不能告诉别人，我是安子颜……”

韩胤希说：“好，我不告诉别人。”

安子颜露出纯真的灿烂笑脸：“嗯，谢谢。”

这丫头还挺有礼貌的，韩胤希失笑，只觉得她这样蒙了的样子有说不出的可爱。

怎么会有人喝醉酒的时候这么可爱呢？

他不是没见过别人喝醉酒，男的、女的都有。

醉酒后的状态是最能暴露人本性的时候，当酒精控制了人的思维，人就只剩下本能。

韩胤希深沉地看着她，再次问道：“你能告诉我你为什么会变成唐沫颜吗？”

是谁让她冒充唐沫颜的？这背后又隐藏了什么不可告人的阴谋？

听到这个问题，安子颜皱起眉头，而且越皱越深，好像这是个很难解答的问题。

半晌，她才重重地叹了一声，微嘟起小嘴说：“我也不知道……”

“不知道？”韩胤希诧异，这是他没想到的答案。

或许她只是不愿意说？

安子颜想起了这段时间发生的事：突如其来的车祸，莫名其妙的重生。

任谁都料不到会有这样离奇的事情发生啊！

“跟你说，你也不会相信的……”安子颜细若蚊蚋地喃喃自语，突然昂起脖子，一只手撑着下巴，迷茫地望着天花板，对天长叹，“也可能是……报应吧？”

前面一句太小声，韩胤希没听清楚，后面这句就听清楚了。报应？

他问道：“为什么说是报应？”

“因为——”安子颜转过头，对上他的眼睛，却突然被他深邃的双眸吸引了，后面的话就忘记说了。

“因为什么？”韩胤希看她像突然被点了穴似的，不禁凑近了一些。

这张俊美的脸突然靠这么近，安子颜一时心脏失衡，扑通扑通狂跳。

“你真好看……”她一边说，一边靠近，两只小手缠上了他的脖子。

韩胤希微微挑眉：“你说什么？”

安子颜咧嘴笑得很开怀：“你真好看，你的眼睛真好看，你的鼻子真好看，还有你的嘴巴……”

她的手指跟随着她的话在他脸上滑动。

碰到他的嘴巴的时候，她尾音一顿，目光直愣愣地盯着他的嘴唇，然后还咽了一下口水，随即用花痴的语气说：“想亲……”

说着，她就嘟起小嘴，朝他俯身过去。

韩胤希完全没想到会是这样的发展，听到她说“想亲”两个字，他的心跳就漏了半拍。

她想干什么？

安子颜此时的意图，简直太明显了。

韩胤希就看着她的小脸靠近，嘟起的粉嫩唇瓣几乎要贴上他的嘴唇，还有不到一厘米的距离。

室内的气温在这短短几秒几乎上升了十几摄氏度。

韩胤希还是第一次如此清晰地听到自己的心跳声。

如果他不阻止她的话，她真的会亲上来，他的脑海里有着这样清楚的认知。

可是奇怪的是，他居然完全没有想要阻止她……

第 六 章

他知道她的秘密

眼看着她的小嘴就要贴上他的嘴唇了，突然一段音乐声打破了这粉红色的氛围。

安子颜动作顿住，扭头找着声源：“手机，我的手机响了……”

两人的手机铃声是一样的，韩胤希发现是自己兜里的手机在响。

安子颜找到了声源的方向，就往他怀里扑，小手在他身上乱摸找手机。

她这样乱摸，好几次手差点碰到不该碰的地方。韩胤希眼神一沉，把她拉起来，让她坐到沙发上。

他拿起手机，看到了来电显示，是连城。

不知道连城找他是不是有要紧的事，想着可能是上次的调查报告有了新的进展，他才接通电话。

“兄弟，你人呢？”连城劈头就问。

韩胤希没回答，反问道：“有什么事吗？”

连城笑着说：“你今天不是跟唐大小姐订婚吗？我当然要来祝贺兄弟一番啊。我已经到酒店山庄了，你在哪儿？我去找你！”

韩胤希看了一眼身旁的安子颜，她小脸红扑扑的，一双大眼睛带着水汽望着他，乖巧又可爱，然而又带着一股勾人的味道。

这样的她，他不想让别人看到。

他直接对连城说：“我不在，你回去吧。”

连城一愣，不解地问：“你不在？这是什么意思？你今天订婚啊，你是主角之一，怎么可能不在？不是说今晚还有派对吗？我是特地来参加派对的！”

原来这才是他来的目的。

韩胤希说：“派对还有，你想去的话就去。”

连城说：“我又不是为了派对才来的，你快说你人在哪儿，我先找你！你应该是跟唐大小姐在一块儿吧？”

韩胤希没有正面回答：“你不用找我，想去哪儿去哪儿。”

连城终于发现了他的猫儿腻，说道：“兄弟，你好像不想让我找你啊，嘿嘿，该不会你在做什么不可告人的事吧？”

“没有。”韩胤希严肃地打断他的猜想。

谁知他一转头，就看到安子颜的姿势很奇怪，她双手别在身后，好像要解开裙子的拉链。

“你干什么？”他伸手攥住她的小手，阻止她的行为。

安子颜纯真地回答：“脱衣服……”

这三个字被手机那头的连城听得一清二楚。

“脱衣服？！你们在……兄弟，你这是要‘开荤’了？我的天，真的假的？兄弟啊，你终于开窍了！”听连城那惊喜的声音，仿佛恨不得放礼花庆祝一番。

韩胤希很受不了他这声调，嫌弃地说：“你闭嘴！”

连城还在继续说：“你交那么多女朋友，却亲都没亲过一个，我还担心你是不是哪里有问题……”

韩胤希烦他，直接挂了电话。

连城倒是识相，怕打扰了兄弟的兴致，所以没再打来电话。

这一边，安子颜两只小手被他用一只大手锁住，但还是挣扎着想要脱衣服。

她只是不喜欢穿裙子，想要脱掉它，为什么不让她脱？这人好坏！

安子颜用一双水蒙蒙的眼睛瞪着韩胤希，微噘起小嘴控诉：“我不喜欢你了！”

刚刚看他这么好看，她还有点喜欢他，谁知道他这么坏！哼，不喜欢他了！

韩胤希闻言，挑起眉："你说什么？"

安子颜孩子气地轻哼一声，重复道："不喜欢你了！"

韩胤希抿嘴笑道："你喜欢我？"

"哼，不喜欢。"安子颜否认，那小表情怎么看怎么像在赌气。

他这样控制着她的双手，让她很难受，安子颜皱着小脸，扭了扭腰，嫌弃地说："你放开我啦。"

韩胤希说："你别脱衣服我就放开你。"

谁知道她喝醉酒后还有这种喜好。

安子颜无奈地嘟着嘴道："不脱就不脱嘛……"

他果然好坏，她不喜欢穿裙子，他还不让她脱。

韩胤希这才放开了她的手。

安子颜是有仇必报的，拽起一旁的靠枕就往他身上砸，还乐呵呵地笑道："哈哈！"

韩胤希伸手就把她攻击他的靠枕抢走了。

没了武器，安子颜就攥起小拳头朝他身上伺候。

那力道，跟挠痒痒没什么差别。

韩胤希长臂一伸，索性把她搂到了怀里。

安子颜挣扎了两下，不知是他的怀抱太舒服，还是这个姿势太舒服，她就不动了，像只慵懒的小猫咪，还在他怀里蹭了蹭，挪了个舒服的位置。

韩胤希往后靠在沙发扶手上。

安子颜跟着蹭过去，小脸贴在他的胸口上，双手还环着他的腰身。

低头看着她依赖自己的模样，他不禁失笑。她喝醉后这样子，可是很容易被坏人拐走的。

"喂。"他用手捏了捏她细嫩的脸颊。

安子颜微微抬头看了看他。

韩胤希凝视她的眼睛，黑眸中带着某种情绪，低沉地问道："你喜欢我吗？"

闻言，安子颜展露出小孩儿一般纯真的笑颜，慢吞吞地说："我……"

韩胤希甚至没有意识到自己下意识地屏住了呼吸，等着她的回答。

"我喜欢你……"安子颜说着，秀眉一拧，一脸傲娇模样地哼道，"才怪！"

韩胤希面无表情了几秒，一双漆黑如墨的眸子盯着她。

还好此时的安子颜醉了，所以反应迟钝。

他突然说："把后面两个字去掉。"

安子颜笑得很欢，好像很开心似的，还故意朝他俏皮地吐舌头："不要！"

韩胤希挑眉问："真不喜欢我？"

安子颜摇头，一字一顿，大舌头地说："不喜欢……"

他继续问："为什么不喜欢？"

安子颜嘟起小嘴，生气地说："因为你坏！"

韩胤希觉得这理由很没道理，申辩道："我怎么坏了？"

安子颜抬着手指想要指他，却晃来晃去的："因为……你刚刚不让我脱衣服！"

还有，他是"渣男"！别以为她喝醉了就不知道他是谁，哼！

闻言，韩胤希哭笑不得："我不让你脱衣服，我就坏了？"

安子颜点点头，肯定地说："对！"

韩胤希啧了一声，忍不住伸手敲了一下她的脑门："傻吗你？让你脱衣服那种男人才是坏蛋，我不让你脱衣服是为了你好。"

谁知道在她眼里他反而成坏蛋了，这什么逻辑？

安子颜嘀咕："可是我不舒服……我不喜欢穿裙子……"

她一边说，还一边扯身上的裙子。

韩胤希完全没想到是这样的原因，原来她不喜欢穿裙子。

"那如果我让你把裙子换下来，我就是好人咯？"他笑了笑，问道。

安子颜歪头想了想，但其实什么也没有想通，只是本能地点头："对。"

"行，那我去找件衣服让你换。"韩胤希说着起身，刚走两步，想起什么，回头对她叮嘱，"你乖乖坐着等我，别乱跑。"

安子颜很乖巧地点头，还可爱地道："嗯！"

韩胤希轻轻一笑，大长腿快步进了房间。

他担心她会乱跑，所以没一会儿就出来了，手中拎着一套衣服——他的短裤和T恤。

他一回到客厅，就看到她盘腿坐在沙发上，眨巴着一双带有水雾的大眼睛望着他，模样乖巧到不行。

他突然好想摸摸她的头。

他情不自禁地露出笑意，走过去，把手中的衣服递给她，问道："自己能换吗？”

看她还醉乎乎的样子，真的很让人怀疑这一点。

安子颜没说话，只是盯着他手中的衣服，好像在分辨这是什么，盯了好几秒才伸手接了过来。

韩胤希正想让她进房间去换，谁知道她就又伸手到身后，想要扯下裙子的拉链。

“别动！”他赶紧制止她。

谁知她没听到似的，唰地一下已经把拉链拉了下来，裙子上身的布料往两边垂落，露出了她身前的一片雪白。

看阻止不了，韩胤希只好转过身：“换好了告诉我。”

其实他是不是应该走开比较好？可是她现在还在醉酒状态，要是不小心摔着了、磕着了怎么办？

他当然不是在找借口，只是……他正想着，就听到了她的惊叫声。

韩胤希连忙回头：“怎么了？磕着了吗？”

就见安子颜只换了T恤，他的T恤对她来说大了不少，套在她身上看上去像小孩儿偷穿大人的衣服。

安子颜皱着小脸，不说话。

韩胤希看她情况不对，凑到她身边，担心地问道：“你怎么了？”

安子颜小嘴一瘪，语气委屈地说：“磕到了……”

“哪里？我看看。”韩胤希弯腰想查看她的伤势。

安子颜毫无防备地拉起T恤的下摆。

韩胤希惊了一下，幸好她底下的裙子没有脱，才避免了春光泄露。

这丫头真是……

安子颜指着右腿的膝盖。

韩胤希扫了一眼，就红了一点，应该问题不大。

“没事，现在还疼吗？”看她皱着眉头，他伸手揉了揉。

安子颜点头。

他又揉了揉。

安子颜似乎感觉舒服了些，摇摇头。

他停下手，把她T恤的下摆拉下来，然后板起俊脸对她进行一番严肃地教育：“以后不准这样随便把衣服拉起来，听到没有？”

“嗯嗯。”她快速应道，也不知道到底听懂没有。

两人的距离有点近。

她眼神纯真地看着他，突然展颜一笑。

其实安子颜是在傻笑，她根本不知道自己在做什么，只是不知道为什么，看着他就下意识地想对他笑。

韩胤希心头掠过一抹不可名状的感觉，嗓音低沉地叫了声她的名字："安子颜……"

安子颜似乎微颤了一下，愣愣地看着他，眼眶慢慢地湿了。

她突然扑上去抱住他的脖子，呜咽着抽泣："嗯，我是安子颜！我才不是唐沫颜……"

她一点都不喜欢当唐沫颜，当唐沫颜太累了。而且她很不喜欢唐沫颜的性格，这种人明明是她平时最不愿接触的，谁能想到有一天她却变成了这样的人，还要努力地假扮这样的人，隐藏真实的自己。

她好讨厌这样。

韩胤希顿了一下，大手抚上她的后颈，磁性的嗓音低柔地说："我知道，你不是她。"

安子颜像是找到了倾诉对象，从重生那天就压抑着的情绪在此刻爆发了。

"我不喜欢当唐沫颜，好累！说话还要昂着头，脖子很酸的好不好？还要扮冷酷、装高傲……真的好烦！我不喜欢这样。"

她最不喜欢的就是假扮别人，她只想做自己。

韩胤希安抚般揉了揉她的后颈，说道："你不用当别人，做自己就好。"

安子颜重重地叹了一声，委屈地嘀咕道："我也想……可是我不能让别人发现我不是唐沫颜……"

要是被发现了，她不知道会被怎么样。

她一点都不想赌这个可能性。

没有人会相信重生这种事的，大概会当她神经错乱吧？会不会把她关进精神病院呢？

她才不要被这样对待！

不管是哪种结果，都不可能是好的结果，所以最好的办法就是瞒着，不让任何人知道。

安子颜的千思万绪，韩胤希当然不知道，她的这些话，只是更引起了他对她身份的猜想。

既然她不想成为唐沫颜，那为什么又要假扮唐沫颜呢？

这背后有人威胁她吗？那个人的目的又是什么呢？

至少他现在知道了，她是被迫无奈的。

把一直憋着的心事说出来，安子颜感觉舒服多了。

韩胤希感觉到怀里的娇小身躯沉了下来，过了半晌，她没有动静了，耳边是她平缓的呼吸声。

显然，她睡着了。

韩胤希往后仰着身，避免惊醒她，以同样的姿势轻手轻脚地把她抱起来。

安子颜的小脑袋紧贴着他的头。

他把她抱进房间，放到床上。

她的裙子只褪了一半，还挂在腰上。

想起她说不喜欢穿裙子，他便帮她把裙子脱了，然后拉起被子盖住她。

虽然床够大……韩胤希无奈地一叹，看来今晚他只能睡沙发了。

翌日。

脸在枕头上蹭了几下，安子颜舒服地喟叹出声，还小小地伸了一个懒腰。

这是她这段时间睡得最舒服的觉了，真不想醒来。

嗯，那她就继续睡吧，不醒了。

闭着眼睛的安子颜露出开心的笑容，往上扯了扯被子，准备继续睡下去，反正没人敢叫她起床。

这大概是她当唐大小姐唯一的好处吧？

用人怕她，没人敢吵醒她。而唐氏夫妇疼爱她，更会纵容她睡懒觉……

“小懒虫，起床了。”有人在拍打她的被子。

安子颜皱了一下眉头，不开心地哼了一声，不管这人，继续睡。

“还睡？大懒猪，快起床！”

这人是谁啊？扰她睡懒觉也就算了，还敢说她是懒猪！更过分的是，这人还扯她的被子！

“走开，别烦我睡觉啦！”安子颜声音含糊地吼了一声。

“知不知道几点了？还睡！快点起来！”一道磁性的声音响起，边说还边拍打她被子下面的屁股。

安子颜终于受不了了，睁开了眼睛，语气不悦地吼道："谁啊？！"

"我，你老公。"那道好听悦耳的男声笑着回答。

她老公？这人是神经病吧！她哪儿有老公啊！

"我没有老公！"安子颜斩钉截铁地说，准备倒回去继续睡。

床边的韩胤希眯起眼睛，那双幽深的黑眸盯了她一会儿。

安子颜不为所动，只想睡懒觉。

下一秒，她被从床上挖了起来。

"你给我看清楚了，我是谁？"韩胤希强势地捏住她的下颌，让她只能睁开眼看他。

安子颜好生气，定睛一看，居然是他？

"你怎么会在我的房间里？"

韩胤笑了，敢情这丫头喝断片儿了，把昨晚的事都给忘了？

"你确定这是你的房间？你再看清楚一点、看仔细一点。"

安子颜看了看四周，猛地一惊，这真不是她的房间！

"这是哪儿？我怎么会在这里？"

韩胤希戏谑地道："别告诉我你失忆了，把我们昨天订婚的事都忘了？"

经他这么一说，安子颜就想起来了，也想起了昨晚去了他的公寓。

所以这里是他的房间？

韩胤希微微一笑："想起来了？"

那好，订婚的第二天，他该给她立一立规矩了。

韩胤希还真的开始认真盘算，该给她立什么规矩比较好，怎么也要列个十条八条吧？

"首先，我们已经订婚了，你……"

他的话才刚开头，她就突然大叫出声："啊——我的衣服！我的衣服怎么换了？这是谁的衣服？！"

安子颜一低头就发现自己穿的不是自己的衣服，而且这衣服怎么看都不像女生的。

"是我的……"

他的话还没说完，安子颜就怒目瞪着他，小手一举就要甩过去："色狼！你怎么可以……怎么可以帮我换衣服！"

韩胤希敏捷地攥住她的手，把话说完："衣服是我的，但不是我帮你换的。”

安子颜气呼呼地问：“不是你，那是谁啊？”

她不信，一定是他，别想骗她，他怎么看都不像是正人君子！

因为她而人生第一次睡了一夜沙发的韩胤希睨着她，没好气地说：“是你自己换的！”

“我自己？”安子颜一愣，迷茫地摇头，“你骗人，我怎么一点印象都没有？”

她真的一点都不记得这件事。

韩胤希微蹙起眉，问她：“你对喝醉酒后的事，真的一点都不记得了？”

所以她也不记得她跟他坦白了她不是唐沫颜的事？

安子颜恍然：“对了，我喝醉了！”

她眼睛直直地看着他。

韩胤希等着她想起来，点头说：“对，你喝醉了，然后呢？之后发生的事你还记得多少？”

“你——”安子颜想通了什么，往后缩了缩，拉起被子裹住自己，眼中对他充满防备，“我懂了，你是故意的！你故意灌醉我，这样你就可以……”

就可以对她为所欲为！

安子颜醒来后就感觉身体有点不舒服，好像哪里有点痛，这么一想，她就更确定了，她被他……

“你这个禽兽！你太过分了！”她对他大声骂道。

韩胤希被她骂得莫名其妙。

他只是灌醉了她而已，是有一点点过分，但不至于到禽兽的地步吧？

他解释道：“我又没对你做什么，我怎么就禽兽了？”

“你没对我做什么？”安子颜怀疑地盯着他，显然不太相信他的话。

韩胤希挑眉：“还是说其实你心底是想我对你做什么的？”

“我才没有！”安子颜赶紧反驳。

韩胤希不想跟她做无聊的争辩，对她说：“起来了就出来吃早餐吧，别磨蹭了。”

“那我的衣服……”安子颜看他要走，出声叫住他。

韩胤希指了指地上，就转身出去了。

安子颜看着地上那条裙子，愣了愣，再看看自己身上，只穿了一件他的T恤。

这画面怎么看都像电影里激情一夜后的场景啊！

安子颜感觉头疼，哀鸣一声抱住脑袋。

她为什么一点记忆都没有！昨晚她喝醉后，到底发生了什么？

安子颜整理好衣服，装出淡定的模样，挺起胸膛，默念自己是唐沫颜，这才走出房间。

韩胤希坐在餐桌上叫她："过来吃早餐吧。"

安子颜默不作声地过去坐下。

桌上的东西一看就是外卖，再抬头看看厨房，干净如新，显然是从来没被使用过的，她忍不住问："你自己住外面的时候，不做饭的吗？"

做早餐多简单啊，随便煮一煮就行了，何必要吃外卖呢？又贵又不健康。

韩胤希看向她："你会做饭？"

安子颜："……"

她该回答会还是不会呢？

她想了想，唐沫颜是豪门大小姐，应该是十指不沾阳春水的吧？九成九不会做饭才对。但她怕露馅儿，还是不敢贸然回答。

她索性干笑一声，转移话题："这个是煎饺吗？什么馅儿的？"

"牛肉。"韩胤希虽然顺着她转移的话题回答了，但黑眸还是盯着她，似乎在想着什么。

他突然勾了勾唇角，说："你……"

手机的铃声打断了他的话。

韩胤希放下筷子，拿起手机看了一眼来电显示，确认不是连城后才接听了。

"查到是谁干的了？好，我等下过去。"

安子颜看到他眉头微皱，眼神犀利，感觉应该是出了什么事。

虽然她好奇，但又好像没什么立场问他，于是她继续低头吃早餐。

说是早餐，其实时间都快中午了。

韩胤希推开椅子起身，对她说："我有事要去处理一下，你在家待着，我晚点回来再陪你去超市买东西。"

安子颜只听进去前半句，后面是什么意思她就不做思考了。

她点头说："嗯，你去忙你的吧。"

她正好也不想跟他待在一起。

她总感觉昨晚两人肯定发生过什么，可是她完全不记得了，所以面对着他的时候，她觉得好别扭。

韩胤希出门了。

安子颜也准备回家去。

在沙发上找到自己的手机，她看了一下微信，有唐父给她发的信息。唐父婉转地表示，她跟韩胤希想过二人世界可以，但不要做一些不该做的事情，让她要懂得保护自己。

显然唐父误会她和韩胤希了……

最新的一条内容是唐父问她什么时候回家，家里给她煲了她最爱的汤。

安子颜心里不由得生出暖意，唐父真是个好爸爸！

她就搞不懂了，唐父这么好的父亲，唐母虽然是女强人，但对唐沫颜也是很宠爱的，不会强势地对唐沫颜，可是为什么唐沫颜会有那么坏的性格呢？

在安子颜的认知中，那种盲目溺爱的父母才会宠坏孩子，可是唐父和唐母并不是那种类型啊。

就在她百思不得其解的时候，她的手机响了。

是南司耀。

看着上面跳动的名字，她不太想接，索性装作没看到，等电话自己挂断。

没想到电话挂了后，一条信息发了过来："我知道你的秘密了。"

看着这行字，安子颜小心脏抖了抖，一下子慌了。

他知道了她的秘密？他知道了她不是唐沫颜？

这、这怎么可能！

南司耀不是才见了她一次面吗？他怎么可能就知道了她的这个秘密？

不对！别慌！安子颜捏了一下自己的大腿，让自己镇定下来。

这件事她怎么想都觉得不合理，她不是唐沫颜的事她没有告诉过任何人，更何况对方是她重生后才见过一次面的南司耀。

退一万步讲，就算南司耀觉得她不像唐沫颜，那也最多是怀疑。

重生这么匪夷所思的事，怎么可能会有人一眼就看出来？

要么他是骗她的，要么……还有另一种可能就是，南司耀所说的“秘密”是指唐沫颜的秘密，而不是她重生为唐沫颜这个秘密。

这一刻，安子颜真万分庆幸自己有一颗聪明且冷静的脑袋。

就在这时，她的手机又响了，又是南司耀打来的。

安子颜没办法，这次只能接了，她必须要搞清楚南司耀所指的“秘密”是什么。

清了清喉咙，她用傲慢的语气说：“喂。”

手机那头的南司耀带着笑意说：“看到我的短信了吗？”

安子颜说：“看到了，那又怎么样？”

“这么淡定？”南司耀笑意加深，说道，“我知道，其实你吓坏了吧？这是装出来的淡定。”

安子颜有种被一眼看透的感觉。

这人有点可怕，果然她的直觉是很准的，在昨天看到他的时候，她就直觉他是个厉害人物，所以她本能地对他避而远之。

谁知道，她还是避不开。

安子颜呵呵一笑，说：“什么秘密啊？我有很多秘密，我不知道你指的是哪一个。”

她想套一套他的话。

“你过来我这儿，我当面告诉你。”南司耀显然看透了她的这个小计谋。

套路失败，安子颜有点头疼。

她当然不想去，但这时候好像由不得她选了。

想了一会儿，安子颜继续装着淡定的模样，毫不畏惧地说：“去就去，还怕你吃了我吗？”

糟糕，她不小心把心里话说了出来！

南司耀仿佛听到了什么笑话一般，说：“真稀奇啊，你唐沫颜也有怕的一天？”

安子颜想打自己一巴掌，看吧，说话不严谨，又差点露馅儿了。

这人跟韩胤希一样，太聪明了，她跟他待在一起太危险。

可是明知道是虎穴，她还不得不去。

安子颜决定挽回一点面子，冷笑着对南司耀说：“我说你就信，你真逗。”

南司耀轻轻地笑着。

不知道为什么，安子颜听着，觉得心里有种发毛的感觉。

还好他没再继续这个话题，而是问她："要我派车去山庄接你吗？"

安子颜说："我不在那边，你说个地址，我自己过去。"

"你果然不在山庄，昨晚跟韩胤希去哪儿了？"南司耀好像对她的行踪了如指掌的样子。

安子颜哼道："我干吗要告诉你，我去哪儿还要向你汇报吗？"

对，她要继续保持这样的高傲跋扈。

她不悦地说："你怎么废话这么多啊？你再啰唆，我就不去了。"

南司耀说了一个地址："你赶紧过来，我给你准备了惊喜。"

惊喜……安子颜现在对这个词充满了下意识地害怕，惊喜是不可能惊喜的，惊吓还差不多。

抱着惴惴不安的心，安子颜离开了韩胤希的公寓，坐上计程车去了南司耀所说的地址。

下车的时候，她心里暗喊不好，她现在是唐大小姐，怎么可以打车来呢？要是让那个南司耀看到，估计要引起他的怀疑了。

安子颜担心地左顾右盼，看看有没有人看到她从计程车上下来。

好像没有人看到，她放心了一些，这才走进前面的店。

这里像是一个改装车的地方。

安子颜不懂车，但也能从外观分辨出，眼前摆着的几辆都是名贵的跑车。

"唐大小姐！"有个人不知道从哪里冒了出来。

安子颜正处于警戒状态，被吓了一跳。

"唐大小姐，南少在里面。"那人示意了一下方向。

应该是南司耀安排他在这里等她到的。

安子颜正要跨出一步，突然顿住，想了想，收回了准备跨出的那一步，双手环胸，挑起眉头，姿态高傲地说："让他亲自出来接我。"

那人一愣，犹豫了数秒，就匆匆往那个方向跑去。

没一会儿，南司耀就出来了，身后还跟着一班手下。

他脸上只有笑意，没有怒意，显然她刚刚的要求太符合唐沫颜的性格了。

"这么快就到了？走，带你去看给你的惊喜！"南司耀走过来，很自然地伸手揽住她的肩膀，带着她往前走。

安子颜下意识地想挣开他的手。

可是南司耀早有预料，搂得很紧。

安子颜没辙，看在他手握“她的秘密”的分儿上，让他一次。

两人进了里间。

尽管她已经做好了心理准备迎接他所说的惊喜，但当看到里面的东西时，她还是蒙了。

这是什么情况啊？

在她前面跪着一个人。

南司耀搭在她肩上的手收了收，笑着说：“惊喜吧？”

安子颜：“……”

这次连惊吓都不是，她完全不知道眼前是什么情况。

这叫什么惊喜？

南司耀带着她往前，然后猝不及防地一脚把跪着的人踢倒。

那人叫都不敢叫一声，狼狈地爬起来继续跪着，身体瑟瑟发抖地朝她哀求道：“唐大小姐，你放过我吧，求求你了！”

安子颜没说话。

她还没搞清楚状况，根本不知道该说什么。

而她这样沉默不语，反而给人一种高冷凌厉的错觉。

南司耀问她：“这次你想怎么玩？”

安子颜发蒙，但脸上还要保持高傲的姿态。

玩什么？该不会是要拿眼前这个人的命来玩吧？

南司耀想到了什么，笑了，提议道：“这样吧，我有辆新车，改装完还没试过，你之前说想试一试我的车，今天我们就试一试？”

安子颜想了一下，试车好过玩人命，所以点头同意了。

但让她万万没想到的是，南司耀所说的试车，居然是把那个人绑在车后面，用一根绳子拖着。只要这车开得稍微快一点，这人跟不上速度的话，就只能被拖在地上走。

安子颜被吓到了，觉得很惊悚。

这是有多大仇啊？

那人看着自己被绑在车后，也知道自己将面临什么，吓得脸都白了，急切地对着安子颜喊道：“唐大小姐，我错了！我真的知道错了！我跟你道歉，我发誓，以后再也不敢在背后说你坏话了！”

听到这话，安子颜愕然。

所以这个人只是在背后说了唐沫颜的坏话，就要面临这样的可怕处境吗？

她看向身旁的南司耀，他好像并不觉得这样做有什么不妥，甚至是兴致不错的样子。

难道对他们来说，人命如草芥？

安子颜实在接受不了这样的事，可偏偏她现在是唐沫颜。

安子颜突然觉得这可能是南司耀对她的考验，想试探她是不是唐沫颜。

如果是唐沫颜，面对眼前的事只会兴奋、高兴，而不会有任何的怜悯和同情。

那她该怎么办？安子颜顿时脑子都乱了。

难道她真的要上车，把这个人拖在车后，弄得他遍体鳞伤吗？

这样的事她做不到。

南司耀走到车旁，绅士地帮她打开车门，示意她上车。

安子颜犹豫着上前了一步。

但是她猛地停下了，不行，她真的做不到！

她抬头看了一眼南司耀，脑子疯狂转动，想着该怎么找借口。

她视线一转，目光落在了他的新车上。

“你的新车怎么是这种颜色啊？”她一脸嫌弃地问道，还跟着后退了两步。

南司耀看着自己漂亮的新车，问她：“有什么问题吗？”

紫色，她难道不觉得很特别、很酷炫吗？

安子颜挑眉，毫不给面子地吐槽道：“你怎么会喜欢这种颜色？我真是服了你！”

南司耀瞟一眼自己的车，似乎明白了她的意思。

安子颜看他有反应，又后退了两步，指着他，意有所指地说：“你该不会是……”

南司耀本来还是很喜欢新车的这个颜色的，紫色啊，多特别！设计团队还说这是今年最流行的颜色，保证开出去亮瞎别人的眼，可是被她这么一说，就觉得这颜色怎么看怎么不喜欢。

安子颜继续嫌弃地道："这车我一看就不想开了。"

南司耀蹙眉，对手下说："换辆车。"

"不用了。"安子颜赶紧拒绝。

这不是换不换车的问题，是她根本不想玩别人的命，而且她也不会开车。

安子颜一脸失了兴致的模样："不玩了，今天太阳这么刺眼，不想出去。"

南司耀点头："那你想换什么玩？"

安子颜想着，玩什么都可以，就是别玩人命了，但她又不能直接说放过这个人。

在唐沫颜的字典里，估计没有"放过"这个词吧？

想了想，她装出恶毒的表情，对南司耀说："要不这样，今天这么热，玩一玩水吧？"

"玩水？你想怎么玩？"南司耀像是很感兴趣。

安子颜"阴狠"地笑道："很简单啊，把他摁在水里，看他能坚持几秒。"

"这主意不错！"南司耀立马就同意了。

那人还以为自己逃过一劫，没想到又来一招，顿时吓得脸都青了，朝安子颜跪着，求她放过自己。

"可是这里没水……"安子颜环视了一圈。

她正想继续说什么，南司耀插话道："这简单，我叫人拿一桶过来，直接把他的头摁进去。"

"不行！"安子颜猛地拒绝，然后说，"那多没意思啊。这样吧，我先派人来把他带回去，饿上个几天，看他垂死挣扎的样子一定很有趣，然后过几天再让他玩玩水。"

南司耀觉得也行："可以。"

安子颜心里松了口气，道："那就这么定了！"

南司耀上前，长臂一伸就揽住她："都中午了，你应该也饿了吧？我知道一家日料店很不错，带你去吃吧？"

日料……又是刺身？

安子颜可不想吃刺身，几乎是脱口而出地拒绝："不吃日料！"

南司耀低头看着她："为什么不吃？你不是最喜欢吃日料吗？"

安子颜很想把他的手扯开，但又怕露馅儿了，只能忍着。

她想了个借口："最近肠胃不好，不想吃生的，我们吃点别的吧。"

南司耀不疑有他，问道："行，那你想吃西餐还是中餐？"

"中餐吧。"安子颜的胃习惯正宗的中餐口味。

南司耀笑了一下，说："很少见你吃中餐。行吧，正好御膳居出了什么宫廷新菜式，我带你去尝尝。"

御膳居？！安子颜听说过这家店，特别贵，但是宾客如云，你有钱去吃还不一定有座位给你。

她曾经还有过一个梦想，就是等她长大了赚很多钱，带妈妈去御膳居吃一顿。

想到妈妈，她又想到自己已经"死"了的事，心情不禁低落下来。妈妈现在不知道怎么样了……

南司耀注意到了她的表情，道："不想吃御膳居吗？那我们去别的地方。"

安子颜摇头："没事，就御膳居。"

南司耀带她去了另一边的车库，因为刚刚的事，这次让她选车。

安子颜随手指了最近的一辆黑色跑车："就这辆吧。"

南司耀带她过去，绅士地给她拉开车门，还随口说了一句："你现在喜欢黑色了吗？我记得你以前好像最不喜欢黑色。"

黑色沉稳，唐沫颜性格张扬，所以喜欢艳丽的颜色，从她平时的穿着就能看出来。

想到穿着，南司耀看了一眼安子颜身上的裙子。

如果他没记错的话，她昨天穿的就是这件吧？

她没换衣服？

这有点不符合唐沫颜平时的性格。

唐沫颜是只要衣服稍微弄脏一点，或者皱了，就要换一件新的，怎么可能一件衣服穿两天？她没换衣服，说明昨天没回家？

第七章

他误会了她

上了车，南司耀随口问道：“你昨晚是跟韩胤希在一起吧？”

据他所知，昨天晚上的订婚派对两人都没出现。

安子颜最不会说谎了，而且说一个谎还要用无数个谎来圆，那样更容易露馅儿，所以她索性就承认了：“对啊，我跟他在一起，这有什么问题吗？”

南司耀突然扯了一下嘴角，耸了耸肩，说：“当然没问题，他现在是你的未婚夫，你们在一起、去哪儿，都没有问题。”

现在的结果可是唐沫颜当初费尽心思才得来的，不然以韩胤希对她讨厌的程度，根本不可能跟她订婚。

见安子颜不说话，南司耀看着她说：“现在如你所愿了，你很开心吧？”

安子颜怕多说多错，索性不说话为好，闻言，只是点点头。

于是一路上几乎都是南司耀在说话，安子颜很敷衍地点头，或者随口嗯一声。

终于到了御膳居，安子颜看着眼前古香古色的大门，差点惊叹出声。

幸好她及时想起自己现在可是豪门大小姐的身份，怎么可以露出这么没见过世面的表情呢！

她板着小脸，摆出高傲的姿态。

门口的接待像是认识南司耀，一看到他就赶紧迎上来，点头哈腰地引着两人进去。

什么订座位，对有权有势的人来说都是虚的，他们根本不需要订座位，一进来就拥有了VIP包间。

偌大的包间里可以坐十几个人，却只给他们两人用，甚至有专业的调茶师为他们服务。

南司耀问她："想喝什么茶？"

安子颜随意地说："你决定吧。"

调茶师微笑着建议："女生喝红茶对身体好。"

南司耀便点头说："那就红茶。"

他还把菜单递给她，让她负责点菜。

安子颜哪儿知道唐沫颜喜欢吃什么啊，要是点错了，岂不是要露馅儿？

她对着南司耀，格外谨慎。

她没接菜单，推回去给他，还傲慢地说："你不知道我喜欢吃什么吗？"

南司耀笑了一下，说："好，我点。"

两人便一边喝茶，一边等上菜。

安子颜还是第一次喝茶，没想到喝茶这么有讲究，冲泡的整个过程那么优雅，难怪现在很多有钱人都爱喝茶。

南司耀看她瞧得这么专注，想起了什么，说："我记得唐老爷子很喜欢喝茶对吧？正好我从某些渠道得了点不错的茶叶，到时候送你一点，你回唐家老宅的时候带回去给唐老爷子。"

安子颜敷衍地应道："嗯。"

她猜想唐沫颜应该是个不懂得客气的人，身边那么多人争抢着讨好她，被送点东西是常有的事，她不可能会拒绝，而是会理所当然地收下。

看南司耀的反应她就知道，她收下是对的。

他们点的菜很快就送上来了，都是大鱼大肉，香味扑鼻，让人不禁流下口水。

真不愧是御膳居的菜，色香味俱全，光是看着就让人想多吃两碗饭了。

不行，她要克制，像唐沫颜这样的大小姐怎么可能吃两碗饭呢？吃一碗就够了！

只是当服务员把饭端上来的时候，她看着那白白胖胖的米饭，那香味，简直太好吃了！

这里的米饭好香好好吃的样子，别说两碗，安子颜感觉自己能吃三碗！

南司耀给她夹了一块鱼肉："尝一尝这玉露珍珠鱼，新菜式。"

安子颜忍下口水，继续保持一脸高傲，很端庄优雅地夹起那块鱼肉，放进嘴里。

天啊——太鲜了吧！她顿时感觉自己以前吃过的鱼都是垃圾。

怕暴露自己的眼神，安子颜稍微低下头，假装在吃饭。

南司耀也吃了一块鱼肉，笑着问她："我觉得挺好吃的，你觉得呢？"

安子颜很想说：好吃，太好吃了！

但她还是保持着傲慢的姿态，带着点不屑说："一般般吧，味道还行。"

南司耀说："那尝一尝这个黄金排骨。"

所谓黄金排骨，真的是放了食用黄金的，表面黄灿灿的一层，真是过分奢侈了。

安子颜还是第一次吃食用黄金。

食用黄金好像没什么味道，但是排骨味道很好，甜、咸融合得几乎完美。

她点点头："这个还不错。"

两人面前有四道菜，安子颜正想着还不算太浪费的时候，又有服务员端着菜进来了。

她还没看到菜，就已经闻到了那火辣辣的香味。

她转头一看，是水煮鱼！

上面布满一层火红的辣椒，光是视觉上就让她咽了一下口水——她最爱吃辣了！

安子颜就盯着那水煮鱼，等着它被送到自己面前。

谁知，那水煮鱼半路被南司耀截停了。

南司耀皱眉问："我好像没点这道菜吧？"

服务员一顿，有点紧张地说："没有送错，是送到这个包间的。"

南司耀看了安子颜一眼，像是在观察她有没有生气，然后对服务员斥责道："唐大小姐不吃辣，你们不知道吗？所以我怎么可能会点这道菜！"

安子颜错愕，原来不吃辣啊！

辣这么好吃，为什么唐沫颜不爱吃！

安子颜深深地感觉到，唐沫颜跟自己真的是八字不合，自己不爱吃生食，而唐沫颜不爱吃辣，两人完全是相克的属性。

安子颜看着服务员往后缩了一步，看样子是要把那盘水煮鱼端走。

她好想喊住对方，让他放下来，可是她不能。

她甚至要冷起小脸，装生气，啪地拍桌，不悦地吼道："你们这是什么意思啊？明知道我不吃辣，还故意端这种东西上来！把你们经理叫来！"

她记得在度假会所的时候，唐沫颜就是这样对待她的，她希望自己能演出唐沫颜的三分刁蛮。

服务员吓得一抖，差点把手中的盘子弄掉了。

"对不起唐大小姐、对不起南少爷，我不知道，是厨房让我端来这个房间的，我真的什么都不知道！"

安子颜不说话，只是看向南司耀。

其实她是说不出狠话了，把难题丢给他处理，呜呜呜，装坏人什么的，太难了！

南司耀显然很了解唐沫颜的性格，他脸上虽然有笑意，但眼神很吓人，声音低沉地对服务员说："去，把你们经理叫来。"

服务员吓坏了，不知道该怎么办，只能把东西端走，照他所说的去做。

经理一接到消息就急忙赶来。

"对不起，南少爷、唐小姐，这道水煮鱼是送的菜，因为南少爷是我们的常客，我们知道他爱吃辣，正好今天改良了水煮鱼的做法，就送了一份过来，给南少爷尝尝。"

原来是这样。

弄清楚原因，安子颜也觉得自己小题大做了，正想说算了，但是又想想，唐沫颜那样爱面子的人，就算是她错了，她也绝对不会承认是自己的错，所以她冷哼一声，说：“送的？是我唐沫颜付不起钱吗？需要你们送？还有，我不爱吃辣！我不喜欢闻这个味道！”

她这样够无理取闹、刁蛮任性了吧？她自己都觉得自己很坏。

经理顿时急了，这唐小姐可不是能惹的人。

“不是，当然不是！我们怎么可能这样想呢，唐小姐，您可是我们盼都盼不来的贵宾！不好意思，是我们疏忽了，这顿就免单了吧？算是我们的小小赔罪，实在对不起，南少爷。”

安子颜不说话，刚刚的狠话已经耗尽了她的全部力气，所以她又把难题丢给了南司耀。

南司耀嘴角噙着笑，眼中却没有笑意，对经理说：“没看到我们唐大小姐不高兴了吗？”

经理没懂，冒着冷汗问：“那……南少爷想怎么处理这件事呢？”

南司耀看向安子颜。

安子颜一副你解决的态度，就是不说话。

再多说一句狠话，她都怕自己要折寿。

南司耀转而看向服务员，面无表情地说：“你给唐大小姐道歉。”

服务员反应很快，急忙弯腰道歉：“对不起，唐小姐！”

谁知换来的是南司耀云淡风轻的两个字：“炒了。”

服务员愕然地抬起头，还以为是自己听错了。

倒是经理会看眼色，连忙点头：“好、好、好，炒了、炒了，今天就把他炒了，马上依南少爷和唐小姐的意思去办！”

安子颜也愕然了，这……这怎么就是她的意思了呢？她没有说要炒了他啊！

服务员脸色煞白，看着安子颜，哀求道：“唐小姐，我上有老、下有小，他们都需要我这份工资来养，我不能失去这份工作！求求你大发慈悲，原谅我吧！求求你！”

安子颜：“……”

她很想说算了，可她现在是唐沫颜啊！

经理可是听闻过唐大小姐的脾气有多不好的，所以怕他惹怒了唐沫颜，赶紧把他拉开，对他教训道：“只是炒了你，算轻的了！你还不赶紧谢谢唐小姐，真是不知好歹！”

经理一边说，一边把服务员拖了出去。

包间的门被关上。

安子颜还处于愣怔状况，幸好她已经学会了时刻保持高傲的姿态，所以南司耀没发现她的异样。

他问她："这样处理你还满意吗？"

安子颜看向他。

满意你个头！想起刚刚那个服务员可怜哀求的模样，她就不禁心生愧疚。

有小孩儿和生病的老人要养，没了这份工作可能对他来说真的是要命的事。

这样导致的结果，不止是害了一个人，而是间接地害了一个家庭啊。

安子颜顿时揪心了，这可怎么办才好？

可是她表面上还要保持一副"作恶使我快乐"的样子，真是整个人都要变扭曲了。

因为一直想着这件事，所以她都忘记自己这次来找南司耀的目的了。

快吃完饭的时候，南司耀还提议去哪儿玩，安子颜哪儿有心思啊，直接就推了，说自己有事要回家。

南司耀也不勉强，笑着问："要我送你回家吗？还是你叫司机来接你？"

要不是他，她都忘记让司机来接这一点了。

让他送是不可能的，所以她打了电话回家，让司机来接她。

幸好她没露馅儿。

等两人吃完饭，南司耀准备买单，唐家的司机也正好到了。

经理当然没敢让他们买单，脸上挂着笑容说免单了，还热切地把他们送到门口。

南司耀绅士地拉开车门，让她上车。

他手搭在车顶，微弯腰，低头笑着看她："真的不去？今晚的派对会很精彩哦，我可是特地为你准备的。"

"不去。"安子颜很果断地拒绝，怕以后还会有邀约，索性直白地说，"最近我都比较忙，所以没空去派对什么的。"

南司耀微眯起眼睛："昨晚你也不去派对，今天约你你也不去，怎么，就想着跟韩胤希过二人世界吗？"

安子颜倒没想到这一层，但既然他说了，那她也就顺势当借口。

她对他微微一笑："我们刚订婚，正是热恋期，当然要整天黏在一起啦，请问这有什么问题吗？"

南司耀耸肩，表示自己不发表意见了。

安子颜示意他的手："关门，谢谢。"

南司耀却没动，只是往前凑近了些，像是想要把她看仔细一点："总觉得你最近有点……跟以前不太一样。"

安子颜的心跳小小地顿了一下，但还好，她已经不是第一次听到这句话了。

她勾着嘴角，手指撩了一下头发，说："变得更美了是不是？都说爱情会让女生变美，看来是真的。"

韩胤希这个挡箭牌这么好，她怎么能不用上呢？

南司耀附和着点头，说："好吧，是变得更美了。"

安子颜可不想再跟他啰唆下去，再次指了指他的手，示意他关门。

南司耀这次关上了门，隔着车窗跟她挥手。

安子颜转向前方，没看他。

黑色的宾利缓缓地离开了。

只是在过了两个拐角的地方，安子颜让司机停了下来。

确认南司耀的车走了，她才让司机把车开回御膳居。

当经理再看到她出现的时候，整个人吓得很明显地抖了一下："唐、唐小姐，您……您还有什么吩咐吗？"

经理差点被她吓死，这位大小姐怎么还没走啊！

安子颜对他勾了勾手指，示意他到旁边说话。

经理看她是自己一个人回来的，不知道她想干什么，心惊胆战地跟了过去。

到了角落，安子颜只是让他把那个服务员的手机号告诉她。

经理愣了几秒，错愕又紧张地问："手机号？您要他的手机号有什么事吗？如果您对刚刚的处理不满意的话，我可以……"

都把人辞了，她还不满意吗？果然，这位大小姐比传闻中还要不好惹。

安子颜蹙眉，表现出高傲的姿态："我要做什么，需要向你解释吗？"

经理身子一缩："不用不用，当然不用！"

安子颜懒得跟他啰唆，直接用威胁的方式："把手机号给我，别让我再说第二遍。"

经理哪儿敢怠慢，赶紧翻找手机："这就是他的手机号……"

安子颜用自己的手机记了下来，正要走，想到什么，回头冷眼盯着经理小声警告："这件事不可以告诉任何人，听到了吗？不然……"

经理忙不迭地点头："我保证，绝对不会有第三个人知道！"

安子颜这才满意，转身离开。

回到车上，她先让司机开车，然后犹豫着该怎么联系那个服务员。

直接打电话？

对方接到她的电话，估计会被吓到吧？而且对方也不可能相信她之前才害他被辞了，现在转身又要补偿他。

唉，这可怎么办才好？安子颜头疼死了。

现在她当坏人难，想当好人也好难！但让她什么都不做，她又很难心安理得。

纠结了很久，她才想到一个办法，就是直接转钱给他。

可是她要用什么名目呢？

要是她直接转钱，他莫名其妙地收到一笔钱，会不会以为是别人转错的，到时候去报失？那就不好了。

她必须要留个言，让他知道这笔钱是给他的。

幸好这几天她搞定了手机支付，可以用唐沫颜的钱了。

她改好密码，第一次看到唐沫颜卡里的余额时，都惊呆了，那么一长串数字，她一时都反应不过来。

她一个个地数，百万、千万……

如果不是亲眼看到，她都无法相信唐沫颜居然有这么多钱！

这就是有钱人吗？安子颜不可避免地羡慕了。

在她的记忆中，她拥有过最高的积蓄，不到一千元，而同样的年龄，别人都拥有数千万元了。

安子颜顿时有一点仇富心理了。

正好她要把唐沫颜的钱拿去做好事，这样她就心安理得了。

纠结了好一会儿，眼看着就要到家了，她才编写好一个借口，假装是帮唐沫颜擦屁股的助理，给那个服务员转了十万元。

十万元会不会太多了？算了，反正不是她的钱。

她还威胁对方，让他不准把收到钱的事说出去，不然就让对方无法在燕城待下去。

这样行了吧？

安子颜看了几遍编写好的文字，稍微精简了一下，显得干练一些，这才像是帮豪门大小姐善后的助理的语气。

好，发送！做完这些，她松了口气。

正好回到了唐家，从早上起来就这么多事，再加上宿醉的关系，安子颜觉得好累，进门后也就随意地跟唐父打了声招呼，就匆匆忙忙上楼了。

她觉得还是窝在房间里，自己一个人的时候舒服。

咚咚——

刚躺下，就听到敲门声，安子颜有点累，问道："谁啊？"

外面响起唐父的声音："是爸爸。"

安子颜对唐父很有好感，这毕竟是个好爸爸。再加上她从小就是单亲家庭长大的，所以对爸爸这个角色有着憧憬和向往。

她麻溜地起身，走过去开门，脸上保持着淡淡的微笑："爸爸，有什么事吗？我有点累。"

唐父走进来，挂着慈父的笑容说："我是来帮你收拾东西的。"

安子颜不解地道："收拾东西？"

她看了一圈自己的房间，不乱啊，用不着收拾。

唐父看她好像没反应过来的样子，便解释道："你不是要搬去跟胤希住吗？虽然你妈不说，但她其实很舍不得你。"

闻言，安子颜愣了："我要搬去跟他住？"

唐父说："对啊，胤希早上打电话跟我说的，说你们也正式订婚了，你想要搬过去跟他住，培养感情。"

"我想要搬过去跟他住？"

她什么时候说过这种话了？这是造谣！

唐父没发现她的异样，只是满脸对她的不舍。

"虽然你也总是在外面玩，偶尔不回家睡，但你这样搬出去，我还真是舍不得。先说好了，每个周末要回家一趟，好吗？"

安子颜还处于愣怔状态："这……等等，我先想一想。爸爸，你先出去一下，我有点累，想歇一歇。"

唐父问："那你今晚在家吃饭吧？"

安子颜看他一副担心女大不中留的样子，不禁笑了一下，赶紧点头，说："当然，我今晚在家吃饭、在家睡觉。"

她才不要去跟韩胤希住好吗？！她避他都唯恐不及，怎么可能还要待在他的眼皮底下？

本来她在外面装唐沫颜已经很累了，难得回家有个属于自己的空间，跟韩胤希住的话，那她每时每刻都要扮好唐沫颜这个角色，光是想想，她都要崩溃了，这日子没法活啊！

所以，不行，她绝对不能同意这件事！

听到她说要在家吃饭，唐父很开心："对了，给你煲了你喜欢的汤，我让人盛一碗上来。"

"不了，等下吃晚饭再喝。爸爸，你先下去吧，我想小睡一下。"她一边说，一边把唐父推到门口。

唐父说："那你睡吧，等你醒了再开饭。"

安子颜点头："好、好、好。"

终于"赶"走了唐父，安子颜躺回到沙发上，茫然地望着天花板。

她要跟韩胤希住在一起？什么情况啊！韩胤希不是挺讨厌她的吗，为什么他会同意两人住在一起这件事呢？

安子颜完全想不通，本来就因为宿醉而有些发疼的脑袋顿时变得更疼了。

不管了！她要打电话给他，直接跟他说清楚，她才不要跟他住在一起！

安子颜毅然要拨号的手指突然停住了，要是唐沫颜的话，应该是很高兴能跟韩胤希住在一起的吧？那她说不要，不就不符合唐沫颜的性格了吗？

"啊——"安子颜简直要疯了。

就在她烦躁地揪着靠枕的时候，手机响了，还偏偏是韩胤希打来的。很可能是他忙完事情回到公寓，然后发现她不在。

她接不接呢？

安子颜咬咬牙，接了。

"你在哪儿？"韩胤希直接就问。

安子颜结巴地说："我在……家啊，有什么事吗？"

他说："家？你回唐家了？"

她说："对啊，不然呢？"

看他问的话，好像他的公寓才是她的家似的。

韩胤希说："回去收拾东西吗？怎么不告诉我，让我陪你回去？"

安子颜一愣，有点怀疑自己是不是幻听了，他要陪她回来收拾东西？他这么体贴？

安子颜简直不敢相信跟她对话的人是韩胤希。

"不、不用……我不收拾东西。对了，我正要跟你说……"

安子颜，你要勇敢一点！跟他说你不要跟他住在一起！

韩胤希却打断她的话："我现在就过去你家，你等我。"

安子颜惊了："你过来我家干吗？"

韩胤希的声音似有笑意："去接我未婚妻回家啊。"

安子颜："……"

她一定是神经错乱了，居然觉得他这句话有点甜甜的味道。

韩胤希说："你想收拾就收拾，不想收拾也没关系，衣服那些都可以买新的。"

安子颜不知道该说什么了，她完全蒙了。

这个人不是韩胤希吧？韩胤希怎么可能对她这么好！

"我要开车，先挂了。"这是最后传入她耳中的声音，带着悦耳的磁性，有着一丝让人心跳加速的温柔。

另一边，公寓地下停车场。

韩胤希挂了电话，把手机放到操作台的卡槽里，不知想到了什么，黑眸噙着浅浅的笑意。

他正启动车，手机就响了。

难道是她打来的？

他伸手去拿手机，看到不是她的名字，还略遗憾的样子。

"喂。"

手机那头的人汇报道："少爷，今天唐小姐从你的公寓离开后，去跟南司耀见面了，在御膳居跟一名服务员发生了冲突……"

车内的气压骤然降低。

"你说她让那个人给她道歉，还把人给炒了？"

"是的。"

韩胤希的俊脸沉了下来。

这是怎么回事？

过了一会儿，他收到了一段视频，是御膳居设置在走廊的监控，透过打开的门能看到房内的些许景象。

虽然在视频里只是看到安子颜的侧脸，但他能清楚地听到她的声音，听到她如何咄咄逼人。

这是他所熟悉的唐沫颜，明明只是一件小事，却仗着自己的权势把为难他人当作乐趣。

就一小段视频，韩胤希看了前半段，就忍不住关掉了。

他闭了闭眼，光是听到唐沫颜恶毒的语气，一股厌恶就从心底涌上来。

看了一眼方向盘，想到自己原本是要去接她的，韩胤希把手机丢到卡槽里，沉着脸启动了车。

唐家。

安子颜在等待中煎熬，等啊等，不知不觉就等了一个多小时。

他人呢？他的公寓离她家好像没有那么远吧？难道是堵车了？

虽然他不来她更开心，但不知道为什么，她莫名地觉得心口有点闷闷的。

到了晚饭时间，韩胤希还没来。

安子颜也不知他还来不来，所以没有跟唐氏夫妇说韩胤希要来接她的事。

吃饭的时候，唐母得知她今晚在家住，很是开心，还劝了好几遍，让她在家里多住几天，等开学再搬去韩胤希那边。

其实她看得出来，唐母不是很愿意让她搬去跟韩胤希住，但不知道韩胤希那边是用了什么方法说服唐沫颜的家人的。

今晚的饭菜很美味。

安子颜在以前的家跟妈妈相依为命，妈妈为了赚钱，每天都工作到很晚，所以很少有时间给她煮饭，两母女更是很少像这样坐在一起吃一顿家常便饭。

也是因为如此，久而久之，安子颜就学会了自己下厨，简单地做点菜，填饱自己的肚子，也顺便留一份给晚归的妈妈。

所以像现在这样可以跟父母坐在一起开心地吃一顿饭，让她感觉很温馨。

虽然他们不是她真正的父母，但安子颜知道，以后她要学会把他们当作真正的父母。

一家人吃完饭，已经过去快四个小时了。

韩胤希还不见踪影，甚至一个电话也没有打来。

四个小时，完全可以从燕城的城南到城北了，他是不是出了什么事？

安子颜想起他说来接她的语气，明明好像那么迫不及待的样子，怎么可能会突然不来了呢，一定是出了什么事？

躺在房间的床上，安子颜用腿夹着被子翻了一个身，心口不禁泛起一股担心。

虽然她不想他来，但她更不想他出什么事啊！

越想越不安，安子颜猛地坐了起来，抓起一旁的手机。

打个电话问问？

还没等她想好，手指像是有自己的意识，已经拨了过去。

等等！她还没想好怎么说呢！

听着手机里的音乐，她也不知道自己为什么会这么紧张。

响了好久，因为没人接听，电话自动挂断了。

安子颜愣了一下——他没接电话，难道真的出什么事了？！

想到他之前还那么积极地说要来接她，按道理来说不可能是他不想接她的电话，所以安子颜更担心了，又急忙拨了一个电话过去。

接电话啊！快点接电话啊！真是担心死人了！

终于，电话铃声响了不知多久，在她的小心脏都揪成一团的时候，电话被接通了。

“喂。”

听着他富有磁性的嗓音，安子颜说不出自己有多开心。

“你……”

你没事吧？

担心的话正要说出口，她突然一顿，语气转变了，说道：“喂！你不是说要来接我吗？人呢？要是不想来就别来了！”

唐大小姐应该是这样说话的吧？

她也不知道自己为什么突然高傲了，就是不想表露自己对他的担心，索性把真实的情绪隐藏在所扮演的唐沫颜的角色中。

“好。”他只是冷漠的一个字，就挂了电话。

手机里只剩下嘟嘟的忙音，安子颜愣了一会儿。

好？这是什么意思？是说现在就来接她，还是说应了她那句“不想来就别来了”？

安子颜感觉自己完全猜不透他在想什么，可是这时候让她再打一个电话过去，那面子也拉不下来。

搞什么嘛！态度变化这么大！

安子颜一时间怀疑他之前是不是故意要她的。

他那句“去接我未婚妻回家啊”那么甜的语气难道是假的，他只是想戏弄她，想看她满心期待他的到来，他却爽约了，让她的期待扑空？

这就是“渣男”的手段吗？欲擒故纵，让你不由自主地在意他，全副心思都被他牵动。

越想越觉得这就是真相，安子颜只觉得心里堵得厉害，从来没这么难受过，尤其是想起早上的时候他对她还那么温柔，看她的眼神都带着温情的笑意。

那些也都是假的吗？

果然，他是“渣男”。

她明明知道他是“渣男”，怎么还是被他成功骗到了呢？

安子颜，你真笨！她忍不住拍了一把自己的脑袋，懊恼地呜咽一声，把手机丢开，脸埋进了枕头里。

一时间，房间里的空气都变得低沉了。

这两天，安子颜一如既往地待在家里。

唐氏夫妇以为她是懂事了，肯留在家里多陪爸妈几天，所以都很高兴，没发觉哪里不对。

到了周一，安子颜收到了南司耀的微信，才知道明天要开学了。

“明天开学，你是明天去，还是过几天再去？”

安子颜在家里都闷死了，看到能上学，当然是开心的，她回复道：“明天去啊。”

明天开学当然明天去，哪儿有过几天再去的？

南司耀又发来信息：“如果我转去你那个班，你要不要跟我同桌？”

安子颜一看，几乎是立刻就拒绝了：“不要。”

南司耀发来一个生气的表情，说道：“哼！我就知道，你要跟韩胤希同桌，对吧？那我不转去你那个班了，整天‘吃狗粮’没意思。”

安子颜这才知道，原来韩胤希跟她在同一个班。

那明天她不就能看到他了吗？

那个“渣男”……哼，她才不想看到他！

南司耀又问：“你明天几点到？我给你带好吃的，我家里的厨师做的蛋糕，可好吃了。我妹妹每天都要吃好几块，最近都成小胖猪了。”

安子颜不太想跟他碰面，所以婉转地拒绝了：“不了，最近减肥，不吃甜食。”

南司耀说：“那你想吃什么？我给你带。”

安子颜索性说：“我明天不知道几点才去，睡醒了再说。”

南司耀很有眼色地没有再问下去，只是发来一个表情图，又说：“那就明天见咯！”

安子颜没有回复他。

她也不知道自己怎么就鬼使神差地就点开了韩胤希的头像。

他明天会去学校吗？如果跟他碰面了，她该主动打招呼吗？

这个浑蛋，放她鸽子，还一句解释都没有，真的很过分！

哼，如果明天真的碰面了，那她才不要主动跟他打招呼，她就把他当空气，完全忽视他！对，就这么决定了！

当天晚上，她在心里演练了很多种可能的情景，制订了很多种“报复渣男”的计划。

安子颜很满足地入睡了。

这也是她最近两天睡得最好的一晚。

只是她完全没意识到，自己不知不觉地在期待明天跟韩胤希的碰面。

第八章

做了一个错误的决定

翌日。

清透的阳光从窗帘的缝隙钻入。

安子颜早早就起了，洗漱完，换好衣服，就叫来女佣，让司机准备车送她上学。

女佣听到的时候还愣了两秒："小姐，你说……你要去上学？"

她有没有听错？今天是开学的第一天，小姐居然要去上课！

安子颜抬眸睇她一眼："你有意见？"

女佣哪儿敢，就算有天大的好奇也不敢多问。

怕她责罚自己，女佣吓得连忙哈腰说："我现在就去叫司机准备！"

安子颜本身的学习能力就很强，加上现在已经渐渐进入状态，所以很自然地就能切换到"高傲大小姐"模式。

等她下了楼，早餐也已经准备好了。

吃早餐的时候，她能感受到管家和其他用人吃惊的目光，仿佛她这么早就要去上学是多么匪夷所思的事情。

安子颜才不管他们怎么看，她窝在家里都快发霉了。而且她想去上学，跟唐沫颜不同，安子颜可是个好学生，在以前的班上占着前三的名次。

到了学校，安子颜站在星尚学院的校门口，虽然早就知道这是一所贵族学校，但她还是被眼前的情景惊到了。

这大门也太豪华了吧？

由漂亮的大理石砌成的大门非常宽敞，连石柱上的灯都那么精致，比偶像剧里的贵族学校还要华丽。

光是校门口都这么漂亮，她走进校园，更是处处能看到欧式建筑，仿佛身处欧洲的贵族学校。

校园两侧有着大片的草坪，草丛也被修剪得很别致。

地上一点脏物都没有，干净得惊人。

安子颜一边走，一边望着前方的路，那么长，要走多久才能到教室？

幸好她之前做了功课，知道唐沫颜就读的是什么专业，在哪个班。

突然一辆电瓶车停在了她面前。

“唐大小姐，请上车。”

安子颜只疑惑了半秒，就镇定下来，昂起高傲的下巴，切换到“高傲大小姐”模式，上了车。

她本来还担心怎么找教学楼，没想到这车直接就把她送到了，这待遇也太好了吧？

时间还算早，所以教学楼里没多少人。

安子颜很快找到了自己的教室，然而她刚走到后门，就听到里面有人在讨论“她”。

“想到唐沫颜跟韩少订婚了，我就好气啊！我的男神啊……就这样被女魔头抢走了！”

“气也没用啊，你又没人家手段高明。”

“说白了，什么都比不上家世，如果唐沫颜不是唐家大小姐，她凭什么？我呸！她连给韩少提鞋都不配！”

安子颜停下了脚步，忍不住想偷听下去。

这关系到她以后怎么跟同学相处，她需要多收集一点情报，才能不让自己轻易露馅儿。

聊天的几个女生显然对唐沫颜很不待见。

很快就有人反应过来，出声制止道：“嘘，你们小声一点吧，小心被听到了！你们又不是不知道唐沫颜多恶毒，让她知道你们说她的坏话，还不知道要怎么对付你们！”

此话一出，教室里静了两秒，可见唐沫颜的恶毒有多深入人心。

突然，有人不怕死地说：“怕什么啊！这么早，教室里就我们几个人，你们别说出去就行了。我告诉你们，这事要是让唐沫颜知道了，就是你们中谁说的！”

“也对，唐沫颜怎么可能开学的第一天就来上课，我估计啊，她怎么也要一个星期之后才来。”

站在后门的安子颜忍不住笑了。

要是她现在走进教室，这些人估计要被吓死吧？

就在她思考的时候，楼梯处响起了上楼的脚步声，看来是有别的同学到了。

教室里的人显然也察觉了，顿时都静了下来。

安子颜等了一会儿，等上楼梯的同学上来了，才跟他们一起往教室前门走。

一进教室，她禁不住好奇地看向那几个女生。

那几个女生脸都白了，一脸惊恐地看着她，估计都在担心她有没有听到她们之前的对话。

陆续有同学到了教室，发现安子颜在，都露出吃惊的表情。

“奇怪了，唐沫颜怎么第一天就来上课了？太不可思议了吧！”

“谁知道呢，估计是刚跟韩胤希订婚，心情好吧。”

安子颜环视教室一圈，思考着该选哪个位置坐。

她感觉班上的女生都不喜欢她。

这也能够理解，唐大小姐的性格这么任性、嚣张，还能跟她玩到一起的女生，多半就是想着抱大腿，讨点好处的。

不管是前者还是后者，她都不想跟这些人同桌。

她还是选个男生吧……

她扫了一圈在场的男生，在碰上她的眼神的时候，男生都急忙转开，好像很怕跟她对上视线。

安子颜苦笑，看来没人会愿意跟她同桌啊。

突然一个高大的身影从身后袭来，结实的长臂一揽，就牢牢地搂住了她的肩膀。

“你居然骗我！”

听到熟悉的声音，安子颜一顿，回头看到了南司耀的脸。

“你怎么……”

他怎么知道她在这里?

南司耀笑着说:“你唐大小姐一来学校,就引起轰动了。”

安子颜:“……”

这么夸张吗?

南司耀说:“我想了想,还是决定转到你班上,就算不跟你同桌,前后桌也行啊!”

安子颜没想到他会这么执着,就为了跟她同班?

南司耀绅士地接过她的包包,可怜兮兮地瞅着她说:“我一个人孤零零的,在这个班没有认识的人,你要不要先陪我坐一会儿?等韩胤希来了,你再坐回他身边。”

提到那个“渣男”,安子颜就来气,她赌气地说:“我不跟他同桌了,我跟你同桌吧!”

南司耀一听这话,可高兴了,怕她反悔似的,立马就拉着她径直往第四组倒数第二排走去。

“我们……”安子颜想去坐中间,那里视野好,听课方便。

谁知就听南司耀说:“这是你最喜欢的位置。”

她顿时无语,这位置一看就不是好学生坐的,至少不是想认真听课的学生坐的。

没辙,她只好坐下了。

教室里陆陆续续有同学进来,看到南司耀在这个班,都露出了诧异的表情。

“南少转到我们这个班了?真的假的?太好了!我可以近水楼台了!”

“你想得美,没看到南少跟唐沫颜走得多近吗?”

“可是唐沫颜不是跟韩少订婚了吗?”

“订婚了又怎么样?她唐大小姐脚踏两只船又不是第一回了。”

“嘘,别说了,小心被听到。”

有几个女生一看到安子颜,就热切地奔过来,跟她打招呼。

“沫颜,你开学的第一天就来了,怎么不跟我们说一声?我们好早点来陪你。”

“沫颜,你最近好神秘啊,都不知道你在干什么,也不在群里说话,也不回我们的信息,是不是跟韩少过二人世界去了?”

“一定是的啦!都叫你识相一点,别打扰我们唐大小姐跟韩少甜蜜蜜了。”

“沫颜，你……”

安子颜受不了被她们围着叽叽歪歪地说一堆，而且看她们的架势像是要坐在她四周，这可不行。

她秀眉微挑，一脸嫌弃地说：“你们太吵了，去别的地方坐。”

安子颜见识过这些女生是怎样的人，所以并不想跟她们继续交往下去。她是相信物以类聚的，所以唐沫颜以前的那些朋友，她都会慢慢地疏远。

听到她的话，几个女生露出错愕的表情，面面相觑。

“沫颜，是不是我们做了什么事情惹你生气了？”

“你别生气……”

安子颜睨了她们一眼，下最后的逐客令：“我刚刚说的话，你们是没听到吗？还要我再重复一遍？”

显然，她们没人敢再说什么。

这些人是最懂她的脾气的，所以不敢惹怒她，什么话都不敢再问了，直接就拎着包包讪讪地去另外一组找位置坐。

耳边清净了，安子颜感受舒服很多。

就这样，没有女生敢坐在她四周，最后进来的两个男生坐在了她的前桌。

安子颜看到其中一个是戴着眼镜的书呆子，就没说什么——总好过被一群只懂得阿谀奉承的女生围绕着。

没多久，上课铃响了。

第一节课是班会，老师安排同学去搬课本，分发下去。

安子颜拿到课本就开始翻看，发现这套教材跟她以前学过的不一样。

一个不小心，她看入神了。

旁边的人戳了她好几下，她才反应过来。

她不解地看着南司耀，用眼神询问他：有什么事吗？

南司耀坐在靠窗的位置，一只手撑着俊挺的下巴，那双有些妖冶的眼睛瞅着她，不可置信地说：“你没事吧？这课本有什么东西让你看得这么入迷？”

安子颜：“……”

她差点忘了唐沫颜是学渣的“人设”。

那她以后上课怎么办？难道她要一直装作不认真听讲吗？

安子颜可是个好学生，让她不好好听课，简直太为难她了。

有什么办法可以假装没有在听课，实际上把老师讲的课都听进去吗？

面对南司耀疑惑的眼神，安子颜尴尬地一笑，把课本合上了："没什么，就是无聊翻翻看，看看图片而已。"

南司耀狐疑地看着她："可是我看你看得很认真，还以为你看懂了。"

安子颜哈哈干笑："怎么可能！"

好头疼，又到了考验她的演技的时刻。

每天都这样考验演技，她以后不如去当演员算了，说不定能拿个奥斯卡影后。

下课了，马上就有人殷勤地给她送上饮料和零食。

安子颜没好气地睇着对方，问道："你把垃圾放在我的桌子上干什么？"

那女生一愣，手忙脚乱地把饮料和零食拿走了："对、对不起！"

南司耀的跟班也给他送了东西过来。

他笑着把自己的饮料分给她："要喝哪个？"

安子颜摇头，说："不想喝。"

南司耀看着她，好奇地问："你今天心情不好？"

虽然唐大小姐一直都是情绪阴晴不定，但今天好像格外难伺候。

他回头看了一眼身后的空桌，韩胤希还没来。

所以两人是吵架了？

这也就能合理解释她为什么心情不好了。

安子颜不说话，就当作默认了。

第二节是英语课。

安子颜其他科目的成绩都很好，就英语稍微弱一些。毕竟她家境不好，不像别的同学可以上补习班，所以她的英语口语不太好。

而星尚学院的英语课是由外教来教的，听着老师正宗的英语发音，安子颜如获至宝。

一个欢喜，她就不自觉进入了好学生的听课状态。

南司耀侧头看了她好几回，她都没发现。

就连旁边的同学都诧异地看着她认真听讲的模样，感觉匪夷所思。

终于，太多的瞩目还是让安子颜注意到了。

她回过神，对着南司耀呵呵一笑，找了个借口："这外教老师好帅！”

正好外教老师是个男的，蓝色的眼睛深邃又迷人，有着一头微卷的棕色短发，高大又英俊。

听到她的话，同学们露出一副“原来如此”的表情，就说嘛，唐大小姐怎么可能会认真听课呢，这是不可能的事嘛！

南司耀挑眉，一副吃醋的语气说：“他有我帅吗？”

安子颜白了他一眼，一点都不给他面子地说：“这还用说吗？当然是外教老师帅，不然我干吗盯着他看这么久？为什么不盯着你看？”

南司耀眯起眼，眸中似乎散发着一丝不满：“你确定？给你一次修改答案的机会。”

安子颜耸肩：“不改。”

蓦地她的下巴被南司耀捏了过去。

俊脸靠近了她几分，他威胁似的说：“改不改？”

一时间两人间的气氛过于暧昧。

这距离也太近了……安子颜毫无防备之下被他这么一撩，心跳顿了半拍，慌慌张张地拍开他的手：“你、你干吗啊！在上课呢！”

她转开视线，故作淡定。

然而这个方向，正好让南司耀把她红透的耳根一览无余。

他愣怔了一会儿，仿佛不敢相信自己所看到的。

她想要用淡定来掩饰自己真实的情绪，可是在他眼中，她伪装得很失败，他一眼就能看透她的害羞。

因为紧张，她还轻咬着嘴唇，所有的反应都那么纯真。

纯真？这个词怎么可能会出现在唐沫颜身上呢？

南司耀不是第一次撩唐沫颜，她的反应要么是不受撩，要么就是难得有兴致地回撩他一次。

她像今天的反应，是他从没见过的。

他差点忍不住怀疑，眼前的人真的是他所认识的唐沫颜吗？

这时安子颜调整好了自己的情绪，她瞪了南司耀一眼，昂起下巴，摆出高傲的大小姐姿态，对他警告道：“以后没经过我的同意，不准碰我，听到没有？”

这人怎么这么爱动手动脚的，不懂得男女授受不亲吗？

南司耀收回饶有兴味的眼神，微微一笑，点头应道：“遵命。”

安子颜不再看他，索性趴在桌子上假装睡觉。

她是不是不该跟南司耀同桌？

她总感觉做了一个极其错误的决定……

一直到放学，安子颜都没见着韩胤希。

她想，他应该是没来学校吧？

开学的第一天就旷课，这家伙估计也是个学渣！

没有如愿碰上面，安子颜把自己的失落归结为“报复渣男”计划没能成功实施的遗憾。

哼，说不定是他不敢来见她。

南司耀单手搭在她的椅背后，问她：“中午想去哪里吃饭？外面还是食堂？”

安子颜随口说：“食堂吧。”

她还没见识过贵族学校的食堂，顺便去见识见识。

南司耀点头，道：“食堂也行，听说请了新的厨师，是从米其林三星餐厅挖来的。”

安子颜心里惊叹，一所学校的厨师居然是从米其林三星餐厅挖来的，真不愧是贵族学校！

“走吧，去吃饭，我好饿。”南司耀绅士地帮她拎包包。

于是两人一起走出教室。

唐沫颜之前的那些跟班女生，面面相觑了一会儿，默默地跟在了她身后。

安子颜回头瞥了一眼，没理会她们。

到了一楼，有一个女生鼓起勇气，大胆地上前想跟她搭话：“沫颜，我们一起吃饭吧？”

安子颜看都不看她一眼，语气淡漠地说：“没看到我身边有人吗？”

那女生懂了她的意思，讪讪地缩回去了。

几个女生慢慢地后退，拉开跟她的距离，然后焦急地在后面窃窃私语。

“沫颜是怎么回事啊？她好像不想搭理我们了。”

“是不是……我们之前做的事被她发现了？”

“真的吗？那怎么办？”

“我怎么知道怎么办啊！依她的性格，要是知道我们背着她做的事，是不会这么轻易放过我们的。”

几个女生交流着眼神，不自觉地攥紧了拳头。

此时，学生会大楼，学生会会长办公室。

一个身影走到办公桌前，放下了一份文件夹：“会长，这是新生晚会的策划方案。”

韩胤希侧身坐着，窗外洒入的光线打在他的身体轮廓上，勾勒出俊美的线条。

他深邃的黑眸微垂着，哪怕一动不动，都让人无法忽视他的存在。

白若烟曲起细白的手指敲了一下桌面，提醒他：“会长？”

她没有看错吧？会长好像在发呆？

韩胤希抬眸看向她的时候，黑眸里看不出任何情绪，他问道：“什么事？”

白若烟把桌面上的文件夹往他面前轻推：“新生晚会的策划方案，这个你可以下午再看，现在呢，是午饭时间，你是打算出外用餐，还是在这里吃呢？”

“这里吧。”韩胤希随意地说道。

白若烟身为秘书长，跟了他两年，自然早就猜到了他的回答，她微笑着说：“我已经让御膳居那边送餐过来了。”

其实这不难猜到，韩胤希只要不出学校，就会在办公室用餐，如果出学校，就会到外面吃，而食堂是他唯一不可能的选择。主要是学校里太多女生喜欢他了，如果他出现在食堂，自然会引起轰动。

白若烟装作无意地提起：“对了，会长，听说南司耀转到了你那个班，唐大小姐还跟他同桌了。她身为你的未婚妻，却跟别的男生走那么近，不怕你吃醋吗？”

其实想也知道，唐沫颜这么做，无非是故意引韩胤希吃醋吧？

听她提到唐沫颜，韩胤希就想起了刚刚收到的消息：“唐小姐把一个人关在了她郊外的一处房子里，已经饿了那人三天……听说这人只是背着她说了她的坏话而已，南司耀就把他抓了，还毒打了一顿……本来那天南司耀想把那人绑在车后拖行的，但唐小姐临时改了主意，说要饿那人几天，再把他摁在水里折磨……”

这些都是唐沫颜会做的事。

思及此处，韩胤希眸色冷了下来，让人感觉到一股凌厉的气息，房间内的温度似乎都降低了。

白若烟还以为是她刚刚的话让他有了反应，正好又从微信里得知了新的进展，便对他汇报道：“会长，唐大小姐跟南司耀去了食堂吃饭。奇怪了，唐大小姐不是从来不去食堂吃饭的吗？

“咦，还有照片，这两个人也太亲昵了吧？不知道的人，还以为他们才是一对呢……

“会长，你是不是应该跟唐大小姐说一说啊？好歹你们现在订婚了，她也算是名花有主的人，怎么可以……”

每说一句话，她就观察一下韩胤希的表情。

等她再次抬头，就看到韩胤希从椅子上起身，往外走去。

“会长，你去哪儿？”

韩胤希沉声说：“去食堂。”

白若烟问：“去食堂干什么？”

“吃饭。”话音刚落，他修长的身影已经消失于办公室。

安子颜进了食堂。

星尚的食堂一共有三层，从外观上根本看不出是食堂，精致得一点烟火气息都没有。更夸张的是，外面还建了一个玻璃扶梯，可以直上三楼。

安子颜对这里不熟，怕自己露出破绽，所以懒散地跟在南司耀身边，由着他带路。

南司耀一边走，一边问她：“想吃什么？”

他们正好走进一楼，一楼是普通的学生食堂模样，能看到学生打饭的身影。

安子颜蓦然闻到一股辣味，虽然不知道是什么菜的味道，但她口腔里已经迅速分泌出口水。

肚子好饿……她感觉“假装不认真听课”，比认真听课还要消耗能量。

安子颜现在只想快点吃饭。

她想吃辣！

可是偏偏唐沫颜不爱吃辣，她真是伤脑筋。

安子颜纠结了一会儿，终于还是败给了口腹之欲。

她清了清喉咙，假意体贴地对南司耀说："这样吧，我也不需要你迁就我，你点你喜欢吃的菜，我点我喜欢吃的，我们凑到一起吃。"

南司耀诧异地看着她："真的？你知道我喜欢吃辣的。"

唐大小姐居然不需要人迁就她？平时她可是霸道得很，只要是她不喜欢的菜，绝对不能摆在她面前。

安子颜故作大方地说："我说了，你喜欢吃什么就点什么，喜欢吃辣就点辣的，别让我说第二遍行不行？"

为了不崩人设，她后半句还加了点不耐烦的语气。

其实她心里在呐喊：对，点辣的！求求你不要迁就我！尽管点辣的！

到时候她就可以找借口吃上一口，哪怕一口都好！

她现在真的好馋啊，好想吃辣。在唐家平时吃的都是家常菜，别说辣了，就是红色的食物都很少见着。

安子颜从来不知道自己这么想念辣椒。

以前在家里，她都是自己煮饭吃，因为买不起太多菜，所以她都是用各种调料来丰富菜的味道，久而久之就喜欢上了吃辣。

重生的这段时间里，每天都吃得很清淡，她感觉嘴里都淡出鸟来了。所以这个时候，她想吃辣的念头强烈得压不下去。

南司耀一脸感动地看着她，长臂一伸，就去揽她的肩膀："沫颜，原来你也有这么体贴的一面！"

安子颜手肘一撑，睇着他，啧了一声，说："放手！不是说了，没经过我的同意不准碰我的吗？"

南司耀挑眉，不满地说："搂一下怎么了？又不是没搂过。别告诉我，你为了韩胤希以后都不让别的男人搂了，只让他搂？"

安子颜顺势就承认了："恭喜你，答对了！"

这个借口好用，看来韩胤希这个挡箭牌可以有多种用途。

南司耀眯着眼睨了她一会儿，显然不太相信她的话："你不是跟他吵架了吗？"

安子颜耸了耸肩，说："吵架归吵架，难道吵架了我就要拿别的男人气他吗？"

南司耀失笑，仿佛听到了什么不可思议的言论——你唐大小姐为了让韩胤希吃醋，可不知道多少次拿别的男人刺激他了。

两人乘坐电梯上了三楼。

本来刚放学来食堂的学生有很多，但其他人看到他们两个进电梯，纷纷避让了，这趟电梯里只有他们两个。

到了三楼，安子颜走出电梯，就发现三楼的装修跟一楼完全不一样，这层就像是高档的餐厅，环境雅致。

南司耀问她："坐哪儿？"

安子颜扫了一眼，随意地说："就靠窗吧。"

她能感觉到两人受到了很多瞩目礼，还是靠窗坐相对清净一点。

南司耀点头："行，就坐那边吧，可以看到楼下。"

坐下后，他就把点餐的平板电脑从旁边抽出来，递给她："你看看吃什么。"

她没接，说道："你帮我点吧。"

南司耀估计也习惯了为她服务，所以并不觉得有什么，拿着平板电脑就开始看菜式。

他给她念菜名。

安子颜都没听清楚，就随口敷衍地点头："行。"

点到他自己的，他抬头看了她一眼，确认道："我真的点辣的咯？"

安子颜挑眉，睇着他，故作威胁地道："你敢迁就我试试？"

南司耀被她逗笑了："那我就恭敬不如从命了！"

于是他愉快地给自己点了两道辣的菜。

安子颜此时已经饥肠辘辘，为了转移注意力，她把视线转向窗外，欣赏一下星尚的校园风景。

南司耀忽然想起什么，看向她说："对了，那个人你还关着吗？都三天了，别饿出什么事来。"

安子颜转回头，显然没听懂他的意思："什么人？"

南司耀看她忘了，也不觉得奇怪，笑着解释道："就是上次那个人啊，你不是说把他关几天，饿一饿他，然后再好好地折磨他吗？"

安子颜呆住，她想起来了……是有这么一回事！

"那个人……我忘了……"她发蒙地看着他，一时脑子里有点乱，着急地问他，"那他被关在哪里了？"

南司耀解释："我让人把他送到你郊外的那个房子里了，放心，有人帮你看着的，不会让他饿死。"

那个房子是唐沫颜专门用来做这种坏事的地方，所以有安排人时常看管着。

安子颜心情很复杂。

那人被饿了三天……她完全忘记了这件事。

都怪韩胤希！因为他前几天放了她鸽子，害她那几天光想着恼他了。

这可怎么办？饿了三天，会不会死人啊？！就算不会饿死，可是这样活活被饿三天，也太痛苦了吧？

安子颜从小到大从来没有去伤害过别人。

这一刻她心里懊恼又自责，如果她早点想起来，就不会让那个人饿三天了。

明明心里焦急，她还不能表现出来。

为了掩饰，安子颜还摆出高傲脸，说出无情的话："饿死就饿死呗！"

其实她心里在祈祷：那人千万别饿死啊！她可不想成为杀人犯……

安子颜不知道，在她百感交集的时候，一抹修长的身影出现在她身后，把她刚刚的话听得一清二楚。

有人见韩胤希来过学校食堂吗？没有！

所以当韩胤希走到食堂的时候，毫无悬念地引起了轰动。

白若烟可不敢带着会长大人从一楼进入，所以就上了旁边的玻璃扶梯。

没想到，韩胤希才到三楼，就看到了坐在窗边的安子颜和南司耀。

赶巧，安子颜的那番话被韩胤希听得一字不漏。

他听到她亲口承认了那些事。

白若烟为了赶走跟上来的人，所以落在了后面一点，就没有听到安子颜和南司耀刚刚的对话。

她跟上来，第一时间便发现韩胤希的表情有点冷，再抬头，看到了坐在一起的安子颜和南司耀。

她小声问韩胤希："会长，要过去跟唐大小姐一起坐吗？"

韩胤希没回答，只是往另一个方向走去。

白若烟明白了他的意思，微笑着跟上。

安子颜因为背对着门口，所以没有注意到那边的情况，再加上心思都在那个被关着的人身上，担心着那人会出事，所以也没在意突然变得有些吵闹的餐厅。

南司耀倒是一眼就看到了韩胤希。他勾了勾唇，并不隐瞒，往那边努了努下巴，对安子颜说："你未婚夫来了。"

未婚夫？安子颜顺着他所指的方向望过去，看到了韩胤希。

当然，她也看到了他身边的白若烟，一个长得很美艳的女生。

安子颜并不知道白若烟是谁，只以为是韩胤希的女朋友之一，说不定是新欢。

"哦。"她淡漠地转头，不去看那边。

那样一副俊男美女的画面，她莫名地觉得有点刺眼。

南司耀睨了她一会儿，大概对她的反应觉得奇怪，故意挑起她的兴趣，说道："我觉得像白若烟这样是最聪明的。"

白若烟？是指那个美艳的女生吗？人好看，名字也起得这么好听。

安子颜果然被他挑起了好奇心，问道："为什么这么说？"

南司耀笑了笑："虽然白若烟没有女朋友的名分，但你看看，她是跟在韩胤希身边最久的人，也是离他最近的人。俗话说，近水楼台先得月，哪一天她得手了，我都不会觉得惊讶。"

"哦。"原来是这个意思，她还以为有什么。

在安子颜看来，韩胤希这个"渣男"身边有几个漂亮女生不是很正常的事吗？

面对安子颜的不以为意，南司耀诧异地挑眉，说："你就这个反应？"

要是平时，她至少要说几句难听的话。

安子颜问他："那我该是什么反应？"

她现在心不在焉的，更多的心思在怎么解救那个被饿了三天的人身上。

南司耀笑着说："至少要过去宣示一下主权吧？你现在可是韩胤希名正言顺的未婚妻。"

他最后提醒了她这一点。

安子颜听明白了，点了点头，就赫然站起来，朝那边走去。

第九章

他在意她吗?

整个三楼的人都关注着他们两桌。

果然，终于等到了唐大小姐的出击！众人都等着看戏。

就见安子颜慢悠悠地走了过去，站在白若烟面前。她眼神低垂，睨着白若烟，不说话。

白若烟轻轻颔首，礼貌地打招呼："唐大小姐。"

安子颜挑眉，纤细的腰一弯，啪的一声，小手拍在两人中间的桌面上。

她指了指韩胤希，对白若烟说："他，是我的未婚夫。"

白若烟微笑："我知道。"

安子颜冷笑一声："你知道？那你跟我未婚夫一起吃饭？"

白若烟顿了一下，解释道："是会长带我来的。"

安子颜直起身来，双手环胸，眼神很凶地盯着她，说："他带你来你就来？你当我不存在吗？还在我面前晃，想死是不是？"

白若烟显然也不是第一次应付她了，保持着礼貌的微笑："唐大小姐，我是学生会的秘书长，会长有很多事情都需要我帮忙处理，所以我总得在他身边待着，才能帮他的忙，对吧？我相信唐大小姐您是个明事理的人，不会乱吃飞醋。"

安子颜一愣，才明白了她刚刚所说的“会长”是什么意思。

她诧异地看了看韩胤希，所以这家伙是学生会会长？

安子颜继续表演唐沫颜的蛮不讲理，说道：“我现在是他的未婚妻，我想吃醋就吃醋，要你管？你以为你是谁？”

她一边说，还一边偷瞄南司耀那桌，看上菜了没有。

赶紧上菜，她就可以结束这边的表演了。

她打算吃完午饭就赶紧去解救那个被饿了三天的可怜人。那可是人命啊！要放在第一位才行。

至于某个“渣男”，他爱跟谁吃饭是他的事，她才不管他。

所以安子颜只是单纯过来表演“宣示主权”的，从始至终都没有看过韩胤希一眼。

她也不想看他，免得来气。

跟唐大小姐的咄咄逼人相比，白若烟就显得太有礼貌和教养了，始终带着微笑，说话也柔声细语的。

围观的男生中就有不少白若烟的拥护者，为她心疼，看着安子颜的眼神都充满了愤怒。但碍于唐大小姐的身份和她众所周知的恶毒手段，没人敢上去为白若烟说话。

这时，南司耀那桌上菜了。

安子颜心里暗暗松了口气，觉得也差不多了，便说道：“我去吃饭了。”

说了那么多话，她的口都干了。她好渴，好想喝水。果然演员这个职业也不好做啊。

安子颜转身刚要走，突然一只大手握住了她纤细的手腕。

她一愣，回头，对上了韩胤希深沉的黑眸。

他想干什么？看到她欺负了他的秘书长，他终于看不过去了吗？

只是两人对视了好一会儿，他都没有说话。

搞什么啊？安子颜一脸莫名其妙。

围观的人在韩胤希抓住她的手的时候，齐齐露出吃惊的表情，都好奇他接下来要做什么。

还不说话？安子颜突然想起这“渣男”放自己鸽子的事，一时来气，甩开了他的手：“别碰我！”

围观的人倒抽一口气：唐大小姐生气了！有好戏看！

安子颜直直地看着他，前几天积累的委屈猛地涌上心头，眼眶莫名地就红了。

韩胤希凝视着她，目光有了一丝波动。

他从她眼里看到了委屈？这样的眼神，又不是他所认识的那个唐沫颜会有的了。

韩胤希被她一再的变化搞得有些烦躁，他向来不喜欢自己的情绪被干扰。

见他不说话，安子颜终于忍不住开口，瞪着他说："你就没什么要跟我说的吗？"

他放了她鸽子，一句道歉的话都没有？

韩胤希对上她的眼："有。"

安子颜心里冷哼一声：算你还是个人。

她等着他的道歉。

谁知韩胤希却说："以后别欺负我的下属。"

安子颜一愣，这显然不是她想要听到的答案。

她气呼呼地看着他："就这个？你没有其他话想跟我说的了？"

可恶！这个浑蛋！所以他拉住她就是想告诉她以后别欺负他的人？放了她鸽子的事就被他抛到九霄云外了？

韩胤希对她说："没有了。"

安子颜很想踢他一脚，但骨子里的礼貌让她忍了下来。

她气呼呼地回到了南司耀那一桌，低头就吃饭，还吃得特别快。

南司耀怕她噎着了，提醒道："你慢点吃。"

安子颜催他："你快点吃！我等下有事！"

南司耀问："有什么事？"

安子颜暂时不想说话，只想低头吃饭，又催促他："你快点吃行不行？"

虽然她不想跟南司耀待在一起，但她等一下要做的事，没他还真不行。

南司耀失笑，只好陪着她一起吃饭。

他点的两道辣菜是后上的，安子颜抬头看到，伸了筷子就夹。

南司耀诧异地看着她："很辣的，你真的要吃吗？"

安子颜没理他，把菜放到嘴里，吃得津津有味。

“辣吗？还好啊。”她还挺能吃辣的，所以这个辣度对她来说算普通级别。

南司耀一脸震惊，夹了一块菜放到嘴里尝了尝，是不算太辣，但这个辣度对于平时不吃辣的人来说，应该是很辣才对啊。

但是看安子颜，吃得面不改色，他诧异地道：“原来你能吃辣啊？”

安子颜趁机给自己改人设：“我不爱吃辣，跟我能吃辣，这之间有冲突吗？”

南司耀笑道：“好像是没冲突。”

不爱吃辣的人，不代表就不能吃辣。

安子颜懒得多说，催他快吃。

南司耀疑惑她为什么要吃得这么快，就像……咳咳，赶着去投胎似的。

只花了不到十分钟，两人就吃饱了，南司耀还是第一次这么迅速地用餐。

安子颜放下筷子，说：“我们走吧。”

从回到位置上到吃完饭，她都没有再看一眼韩胤希那边。

南司耀倒是时不时瞄过去一眼。

他买了单，起身跟她一起离开。

两人是从玻璃扶梯下去的。

南司耀跟她并肩站着，忍不住问道：“你是不想看到韩胤希跟别的女生吃饭，所以才吃这么快的吗？”

安子颜没说话，就当作默认了。

南司耀一时摸不透她在想什么，便一直看着她。

安子颜被他看得很不自在：“你看别的地方行不行？你一直盯着我看，有什么好看的！”

南司耀嘴甜地说：“因为你好看啊。”

安子颜心头微顿了一下——她想起韩胤希也跟她说过类似的话。

是不是男人的甜言蜜语都是随手拈来？她的心情一下子变差了。

而且他们说这话的时候对着的又不是她的脸，是唐沫颜的脸，所以好看也是唐沫颜好看，而不是她好看。

南司耀发现了她心情不好，顿时感到不解，自己都夸她了，她怎么反而不高兴呢？

虽然以前的唐沫颜情绪也阴晴不定，但其实很好琢磨，而现在的她，总是让他感觉看不透，不知道她在想什么。

安子颜心情不好，再加上正值中午，天气炎热，一时不想走路了。

她对南司耀说：“你让司机把车开进来吧。”

南司耀问她：“你想去哪儿？”

安子颜说：“上车再跟你说。”

南司耀便打了电话，让司机把车开过来。

两人上了车，车上的冷气驱散了些许安子颜的烦躁情绪。

“去……”安子颜顿了一下，转头看向南司耀说，“去关着那个人的地方。”

南司耀猜想她是心情不好，想找人出气。

他把地址告诉司机，让司机开车。

车上，安子颜没有说话，想着该怎么处理这件事。

还好星尚学院所处的位置离南郊不远，他们半个多小时就到了。

他们的车还没停下，屋里就有人探出头来，在确认是安子颜的身影后，那人就匆匆地跑过来：“唐小姐！”

安子颜猜测他就是被安排在这里看管的人。

她摆出大小姐的姿态，不屑一顾地说：“人呢？死了没？”

那人狗腿地说：“没、没、没，这人身体素质还挺好的，饿了三天，精神还不错，早知道就不给他喝水了。”

闻言，安子颜皱眉，果然唐沫颜身边的都不是什么好人。

两人进了屋，那人从里间拽拉出来一个人，摔到地上。

安子颜看这人还好好的，就放心了，只是面上并没有表现出来。

她蹙眉，装作嫌弃的表情，对那手下命令道：“把他弄到车上。”

那手下动作很快，把人拖了出去。

南司耀没说话，表情和眼神都是淡淡的，他跟着她一起走了出去。

外面就一辆车，当然不可能让人坐车上，那手下很利落地把人塞进了后备厢。

安子颜对南司耀说：“上车。”

没一会儿，车就离开了那栋房子。

今天的天气实在是热，安子颜担心后备厢里的温度过高，怕那个人会闷坏。

等车子开出了一段距离，在看到不远处有一个公交车站的时候，她让司机停车。

司机不明所以，停下了车。

路上没有其他车辆，大中午太阳明晃晃的，柏油路被晒得滚烫。

安子颜突然拉开车门下了车，南司耀不解地跟了上去。

她途中就下车的举动，让他始料未及，她到底想干什么？

安子颜打开了后备厢，解开了那人手上的绳索，还把人拉了出来。

那人踉跄地跌倒在地上，惊恐又防备地看着她，虚弱地说：“你、你想怎么样……”

安子颜面无表情地说：“我放了你。”

那人愕然，显然是不相信的。

安子颜指着前面的路说：“我给你五分钟时间，你往前跑，要是能跑出我的视线范围，或者正好有车来救了你，那我就放过你。”

她看到后备厢里有矿泉水，还拿了一瓶出来，丢到他身边。

那人愣怔了一会儿，犹豫着爬了起来。

安子颜看他还不跑，皱眉说：“你跑不跑？小心我改变主意！”

那人一顿，连水都不要了，拔腿就跑。

安子颜就在后面看着，根本没去计时。

南司耀走到她身边，目光落在她身上，眸中带着一些兴味。

“接下来呢？”他问道。

他还以为她有后手——她怎么可能就这样把人给放了？这可不是唐大小姐的作风。

然而安子颜就是想把人给放了，所以她就这样静静地看着那人为了活下去而拼命奔跑的身影。

南司耀提醒道：“还有两分钟。”

安子颜看向前方的交叉口。

这时，一辆白色的车出现在了两人的视线内，是救护车。

那人还没跑到公交车站，救护车就已经停在了他的面前，把他救上了车。

南司耀挑起眉，显然很意外会出现这样的结果：“怎么会这么巧？”

安子颜耸了耸肩，用轻快的声音表示遗憾地说：“算他运气好。”

南司耀看向她：“我怎么觉得你好像心情变好了？”

安子颜摇头："我心情很不好，上车吧。"

她一回头，才发现司机不知道什么时候在后面帮他们撑着伞。

安子颜心情好，对司机露出了一个笑脸。

司机错愕了一下。

两人上了车，安子颜叹气道："心情太差了，我们去吃冰淇淋吧！"

南司耀怎么看她的表情都不像是心情差，但他没有戳破，点头说："好。"

他吩咐司机开车。

来回耽误的时间，加上之前吃午饭的时间，两人吃完冰淇淋就直接去上课了。

窗外，蝉在树上发出吱吱吱的催眠音。

第二节课开始。

韩胤希进教室的时候，就看到安子颜和南司耀齐齐趴在桌面上，睡得正香。

两人还面对面，两颗脑袋靠得很近，像是挨着，不知道的人还以为这是什么偶像剧的画面。

韩胤希目光微沉，大长腿只是微停了一下，就继续走过去。

他坐在最后一组最后一排的位置上。

这是他平时坐的位置，所以班上的人都会自然地空出来给他，而安子颜和南司耀就坐在他的前排。

本来教室里的同学注意力都在入睡的两人身上，所以韩胤希刚走进教室的时候他们都没发现，等他走过去在位置上坐下，同学们才注意到是他。

"韩少来了！"

"等等，这不是抓个正着了吗？"

"你想多了吧，韩少才不会吃醋呢。"

"那可不一定，你是没见着中午在食堂发生的事，韩少跟唐沫颜之间，总感觉跟以前不一样了……"

"因为他们订婚了啊，当然不一样了。"

"不是指这个不一样！"

因为他们本来是窃窃私语的声音越来越大，安子颜不知是不是被惊醒了，动弹了一下。

班上的同学顿时静下来，在确认她没有醒后，他们才松了口气。

要是打扰了唐大小姐午休，她生起气来，他们就要遭殃了。

于是接下来他们不再交头接耳，怕再惊扰了安子颜睡觉。

“上课了！”这时老师走了进来，出声提醒道。

同学们一惊，齐齐朝老师做了个嘘的手势，道：“小声点！”

老师一脸疑惑。

同学们这才注意到是老师来了，赶紧乖乖坐好。

有人示意了一下安子颜的方向。

老师便明白了，是唐大小姐睡着了。

于是老师翻开课本，说：“那我们开始上课……”

本来睡得正熟的安子颜好似听到了，本能地抬起头，眼睛惺忪地看着讲台上的老师，迷迷糊糊地翻出课本。

旁边的同学都奇怪地看着她梦游一般的动作。

安子颜眼睛半张半合，眼神迷离，让人看不出她到底是清醒了没有。过了一会儿，她用手揉了揉眼睛，这次是真的醒了几分。

老师回过神来，清咳一声，把注意力转回到讲课上。

安子颜没说话，只是认真地听课，偶尔用笔在课本上写着什么，像是在做笔记。

平时会在课堂上讲话的学生这时候都没顾上聊天，只顾着看她了。

唐大小姐在听课？还做笔记？

容易让人昏昏欲睡的午后，众人都忍不住怀疑自己是不是在做梦。

其实在课堂上睡觉的，是他们？

就连坐在安子颜身后的韩胤希，目光也不禁落在她身上没有移开，带着审视的眼神看了她许久。

台上讲课的老师都有点不适应了——上这个班的课这么久，班里第一次这么安静。而且唐大小姐还这么认真地听她的课，让她好紧张，生怕自己讲得不好。

上了半节课，安子颜彻底清醒了，才想起自己所处的状态。

哎哟！她怎么又忘了自己学渣的人设？

安子颜一脸郁闷，把笔放了下来，同时把课本合上，努力让自己把注意力从老师的讲课中抽回来。

视线一转，她看到了在旁边呼呼大睡的南司耀，睡得还真熟。

既然不给她听课，那她就只能做点别的事情，打发一下时间了。

安子颜一只手撑着下巴，睨了南司耀的脸一会儿。

虽然她不喜欢这个人，但是也不得不承认，这家伙的脸确实长得帅，这么看着还挺赏心悦目的。

只可惜这是个跟唐沫颜物以类聚的坏蛋，安子颜遗憾地摇摇头。

突然，她体内的恶劣因子涌动起来。

一个恶作剧的念头冒上心头，她坏坏地笑了一下，拿起笔，然后对着南司耀的鼻子隔空画了几个圈，犹豫着该从哪里下笔。

注意到她的小脸朝南司耀越凑越近，在身后把她的一举一动都看在眼底的韩胤希皱起了眉头。

安子颜完全没意识到身后的视线有多灼热，还非常专心地想着，是画个乌龟，还是画个熊猫？

好像乌龟好画一点？好，就这么决定了！

安子颜抿嘴偷笑，开始下笔。

只是她的笔尖还没碰到南司耀的鼻子，他就突然睁开了眼，吓了一跳往后缩。

“干吗？”他声音沙哑地问，看来是真的刚睡醒。

安子颜摊手，表示自己什么也没干。

南司耀视线一垂，看到她手中的笔，几乎是立刻就掌握了情况：“你画我？”

安子颜摇头说：“没有啊。”

她还没来得及画呢。

南司耀眯眼，撇了撇嘴角，朝她勾了勾手指。

安子颜感觉有诈，没有靠过去。

南司耀趁机抓住她的手，把她拉过来。

安子颜怕打扰老师上课，没敢挣扎得太激烈，就被他得逞了。

“你干吗啊？”

她被他拉到他面前。

两人的脸距离近得像在做什么“羞羞的事”，安子颜甚至能闻到他身上的男性气息，这让她下意识地想要躲开。

南司耀却拽着她的手不放，俊脸还往她那边挪了几分，用刚睡醒的沙哑声线撒娇似的说："我也要画你。"

安子颜缩了缩脖子，想逃。

南司耀勾起嘴角，动作更快地一捞，大手环住她的脖子，作势要把她拉过来。

这时南司耀的椅子被踹了一下，发出很大的声响。

教室里的人齐齐看过来。

南司耀皱眉，不悦地回头看向身后。

他跟韩胤希的视线对上了。

南司耀惊讶地挑眉，像是才知道韩胤希在这里，随即撇嘴问他："韩胤希，你什么意思？"

踹他的椅子？还没人敢踹他的椅子！

韩胤希淡漠地说："不小心的。"

不小心？南司耀信他才怪！

这时安子颜也知道韩胤希在了，小脸上充满错愕，吃惊地说："你怎么在这里？"

韩胤希看向她："我是这个班的学生，我当然在这里。"

"不是……你什么时候来的？"安子颜疑惑地问。

韩胤希明知道她是因为在睡觉而没注意到他来了，但看她这么忽视他的存在，还是让他心里微微不爽了："你的注意力只在别人身上，当然注意不到我来了。"

安子颜没注意到他这话的意有所指，她只是回想着刚刚发生的事。

她虽然睡着了，但也醒了大半节课了啊，他一直在她后面，她居然都没发现。

想到这里，她恍然想起，对了，现在还在上课呢！

安子颜赶紧拍了拍南司耀，小声示意他不要影响老师上课。

南司耀点点头，很听话地跟她一起转过去。

两人都没再理韩胤希。

韩胤希就这样再次被无视了。

他盯着安子颜的后脑勺，额角隐隐有青筋在跳动。

好样的，她当着他这个未婚夫的面跟别的男生卿卿我我就算了，还带头无视他？

几分钟后下课了，安子颜这才又转过头。

韩胤希冷眼睨着她，俊脸上明明白白地写着“不悦”两个字。

安子颜问他：“你不是不来上课吗？”

怎么突然又冒出来了？还无声无息的。

韩胤希往后靠在椅背上，哼道：“谁告诉你我不来上课的？”

安子颜一顿：“你早上没来啊！”

韩胤希说：“我早上在学生会处理事情。”

而且开学第一天的早上，也没什么课程要上，班会等杂事都要占去大半时间了。

安子颜很好奇，他真的是学生会会长吗？可是这话容易露馅儿，所以她忍住没问。

这时坐在里桌的南司耀戳了戳安子颜的胳膊，说：“要不要去洗手间？”

韩胤希抬眸瞥着他——这两人还一起去上厕所？

安子颜想去，可是跟男生一起去上厕所感觉怪怪的，于是她摇头说：“我不去，你去吧。”

她拉开椅子，让他可以出来。

南司耀侧身出来，因为空间不够，还撞了韩胤希的桌子。

他对韩胤希笑着说：“不好意思，不小心的。”

两人又四目相对。

安子颜没有察觉空气中的火药味，只是等南司耀出来了，再把椅子挪好。

南司耀转回身，像随手似的捏了一下她的脸颊，问她：“有没有什么想吃的？”

安子颜瞪了他一眼：“没有，厕所能有什么好吃的？你自己吃吧。”

南司耀被她逗笑：“我是要顺便去小卖部买，给你带饮料，还是零食？”

安子颜摇头：“不用了。”

南司耀耸了耸肩，说：“那就算了，我随便买，买什么你吃什么。”

一旁冷眼看着他们的韩胤希突然开口：“给我买一瓶可乐。”

南司耀一顿，看向韩胤希，敢情这家伙把他当跟班使唤了？

但他也没拒绝，只是笑着说：“可乐杀精哦，你确定要吗？”

韩胤希说：“要。”

“行吧，看在前后桌的分儿上，给你买。”南司耀一副自己很大方的姿态。

安子颜提醒道：“你再不去就要上课了。”

南司耀这才走出教室。

安子颜感觉面对韩胤希有点尴尬，便转回头，趴在桌子上，假装在休息。

突然椅子被踢了一下，安子颜以为韩胤希是不小心踢到的，就没在意。

谁知椅子又被踢了一下，这很明显不是不小心了，安子颜起身，回头看向韩胤希：“干吗啊？”

韩胤希听着她这副不耐烦的语气，黑眸微眯：“跟我说话。”

安子颜才不想跟他说话：“我们有什么好说的？”

韩胤希索性自己找了话题，问她：“你中午跟他去哪儿了？”

安子颜故意气他：“去开了房，怎么样？你吃醋吗？”话音刚落，就感觉他盯着她的眼神好像有点冷，她赶紧改口说，“骗你的，我们就在外面随便逛了逛。”

韩胤希问：“去哪里逛了？”

安子颜没想到他会追问，一时哑然，然后结结巴巴地说：“就……随便逛啊，开着车在外面乱晃。”

不对，他跟审犯人似的，她为什么要回答他？

她的反应太好看透，一看就是有事瞒着他。韩胤希也不知道自己为什么要追问到底，只是午饭时她带着南司耀匆匆离开的身影引起了他的好奇。

她越是这样逃避他的问题，他越是怀疑她和南司耀去做了什么不可告人的事。而且南司耀原本就不是什么好人，她跟南司耀在一起，这两人能干出什么好事？

安子颜怕他还要问下去，索性说道：“怎么，看到我跟别的男生在一起，你吃醋啊？”

韩胤希翻了个白眼，表示不以为然。

这次换安子颜攻击他了，贼贼地笑着说：“吃醋你就直说啊！”

呵呵，换你不知道怎么回答了吧？

谁知韩胤希直视她的眼睛，反过来问她：“那你呢？中午看到我跟若烟一起吃饭，你也吃醋了？”

若烟！喊得这么亲昵！

安子颜才不承认自己心里不爽，直接就否认道：“我才没吃醋！”

韩胤希扯了一下嘴角：“没吃醋？那你跑来挑衅做什么？”

中午的时候她跑来宣示主权，那不是吃醋的表现是什么？

安子颜说：“我看她不顺眼啊！不行啊？”

韩胤希睨着她，没说话。

安子颜被他用深邃的眼眸盯着，有种被他看穿的错觉。

不对，她为什么要心虚？她那时候过去挑衅，不是为了演戏吗？对，她就是为了演戏而已，才不是吃醋！

安子颜抬头挺胸，与他对视。

两人就这样在教室的角落里大眼瞪小眼。

在围观的人看来，这跟打情骂俏没有差别吧？

什么时候这两人这么亲密了？难道订婚后就会变成这样吗？全班的女生此时都忍不住“羡慕嫉妒恨”。

时间过得很快，上课铃响了。

南司耀踩着第二遍铃声进了教室，老师也跟在后面进来了。

“给你！”他把一袋东西丢到安子颜的桌面上。

安子颜打开袋子，首先看到了最上面的冰淇淋。

她诧异地看着他：“冰淇淋？”

南司耀说：“你不是喜欢吃冰淇淋吗？特地给你买的。”

安子颜哭笑不得：“这都上课了，我怎么吃啊？”

南司耀抬头看了一眼老师，凑到她耳边，小声说：“你低头偷偷吃，我帮你把风。”

安子颜无语，这怎么偷偷吃啊？

她白了他一眼，把袋子推到他的桌子上：“你自己吃吧！”

想起什么，她又把袋子拉了回来，开始翻找……只是她没找着。

她问他：“可乐呢？”

南司耀恍然，拍了一下桌子，笑嘻嘻地说：“我忘了！只顾着挑你喜欢吃的了。”

身后的韩胤希面无表情。

南司耀回头，抱歉地对韩胤希说：“不好意思，忘了买你的可乐。不过可乐杀精，喝多了也不好，下次请你喝别的。”

他也不在意韩胤希的反应，说完就转回头。

安子颜看他还要拆零食，忍不住拍了他一巴掌，小声示意他：“上课了！”

南司耀叹了一声，只好收起了零食。

他朝她那边歪着身子，几乎是贴着她说道：“最后一节是体育课，我们正好拿这些零食去吃。”

安子颜点点头，好似没注意到两人挨得有多近。

南司耀又朝她挨近了些，想要说什么。

这时，他的椅子被踢了一下，身后传来韩胤希冷然的声音：“上课别说话。”

旁边窃窃私语的同学也被吓得噤了声。

安子颜瞥了南司耀一眼：看吧，都让你别说话了。

南司耀嘴角抿着笑，眼中闪动着某种意味。

他耸了耸肩，身体坐正。

只是，过了一会儿，他把一个本子推到了安子颜面前。

安子颜就看到了本子上写的字。

“韩胤希是怎么回事啊？感觉他好像看我不顺眼，处处针对我。”

安子颜笑了笑，也在上面写字：“可能是因为你长得比他帅，所以他针对你吧。”

她把本子推回给他。

南司耀看了一眼上面的字，笑容顿时很灿烂，还对着她点了点头，表示很赞同她的话。

他唰唰写字，又把本子推给她。

“其实我也这么觉得，他就是嫉妒我比他帅。”

安子颜看到这话，被他逗笑。

这家伙，给他点颜色他就开起染房了。

要说帅的话，当然是韩胤希更帅！

因为是韩胤希看不到的地方，安子颜继续胡说八道：“其实我觉得他就长得比猴子好看一点点。”

她又把本子推过去。

南司耀看到这句话，扑哧一声，没忍住笑出了声，还压抑不住地想拍桌。

他用余光瞄了一眼后桌的人——韩胤希看到这段话，会怎么样呢？

他光是想想就开心。

但南司耀还是有道德的人，没有故意把两人的“小字条”露给韩胤希看。虽然他有考虑过这么做，但他忍住了。

前面的两人愉快地传“小字条”，后面的某人脸就有点黑了。

其实自从知道韩胤希在，安子颜就没办法忽视他的存在，总是下意识地注意着身后的他，不自觉地在意着。

尤其是经过刚刚课间的对话，他追问她跟南司耀中午去哪儿了，他这是在意她吗？

如果不是在意的话，那他干吗追问到底……

第 十 章

让自己的心去做抉择

最后一节是体育课。

安子颜跟拎着一袋零食的南司耀一起往操场走。

虽然教室里有空调，但冰淇淋早就融化了，被南司耀丢到了垃圾桶里。

南司耀递给她一瓶饮料，说：“尝尝这个，水蜜桃味的。”

他还绅士地帮她打开了。

安子颜喝了一口，觉得味道不错。

南司耀随口就来一句撩人的话：“是不是跟你一样甜？”

安子颜懒得理他。

到了操场，她的目光下意识地寻找着某个人。

她找了一圈，没找着那人。

他难道没来上体育课？她心里不知道为什么有一点失落。

这时南司耀用手肘顶了顶她，示意她看某个方向。

安子颜望过去，没看到什么。

南司耀突然转到她面前，笑眯眯地说：“帅哥在这里呢，你往哪儿找呢？”

安子颜白了他一眼，推开他：“你好无聊！”

“我这是逗你开心好不好？”南司耀跟上她。

蓦地一颗篮球从侧面袭来，南司耀眼神锐利地一闪，把球拦截在手心。

韩胤希走过来，目光挑衅，说：“来一局？”

南司耀跟他眼神对视，把手里的篮球一抛，球在他的指尖稳稳地旋转。

“既然要玩，就来点赌约才有意思，对吧？”他眸中含笑，倏然把球甩了回去。

韩胤希接住球，颔首说：“可以。”

他正有此意。

南司耀突然身体一歪，伸手搭在身边安子颜的肩膀上，笑眯眯地说：“这样吧，沫颜，如果我们两个谁赢了，你就要跟我们谁约会，如何？”

安子颜睨着他，把他的贼手拿下来。

她一口拒绝：“不要，你们赌你们的，关我什么事？”

南司耀死皮赖脸地又凑过去，非要她看着他：“这样才有意思啊，男人对打，要么为了钱，要么为了女人，你看看我、看看我。”

安子颜被他缠烦了，如他所愿地转头看着他。

南司耀指了指自己的鼻子，说：“我看着像缺钱的人吗？”

安子颜并没有因此就被说服：“那也跟我没有关系啊！你们要赌就赌别的女人。”

她才不想当赌注。

南司耀笑着，甜言蜜语随口就来：“别的女人不够格啊！只有你，在我心目中才是值得去争取的。”

可惜安子颜对他的甜言蜜语免疫了，她就是不肯点头：“反正我不要，凭什么你们对赌，要我来当筹码？”

她又不傻。

韩胤希走到两人面前，突然伸手把安子颜往他那边拉，让她远离南司耀。

他看向南司耀，说：“我也不同意拿她当赌注。”

她是他的未婚妻，凭什么给别的男人当赌注？

南司耀不着痕迹地又靠近安子颜，非要离她近一点，至少要比她和韩胤希的距离近。

南司耀说："行，那你说，赌什么？"

韩胤希说："这样如何，我们谁赢了，就能指使输的人做一件事？"

安子颜点点头，觉得这个提议还行。

她不知想到了什么，瞅着南司耀，坏笑着对韩胤希说："他要是输了，就让他穿女装，一定很有趣。"

南司耀脸色一变，急忙拒绝："不要！这一点都不有趣好吗？我不玩了！"

他简直不敢相信地看着她，这丫头怎么这么坏？尽出馊主意！

班上的其他同学早就围观了这边的情况。

男同学一听南司耀说不玩了，就开始激他。

"南少，你也太尿了吧！"

"南司耀，你是不是男人啊？不要尿，就是干！"

"还没打就认输，看来他有自知之明，知道赢不了韩少，所以不敢玩。"

还有人做出了拇指朝下的手势。

南司耀挑眉，说："一个个激我是不是？以为这样说我就敢上了？哼，我告诉你们——我就上了！"

韩胤希早就知道南司耀并不是尿了，只是故意逗唐沫颜的，道："来吧，一对一？"

南司耀举手，表示自己有意见，他撇了撇嘴说："一对一就没意思了，我们俩你进一球，我投一球，多没劲啊！篮球的乐趣在团队合作，好歹也来个三对三，斗牛吧？"

他的话音刚落，围观的男生就有人举手了。

"韩少，我帮你！"

"我也来！"

看得出来，韩胤希在班上很有威望。

在女生的心目中，他是男神；在男生的心目中，他是偶像。

南司耀环视了一圈，没人出来帮他。

这是他早就料到的结果。

他目光转向安子颜，一副好可怜的模样说："没人帮我，我好可怜啊……不然，你上场帮我？"

安子颜被他的提议吓到了，忙摇头拒绝："不，我不会打篮球。"

南司耀说："很简单的，就是在手上拍两下，然后往筐里丢，很容易进的！"

安子颜无语，她当然知道打篮球不是那么简单的！

"你还是找别人吧，找我帮你，你还想不想赢了？"

真不知道他有没有脑子，她又不会打篮球，找她上去只会帮倒忙。

南司耀又趁机搭她的肩，笑眯眯地说："就是找你上场，才会赢啊！你想想，你唐大小姐往场中间这么一站，他们谁敢围你，谁敢从你手上抢球？那绝对赢！"

安子颜："……"

亏他想得出来！

"你认真一点行不行？"她无奈地说。

南司耀叹息道："你自己看看，班上的同学只帮他，没人帮我，我怎么办？我要一个打三个吗？"

那几个举手说要帮韩胤希的男生互看了几眼，其中一个往前一站，对南司耀说："我可以帮你。"

南司耀摇头说："我才不要，你身在曹营心在汉，你帮我，我怎么可能赢？"

有男生不耐烦了："那你说怎么办？帮你打，你不要。不帮你，你又说没人，你是不想打吧？不想打那就直接认输！"

而且提议三对三的也是他。

南司耀看向韩胤希："这样吧，我找人来，这样行吧？"

韩胤希知道他说这么多就是为了这个，但还是答应了："行，你叫人吧。"

南司耀笑了，拿出手机打电话。

没一会儿，就有人来了。

看到来人，在场的人都露出吃惊的表情。

"这不是校队的吗？"

"南司耀也太过分了吧！居然找校队的人来帮忙！这怎么打嘛！"

"真卑鄙！这样太不公平了！"

南司耀厚颜无耻地对韩胤希说："你刚刚可没说不可以叫校队的人，而且这两个是我兄弟，我叫我兄弟来，不行吗？"

他知道韩胤希打篮球很厉害，如果一对一，他赢的概率不大，所以不使点手段他怎么赢？

对南司耀来说，过程中使什么手段不重要，能赢就行。

这世界上，谁不是更在意结果呢？

韩胤希睨着南司耀，无所谓地笑了一下，说：“行。”

南司耀是料准了他不会说不行，这时候说不行，不就是承认自己㞞了吗？

南司耀得了便宜还卖乖，慢悠悠地拍着手夸韩胤希：“韩少就是大度、自信！说真的，就算是校队的来帮我，我也拿不准能赢你，毕竟星尚的人都知道，韩少你打篮球有多厉害。”

这倒是不夸张，记得韩胤希大一刚进校的时候，校队的队长就拉拢过韩胤希，想让他进球队。

后来才知道，原来校队队长在外面打球的时候输给了韩胤希，听说还输得很惨烈。

只是韩胤希最终进了学生会，没有进篮球队。

这两年星尚的篮球队离全国赛的决赛每每只差一步，校队队长每年都要叹气好几次，喝醉了就念叨，说要是韩胤希进了校队的话，星尚一定能拿到全国赛的冠军——这是每个大学篮球队的梦想。

可惜大学最后一年了，校队队长的梦想也只能止步于此。

而且因为队长在校队里无数次夸过韩胤希，训队员的时候也拿韩胤希当榜样，所以校队队员多多少少对韩胤希抱有怨念。

所以南司耀叫来的两人对上韩胤希是绝不会手下留情的。

安子颜当然不知道这些，她站在一旁，隐约听到旁边的同学说韩胤希这次不好打，校队队员一定会针对他。

一行人转战到了不远的露天篮球场。

其他上体育课的班级的学生也跑来围观，一时间把篮球场围得里三层外三层，一眼望去都是人。

还好没人敢挤唐大小姐，大家都很自然地给她空出了最好的位置，甚至有人狗腿地给她搬来了椅子，让她可以坐下。

于是，在全场人都站着的情况下，安子颜一个人像大爷似的坐着。

比赛要开始了！

南司耀跟两个校队队员交流完，就往安子颜这边走。

“给我加个油！”他笑眯眯地说。

安子颜也觉得他这样太卑鄙了，所以不是很想给他加油。

南司耀却缠着她说：“给加个油嘛！还是说，你希望我输？”

安子颜目前没有任何倾向希望谁输谁赢，他们的输赢又不关她的事。

南司耀见她不说话，伸手就要揽她的肩。

安子颜实在觉得他烦，挡住他的手臂，敷衍地说：“好、好、好，你加油！”

南司耀对上她的眼睛，说：“说，我一定会赢。”

安子颜鹦鹉学舌：“我一定会赢。”

南司耀啧了声，瞪着她。

安子颜反应过来，笑了一下，说：“好、好、好，你一定会赢。”

她这语气其实怎么听都是敷衍，但南司耀满意了。

她身为韩胤希的未婚妻，不为韩胤希加油，而为他加油，光是这一点，就够打韩胤希的脸了。

南司耀说：“你就等着看我怎么赢他，而且，我要赢得漂亮！”

有两个校队队员帮忙，他可不觉得自己会输。他还准备大比分地赢，让韩胤希难看。

南司耀走之前还想动手动脚，安子颜却对他早有防备，躲开了他的手。

他没辙，只好无奈地叹息一声，走回球场中间。

安子颜望过去的时候，发现韩胤希正好在看她。

他难道也想要她的加油？

她正犹豫着是不是该公平一点，也给他加油的时候，韩胤希已经把视线转开，好像刚刚只是不经意地看向这边而已。

得，不要就不给了！哼，不给你加油，让你输！安子颜想起了这个“渣男”放自己鸽子的事，怨念上头，一时有了看他输的坏念头。

斗牛要开始了。

虽然韩胤希没有她的加油，但场外的同学有大半在为他加油，尤其是女生，几乎都喊着韩胤希的名字。

看来在异性缘上，南司耀惨败。

倒是其他班的男生有不少为南司耀加油的，看上去更像是想看韩胤希输。

“南司耀加油！打败韩胤希！”一个男生高声喊道。

下一秒他就被身旁的女生打了两下，那女生瞪着他，示意他改口。

男生无奈，小声嘀咕了一句什么，又被女朋友打了。

“好吧，韩少加油！”

一听就是很不真心的加油声。

场中间，双方准备以猜拳来决定发球权。

南司耀突然看向安子颜这边，嘴角一勾，提议道：“我们不猜拳，换个方式吧？”

大家都看着他。

韩胤希微微蹙眉，说：“别浪费时间了，直接猜拳。”

这人真是喜欢搞这搞那的。

南司耀对上韩胤希的眼，笑着说：“我们来看看，谁能得到幸运女神的青睐。”

他那队的两人当然表示没意见。

韩胤希这队的男生则是看向韩胤希，听韩胤希的。

南司耀可不管别人有没有意见，直接就对场外的安子颜喊道：“发球权就让我们唐大小姐来决定！”

这就有看头了！场外的八卦群众轰然热闹起来，开始叽叽喳喳地讨论安子颜会帮谁。

把发球权给谁，就是帮谁取得先机。

“这还用说吗？她当然是给韩少，韩少可是她的未婚夫。”

“这可不一定哦，没看她跟南司耀更亲近吗？而且这是南司耀提议的，一定是料定了她会把发球权给他。”

“我也觉得会给南司耀，刚刚唐大小姐只给他加油，看都没看韩少一眼，估计两人吵架了吧？”

“南司耀那边有两个校队的帮忙，又拿到发球权，简直赢定了。”

发球权当然不至于重要到影响结果，但这会让围观的人有偏向。

此时所有人的目光都集中在安子颜身上，等着看她的决定。

韩胤希也看向她。

安子颜最怕这种为难她的事。

他们比就比，干吗要把她扯进来啊？

安子颜有点恼南司耀，差点想把发球权给韩胤希。

可是她朝韩胤希望过去，他那么面无表情，好像笃定她会把球给南司耀般无所谓，就让她不由得来气。

不想要发球权是不是？那她就不给他！

南司耀还催促道："你快点啊！如果决定不了的话，就把发球权给我吧。"

这人也是够厚颜无耻的！

南司耀当然是希望她把发球权给自己的，这样又可以打一次韩胤希的脸。

所以看她犹豫不决，他就不满了，这有什么好犹豫不决的？当然是把发球权给他啊！这还需要考虑吗？

安子颜等着看韩胤希会不会出声。

谁知道韩胤希不但不出声抢这个发球权，甚至把视线转开了。

好！很好！安子颜在心里哼了一声，直接做了决定："南司耀这边发球！"

南司耀露出了满意的表情，还对她做了一个飞吻的手势。

安子颜嫌弃地翻了一个白眼。

斗牛终于开始了。

南司耀这边拿到了发球权，这对韩胤希那边是非常不利的。

果然，第一个球进得毫无悬念，甚至只用了不到十秒。

围观的人还没反应过来，球就进了。

"这、这也太快了吧？"

"这局势对韩少很不妙啊！"

"不愧是校队的人，这配合太默契了，韩少这边的人还没去拦截，球就进了。"

众人开始为韩胤希捏一把冷汗。

接下来，局势就跟大家所想的差不多了。

两个校队的人不但彼此配合默契，南司耀跟他们应该也一起打过球，配合得也很好，几乎找不到漏洞。

而韩胤希这边的三人，因为是刚组成的，基本没有默契可言。

虽然很多男生爱打篮球，但平时玩玩是一回事，跟专业训练过的校队队员是没法比的，再加上身高上的劣势，韩胤希这边的两个男生几乎都没摸到球。

才不到五分钟，两边的分数已经拉开了很大的差距。

细心的人都发现了，韩胤希这边的进球都是他进的，那两个男生根本帮不上忙，毫无作用。

这等于是韩胤希一个对三个啊！

此时围观群众已经不是为韩胤希捏一把冷汗了，而且直接认为他输局已定。

女生都担心不已，场外哀声一片。

“韩少要输？这怎么可以！”

“韩少，你不要输……”

“呜呜呜，怎么办，不想看他输，我的韩少怎么可以输！”

听到这些话，安子颜皱起眉头，不禁有些担心韩胤希。

他那么骄傲的人，输了会怎么样？

她原本看他不反对南司耀找校队的人帮忙，还以为他有信心能赢，没想到会是这样一面倒的局面。

就算是输，他也不能输得这么难看吧？

安子颜都没注意到自己什么时候站了起来，紧张地攥着手，手心都出汗了。

南司耀这边又进了一球。

他跟校队的两人击掌，简直像是在提前庆祝胜利。

因为还要上课，所以他们只比十分钟，剩下的时间已经不多了。

韩胤希翻盘的可能性越来越小……

到了那边发球，南司耀把球丢给韩胤希，脸上挂着挑衅的笑容：“韩少，你是不是太久没打球了？感觉你退步了好多，再这样下去你可要输了。”

面对他的挑衅，先做出反应的是韩胤希那边的两个男生。

他们都很内疚。

“对不起，韩少，是我们拖累了你。”

“要不然……换人上？”

他们已经被虐得没有自信了。

韩胤希拍了拍他们的肩膀，淡定地说：“不用换，这个时候换人，就输定了。”

两个男生也明白这个道理，他们刚有磨合，这个时候换上别人，确实更不好。

“韩少，我们会加油的！”还好两人性格不错，马上就恢复了斗志。

“加油！加油！”两人大声给自己打气，手握在一起。

韩胤希好看的薄唇扯出一抹弧度，把自己的手递上去，三人的手握在一起。

“加油！”韩胤希这边的颓势一下子散去，仿佛一切都还有希望。

突然围观的人也跟着喊道：“加油！加油！加油！韩少加油！”

一波接一波的打气声，有着让人感染的温度。

南司耀环视一圈那些打气的人，不以为然地扯了扯嘴角：哼，再怎么加油也没用，他赢定了。

现在他就想着怎么赢得漂亮，让韩胤希输得难看。

南司耀突然走到韩胤希面前。

众人顿时静下来，看着他。

南司耀抬起手，对韩胤希做了一个挑衅的手势。

“我要抢你的球。”他发下战书。

接下来是由韩胤希这边开球。

韩胤希正在给两个男生指导着什么，听到了南司耀的话，抬头看着他，黑眸里有着傲然：“你能抢到我的球，我直接认输。”

南司耀乐了：“这可是你说的！来吧，我们还要上课呢，早点结束！”

两个男生被南司耀的态度气到了：“韩少，我们帮你拦着他，绝对不让他抢到球！”

这个南司耀也太嚣张了！

韩胤希淡淡地对他们摇头，示意道：“不用管他，照着我刚刚说的做。”

两个男生对视一眼，点点头：“明白。”

场面一时间有着浓浓的火药味，局势一触即发。

只要南司耀抢下韩胤希的这个球，这场比拼就直接结束了，这也太刺激了吧！

围观的女生有的还双手合十，祈祷着韩胤希能赢。

如果韩胤希被抢了球，这样输掉就太难看了，尤其是在两边都呛声之后。

紧张的局面也让安子颜的心揪紧了。

她突然不希望韩胤希输，这样输也太难看了。

望着他拿着球准备的身影，安子颜情不自禁地对着他喊了一声：“韩胤希，加油！”

加油，一定不要被抢到球，不要输。

在一片嘈杂中，韩胤希却好像听到了她的声音。

他转头看向她。

安子颜这时候也不跟他赌气了，就默默地看着他，虽然没再说话，但眼神透露出了她的担心。

突然，韩胤希朝她走来。

在场的人都愣了，目光都盯在他身上。

南司耀皱眉，看着他的行为。

韩胤希腿长，没几步就走到了安子颜面前。

安子颜不知道为什么有点紧张，小心脏怦怦急跳着。

他真的是朝她走来的。

干吗啊？她想问，可是紧张得发不出声音。

他突然走到她面前来，是想干什么？

韩胤希深邃的黑眸凝视着她，低沉着嗓音说：“你再说一遍。”

安子颜脸蛋微红，有些难为情。

但她还是对上他的目光，说了他想听的话：“加油啊，你别输。”

韩胤希突然扬起一抹笑，点头应道：“好。”

好像她说别输，他就一定不会输似的。

两人旁若无人地对视着。

韩胤希说完“好”，并没有转身就走，还继续看着她，仿佛舍不得移开眼。

空气中似乎有粉色的小精灵在跳舞。

安子颜被他看得不好意思，正想开口说什么，他的手就伸了过来。

她注意到了他的手，但她没有躲开，只是下意识地屏住呼吸。

他想干什么？

韩胤希看着她清纯的双眸，那么纯粹的眼神，怎么会是唐沫颜呢？

那些疑虑还在，只是他有了不同的想法。

既然直觉和判断都不管用了，那么他就抛开这些，跟随自己的心走，让自己的心去做抉择。

韩胤希像是想通了，嘴角噙着一抹笑，忍不住伸手到她头上摸了摸：“多给我加油，我会赢的。”

安子颜只觉得脸蛋发烫，赧然地往后退开：“你还能赢吗？”

这一次她没说难听的话，她只是担心，比分拉开这么多了，剩下的时间不到一半了，他真的还能赢吗？他还有赢的可能吗？

韩胤希对上她的眼睛，说：“你说能，我就能。”

怎么又扯到她身上了？又不关她的事！

他这样说，到时候输了是不是要她背黑锅？

可是这个时候她说不出反对的话，好像说了他就会输一般。

南司耀在那边看不下去了，冒火地说：“到底还打不打啊？！”

这两个人怎么回事？一副浓情蜜意的样子！

南司耀真搞不懂，明明韩胤希不是讨厌唐沫颜的吗，为什么这时候又搞得这么亲密？

不管怎么看，此时的韩胤希都是很在意她的样子。

安子颜被这么多人盯着，也不好意思了，赶紧提醒韩胤希：“你快点去啊！”

韩胤希颔首，转过身来，面对着南司耀。

篮球在他手掌心中灵活地转了一圈，他勾唇，直视着南司耀说：“你不是要来抢吗？”

南司耀傲慢地扯着嘴角，朝他走去。

啪啪——

球在地上拍动，揭示了这场比赛的继续。

南司耀突然间快步冲来。

韩胤希不慌不忙，甚至躲都没躲，更让人吃惊的是，他还运球朝南司耀直面而去。

这两人要当面开战？

南司耀也正有此意，然而韩胤希并没有给他机会，在南司耀冲到他跟前的时候，他猝不及防地一个跃起，大手托住篮球，抛出。

不好！南司耀没注意到他这一手，所以起跳已经晚了。

两个校队的人反应倒是够快，可惜韩胤希抛得很高，他们根本拦不到。

球稳稳地进了筐。

长距离的精准投球，还是空心！

“哇——”围观群众惊呆了，一片哗然。

这就是两人对战的结局？

“所以……韩少这是抢球的机会都不给南司耀，直接就得分了？”

“哈哈，机会都不给，这也太狠了！”

“韩少太帅了！不愧是我男神！”

“我的天，这么远是怎么投中的？韩少打球这么厉害吗？难怪校队队长念叨了两年。”

众人还在议论纷纷的时候，相比他们的震惊，韩胤希表现得很不以为意。他把球找回后，丢给南司耀，示意南司耀继续。

南司耀咬牙瞪着他，拍着球，挑衅道：“你来抢我的试试？”

敢打他的脸？那他自然要狠狠地打回去。

韩胤希微微一笑：“好啊。”

说来就来，韩胤希身影快得仿佛有虚影，话音刚落，人就已经冲到了南司耀面前。

南司耀惊了一下，反应很快地退开，拉开两人的距离。

“南少，球给我！”一个校队的男生站在没人防守的位置喊道。

南司耀才不给，他要把面子找回来，当然要直接突破韩胤希的拦截。

然而他只是走神那么0.1秒，韩胤希的手就如鬼魅一般伸过来，把球劫走了。

南司耀在心里骂了很多脏话，生气地对那个校队男生吼道：“嚷什么嚷啊！”

那个校队男生一脸无语，又不敢吼回去。

另一个校队男生路过他身边，拍了拍他的肩膀，说道：“现在重要的是要赢，不能让他翻盘了。”

“翻盘？”那个校队男生表示不可能。

拉开了这么大的比分，而且时间所剩不多了，最重要的是，他们两个是校队的，怎么可能轻易让韩胤希翻盘？

“哼，我要把比分拉得更大！”

相比之下，另一个校队男生就理智很多："他可是韩胤希！"

"那又怎么样？队长把他捧得跟神似的，我早就看不惯了，今天我一定要挫挫他的锐气，让队长知道，韩胤希也不过如此！"

两人只顾着说话，没人拦韩胤希，所以韩胤希毫无悬念地得了分。

韩胤希说："快点继续。"

说着，他把球拍给其中一个校队男生。

那个校队男生也学起了南司耀的挑衅姿态："你要不要也来抢我的球啊？抢到算我输。"

韩胤希没说话，只是朝他走过去。

啪啪啪——球拍打在地上。

那个校队男生凶恶地瞪大眼睛，紧盯着韩胤希。

韩胤希并没有被他的气势吓到。

"喂——小心！"突然，另一个校队队员喊道。

然而已经来不及了，篮球易主——抢到球的是韩胤希那边的一个男生。

"哈哈哈，你是猪吗？"

这人真是傻，只顾着防备韩胤希，都没注意到他从后侧靠近。

简单的一句话，激怒了那个丢球的校队男生："我是让韩胤希来抢，不是让你抢！把球还给我！"

"你是白痴吗？脑子有问题！"拿着球的男生表示，球到手了，怎么可能还给你？再说了，现在是在比赛，他们都有资格抢球的好吗？

懒得理这只蠢猪，男生快速地把球转给另一个男生，然后另一个男生顺利投篮得分，南司耀这边根本来不及防守。

两个男生雀跃地击掌，哈哈，他们终于不是拖后腿的了。

校队的两个男生气极了，心态大崩，接下来越来越没配合，还差点吵起来。

南司耀只能眼睁睁地看着比分拉近。

还剩最后一分钟了，两边目前的差距缩小到两分。也就是说，韩胤希这边再进两个球，就能反超。

在场的谁都没想到，这局面说翻盘就翻盘。一时间围观的群众激动疯了，齐声为韩胤希打气。

"韩少加油！"

“天啊，要翻盘了，韩少牛！”

听着这些呼喊声，南司耀气得脸都黑了。

他愤然转身，对着众人吼道：“吵死了！都给我闭嘴！”

为什么他们都为韩胤希打气，就没人为他加油？

想到这里，南司耀不自觉地把目光转到了安子颜身上，在所有人都站在韩胤希那边的时候，她呢？

只见安子颜的视线同样也落在韩胤希身上，神情有着明显的雀跃，还攥着小拳头，好像在暗暗为他打气。

南司耀的心情一下子变得很差。

他黑着脸看向韩胤希，想翻盘？想都别想！

他绝不会让结局走向这个可能。

最后一分钟……南司耀冷然地扯了一下嘴角，看向自己的两个同伴，做了一个示意的眼神。

两人表示明白地点点头。

他们可是校队的，输了就太没面子了，所以绝不能输。

在南司耀的示意下，三人分开而立。

啪啪啪——球打在地上，发出声响。

韩胤希那边的两个男生因为要翻盘的局面而兴奋着，在球拍下的第一时间就冲了过去，要抢球。

只有一分钟的时间，还要进两个球！

这个任务虽然艰难，但不是不可能，只要抢到球，快速进球，下一个球就是他们开球，然后再直接进球就成了。

完美的剧本！

“冲啊！”

两个男生包围住拿球的那个校队男生，二对一的情况下，抢到球的概率很大。

然而，那个校队男生没有纠缠，立刻就把球传了出去。

两个男生只好转移目标。

谁知对方再次传球。

南司耀这边的三个人站成一个圈，互相传球。

场外的人立马就明白了，惊呼道：“这是要拖时间？太卑鄙了吧！”

“这也不算卑鄙吧？这是战术。”

南司耀这招确实很聪明。

这样传球的情况下，韩胤希那边很难抢到球，一分钟的时间稍纵即逝。

只要保住了那领先的两分，最后的胜利就是南司耀的。

韩胤希的两个同伴气极了，只能焦头烂额地追着球跑。

可是传球永远比你跑步快，半分钟很快过去……还有不到二十秒。

没时间了！

南司耀可不会忘记韩胤希的存在，一直盯着他，注意着他的走向。

韩胤希像是算准了规律，朝南司耀跑过来。

果然，下一球就丢给了南司耀。

不好！要被他中间拦截！南司耀快速冲上前，想要快他一步接到球。

谁知，明明大家都是大长腿，偏偏韩胤希就是比他快了一步，球还是被韩胤希劫走了！

这时所有人都屏住了呼吸，目光随着那颗球移动。

南司耀的反应也很快，在确认韩胤希拿到球的下一秒，他就转了方向，拦截在对方前面。

韩胤希睨着他，勾起嘴角。

南司耀几乎是马上就明白了他想干什么，只是还是慢了半拍，韩胤希已经托起篮球，跃起的同时篮球从手中抛出。

又是一个长距离的投球。

南司耀看着那道弧线，就知道八成能进。

还有不到十秒！

九秒！

八秒……

此时现场安静得一根针掉到地上都能听到。

那颗橘色的篮球，在众人的目光中稳稳地进入了筐内。

进了！三分球！

在众人的目瞪口呆中，时间走向了最后一秒。

结果是韩胤希胜！

“韩少好帅！韩少好样的！韩少最棒！”

“哈哈，赢了，韩少赢了！真不愧是我的男神！”

“韩少，我更爱你了！我爱死你了！”

在场的女生都发出了欢呼声，甚至有人不害臊地发出爱的告白，而男生还处于不可置信的状态。

“所以……真的翻盘了？”

“居然翻盘了！韩少牛！”

这样都能翻盘，还是如此漂亮的翻盘，确实值得一个“牛”字。

第十一章

被拐到他的公寓同居

另一边，南司耀盯着韩胤希出神，不知是不能接受这个结果，还是不敢相信刚刚的情景。

就算是他，也没想到会是这样的局面，这样神乎其神的结尾。

他的脸色已经不是难看了，而是难堪！

韩胤希这个投篮，漂亮到他都忍不住拍案叫绝。

但他怎么可能会为情敌喝彩？

球可以输，面子绝不能丢！南司耀哼了一声，说：“行，算我输。”

两个校队的男生都臭着脸，输也就算了，还是被翻盘，这也太难看了！

趁着没人注意他们，两人灰溜溜地走了。

这时有人上前说道：“幸好还有半节课的时间……好了，大家快集合，上课！”

众人看过去，这才发现原来负责计时和计分的人居然是体育老师！

星尚学院的篮球场是比赛标准版的，就算是露天篮球场，计时器和计分器也都有备着，还是防水型的。

大家都只关注比赛的主角，都没人注意到负责计时和计分的人竟然是体育老师。

难怪他们总觉得哪里怪怪的……明明比赛前就响了上课铃，却不见体育老师来催他们上课，原来是体育老师也当了“吃瓜”群众！

有人对体育老师说：“老师，还剩不到半节课了，不然就不上了，自由活动吧？”

老师瞪过去：“想都别想，上课！”

同学们无奈，只好乖乖地去集合了。

安子颜看了看南司耀和韩胤希，觉得这个时候不宜掺和，索性就转身跟着同学走了。

南司耀恢复常态，追上她：“沫颜，你等等我！”

韩胤希正要跟上去，有人叫住了他。

是帮他拿手机的人。

“韩少，你的手机响了！”

韩胤希接过手机，看了一眼来电显示，迅速接起。

手机那头的人对他说：“少爷，我查到了，之前那个被辞退的人，就在被辞退的当天，账户里多了十万块钱，而转账的人是唐小姐……那人现在找到了新的工作，并没有受到任何阻挠，生活中也没有出现任何人打扰他……”

听着手机那头的汇报，韩胤希黑眸微睁，这明显是他没有预料到的情况。

虽然他让人去调查这件事，也确实是想得到一些什么消息，但这个结果，是让他惊讶的，也……让他松了口气。

把人闹到辞退，背地里再给钱补偿？这种事怎么可能是唐沫颜做的！

所以现在的她是……

尽管如此，韩胤希也并不敢轻易去笃定什么了，毕竟有前车之鉴。

但至少得知的这个消息说服了他想要继续靠近她的心。

韩胤希突然想起中午的事，她支支吾吾就是不肯告诉他去了哪儿，这其中一定有猫儿腻。

他对手机那头的人说：“中午她和南司耀不知去了哪儿，上的是南司耀的车，去查一下。”

挂了电话，他抬起头，竟有些急切地寻找起安子颜的身影。

就在不远处的操场中间，她站在人群之中。

他一眼望去，几乎没有费任何工夫，就找到了她。

南司耀站在她身后，嬉皮笑脸地说着什么，还时不时戳她一下，对她动手动脚的。安子颜会躲他的手，露出一点不耐烦，示意他别闹，他却不听，像个爱恶作剧的小男孩儿，她最后只能露出无奈的表情。

这样的她，怎么会是唐沫颜?

韩胤希不敢说自己对唐沫颜有多深的了解，但他对唐沫颜做过调查，知道她这人的真实性格。

性格决定行为。

眼前的这个女孩儿，有太多行为和下意识的神态是在以前的唐沫颜身上不可能看到的。

唐沫颜是以自己为女王的人，总是摆出高傲的大小姐姿态，要任何人都怕她，臣服于她，她享受着别人的仰视。

而安子颜不一样……

韩胤希潜意识里还是相信着，现在的唐沫颜是安子颜，不是唐沫颜。

他的直觉告诉他，查清楚了她中午的去向，就能佐证这一点。

此时在上着体育课的安子颜仿佛意识到了他的目光，本能地朝他看过来。

两人的视线对上。

不知她想到了什么，小脸上似乎露出赧然，然后快速地转回头，假装在认真听老师讲话。

韩胤希轻轻勾唇，迈着大长腿走了过去。

上课的队伍发生了骚动，有眼睛的人都很难不注意到，此时站在不远处树下的韩胤希，一双迷人的黑眸紧盯在安子颜身上。

哇，韩少这是成望妻石了?

今天才是开学的第一天，连接发生的事让人觉得匪夷所思。

韩少之前对唐沫颜都爱搭不理的，谁知道一个暑假过去，两人订了婚，情况就发生了惊人的逆转。韩胤希不但对唐沫颜很是在意的样子，还几度跟她表现出暧昧的状态，好像两人正在谈恋爱似的。

所以唐沫颜终于还是成功地把韩少攻略了?

这个可能让女生都疯了，韩少可是她们的男神!

虽然他身边有过不少女朋友，但他对那些女朋友并不上心。

女生或多或少会有一些不切实际的幻想，幻想着自己是终结花花公子的那个真命天女，幻想着自己得到王子的青睐，谱写一段浪漫的偶像剧般的爱情故事。

所以就算韩胤希是那么高不可攀的存在，还是阻止不了女孩儿们对他的幻想。

幻想又无罪，每个女孩儿都有追求美好的权利，想跟又帅又多金、各方面都优秀的男孩儿在一起，这有什么错呢？

只是出现了唐沫颜这样强大的对手。

女生们原以为韩少不会像其他男生一样被她迷惑，谁知她还是成功了……

女生们真的是咬牙切齿，“羡慕嫉妒恨”！

怎么所有的好事都让她给占了？老天爷真是不公平！

所以当看到安子颜还跟南司耀打打闹闹的时候，旁边的女生就更气了，这个唐沫颜一边跟韩少暧昧，一边又跟南司耀纠缠不清，脚踏两只船！过分！

安子颜注意到了女生对她投来的不友好的眼神，可是她能怎么办？

她也不想成为女生公敌啊……可是很显然，以前的唐沫颜就已经奠定了这个基础。

“喂，沫颜，放学后我带你去个地方，保证你会喜欢。”南司耀笑嘻嘻地说道，又戳了一下她的背。

安子颜觉得他简直是个幼稚鬼，行为跟三岁小男孩儿一样。

“不去！”她一口拒绝。

南司耀愁眉苦脸地问：“为什么？”

安子颜说：“放学我要回家。”

就算不回家她也不要跟他在一起啊，这人太烦了。

南司耀不可置信地看着她：“你什么时候变得这么恋家了？一放学就回家？在家里多没意思啊！我带你去玩啊，晚上跑山路怎么样？我组个局。”

“不用了。”安子颜还是拒绝，连犹豫都没有。

南司耀不依不饶地道：“那你想去哪儿？我可以陪你去！”

安子颜还是那句话：“我要回家。”

南司耀看她居然这么坚持，也没辙了：“好吧，你不想去就不去了，如果你突然改变主意的话，打电话给我。”

“嗯。”安子颜敷衍地应道。

让她主动找他是不可能的，他就慢慢等吧。

其实剩下的时间不到半节课，很快就下课了。

安子颜目不斜视地往教学楼走去，完全无视了朝她走来的韩胤希，还有跟在她身后的南司耀——我什么都看不到，看不到，我要回家。

只是，她回家的路并不是那么顺利。

安子颜快步回到了教室，收拾好包包，拎着就出了教室。

南司耀在教室门口逮到了她，拦住她说："你有叫司机来吗？没有的话，我送你回家吧？"

安子颜一顿，被他提醒了才知道自己忘了通知司机。

她不确定地说："司机会来接我的。"

司机送她来上课，应该也会接她回去的吧？这还需要通知？

安子颜当然不知道，唐沫颜经常让司机别来，她放学不是马上回家的时候，会坐其他人的车出去玩，然后到了很晚才通知司机过去接她。

绕过南司耀，安子颜往楼梯走去。

南司耀回教室拿了东西，然后很快就追上了她："偷偷告诉我一下，你最近这么修身养性，是不是有什么原因？"

安子颜随口瞎编："因为韩胤希，行了吗？"

韩胤希这个挡箭牌这么好用，她不用白不用。

南司耀眯起眼："你就这么喜欢他？为了他能做到这种地步？"

安子颜敷衍地点头："对啊，你有意见吗？"

南司耀耸肩："我哪儿敢有意见啊。"

那不就行了？安子颜笑了一下，决定把这句话当以后的口头禅，因为实在是太好用了！

两人下了楼。

因为走到校门口有点远，他们在等电瓶车。

学校的电瓶车并不多，只给一些有特权的人使用。

然而他们电瓶车没等来，却等来了一辆超跑。

这车有点眼熟……还没等安子颜从记忆中找出来，车上的人已经下了车，朝她走来。

是韩胤希！

对哦，这辆车她坐过。

韩胤希走到她面前，修长的手伸向她，示意她把拎着的包给他。

他说："上车。"

平缓的语气，仿佛他本来就是来接她的。

安子颜当然不把包给他，她也不要上车。

凭什么他让她上车，她就上车？哼，她可是有原则的人，坚决不上"渣男"的车！

韩胤希像是早料到她的反应，微微一笑，说："我让唐家的司机不用来了。"

安子颜眼睛一瞪，这人怎么可以这样啊！他怎么可以随便使唤她家的司机？！

安子颜好气啊，决定回家后要好好地教育一下家里的司机，让他们知道谁才是他们的雇主。

一旁的南司耀显然看出了她的不愿意，赶紧给她支援："我可以送你回家。"

安子颜无奈地看他一眼：问题是，我也不想坐你的车啊！

听到南司耀插嘴，韩胤希看向他，冷冷地说了一句："如果我没记错的话，你还欠我一个要求。"

南司耀："……"

虽然他不是什么好人，但他还是愿赌服输，言而有信的。

看南司耀不说话了，韩胤希转向安子颜："你现在只能选择坐我的车，上车吧！"

安子颜白了他一眼，很想说自己还可以选择坐计程车，或者坐公交车。

但她也知道，她现在是唐大小姐，基本告别了大众交通工具。

俊脸往前一凑，韩胤希对着她小声说："我带你去吃烤鸡。"

烤鸡！

韩胤希看到她的眼睛突然亮起来，不禁一笑，看来这丫头是个小吃货。

感觉又了解了她一些，他心情愉悦，索性霸道地牵起她的小手，把她塞上车。

因为"烤鸡"两个字，安子颜就做了个样子，小小地挣扎了一下就上车了。

刚放学，楼下簇拥着很多学生，韩胤希牵着安子颜的手上车这一幕，很多人看到了。

听说韩少对唐大小姐动了真情，难道是真的？

“看到了吗？韩少刚刚的动作好霸道，我好喜欢！我要是女主角就好了，真想‘魂穿’唐沫颜。”

“唉，为什么韩少也会被她这种女人迷惑？真是让人绝望！”

“韩少！你要是被绑架了，就给我眨眨眼！”

“我真的接受不了韩少会喜欢唐沫颜……”

对于外面的闲言碎语，韩胤希隐约听到了一些，尤其是有一些女生是故意说给他听，希望他能够醒悟。

韩胤希看向安子颜，想看她有没有听到，听到了有什么反应。

安子颜现在对不想听的话已经能做到充耳不闻了，注意到他在看她，她疑惑地问：“干吗？”

“没什么。”韩胤希把视线转回前方，启动了车。

安子颜才不相信没什么呢，她眯起眼，盯着他说道：“你要是敢骗我，小心我……呵呵！你懂的！”

韩胤希听着她的威胁，只想笑，看她笨拙地装着坏人的样子，真的很有趣，有着说不出的可爱。

“我骗你什么？”他问。

安子颜说：“就是用烤鸡骗我上车啊！其实根本没有烤鸡对不对？”

韩胤希失笑：“想吃多少烤鸡都可以给你。”

原来她这么好骗吗？只要有吃的就可以把她骗走了。

“这可是你说的！”安子颜说完这句，突然意识到不对，像唐沫颜这样的大小姐，怎么可能贪吃烤鸡呢？于是她改口说：“你别误会，我不是馋烤鸡，我只是给你个机会，让你将功补过而已。”

将功补过？韩胤希听到这个词感到很奇怪。

到了交叉路口停下车的时候，他扭头问她：“将功补过，怎么说？”

安子颜用鼻子哼了声，想起被他放鸽子的事，还有一点生气：“当初不知道是谁说要来我家接我的……”

对，她就是这么小气！

韩胤希明白了，尴尬地咳了声：“那天……我正好有事……”

这么烂的借口。

“哦。”安子颜用冷漠作为回答。

韩胤希当然不好告诉她实情，只好道歉地说：“不过确实是我失约了，我会将功补过的。”

安子颜：“哼。”

别以为一只烤鸡就能收买她，她气了这么多天，不是随便的“将功补过”就能消气的。

韩胤希知道她在生气，只好先安抚道：“先回家吧，我再好好给你将功补过。”

安子颜不说话，其实心里乐死了。

行，就看你怎么将功补过，我再好好考虑要不要原谅你！她在心里傲娇地哼哼两声。

突然一只手递到了她面前，手上是几根棒棒糖。

安子颜看过去：“干吗啊？”

韩胤希说：“挑个你喜欢的。”

不知道她喜不喜欢吃糖。

安子颜挑了草莓味的，开心地放到嘴里。

韩胤希一笑。

他记下了，她喜欢吃糖。

安子颜看他笑，就瞥过去一眼，不知道他在笑什么。

她索性把他手中所有的棒棒糖都抢走了：“我全部要了！”

这款棒棒糖她没吃过，还挺好吃的。

韩胤希眸中的笑意更深了几分。

他要把小笔记更正一下，她不是喜欢吃糖，是非常喜欢吃糖。

这晚，安子颜被韩胤希拐到他所住的公寓，唐家的用人还把她的行李送了过来，她就这样住进了这套公寓。

第二天，安子颜睁开惺忪的眼睛，呆呆地望着天花板。

咚咚——

敲门声打断了她的思绪。

外面响起韩胤希低柔的声音：“颜颜，你醒了没？”

“醒了！”安子颜赶紧回答。

韩胤希又敲门，这次敲得有点快，带着催促的意味：“那你快点起来，我饿了。”

安子颜一时没反应过来他的意思，只是本能地应道：“哦！”

她快速从床上起来，去开门。

韩胤希还在门口，长臂抵在门框上，一双深邃的黑眸带着笑意睨着她，磁性的嗓音在早上有一些沙哑：“早安。”

她说：“早安。”

互道早安的流程完毕，韩胤希语气非常理所当然地说：“我饿了，给我做早饭。”

安子颜：“……”

原来他叫她起床是为了这个。

她看看时间，第一个想到的是上学：“上学时间快到了，来不及煮了吧？”

韩胤希伸手就握住她的小手，拉着她往厨房走去：“来得及。”

安子颜不解地说：“这怎么可能来得及？”

离上学就剩不到一个小时了，他们洗漱、换衣服，然后开车去学校，时间就差不多了。

韩胤希说：“迟到而已，大不了就少上一节课。”

安子颜不情愿地说：“这样不好吧？”

问题是她不想少上一节课！

韩胤希说：“那你煮快点，煮个简单的，就不会迟到了。”

安子颜看他就是非要吃她做的早餐，无奈之下，只好想办法：“那我煮个面吧，你这里有面条吗？”

韩胤希点头，道：“有。”

安子颜对赶时间有经验，所以在煮面的时候也不浪费时间，切完番茄就赶紧去洗漱。

她煮的是番茄鸡蛋面，用最便宜的食材就能煮出好吃的面。

很快面就煮好了。

安子颜不小心放多了面条，碗装不下，只能整锅端出来了。

“快点吃！”她赶着要去上课，催促他。

韩胤希早就换好了衣服，坐着等早饭了。

他看着眼前的面，虽然是很简单的食材，但……这是老婆给他煮的面！

安子颜趁面放凉的时候去换衣服，等她回到饭桌，看到韩胤希还没有开始吃，他就盯着面，不知道在想什么。

她以为他是嫌弃她的面，道：“你不喜欢的话，就别吃了。”

冰箱里有肉，也有海鲜，但这些要煮比较久，所以她没放。

她看看时间，快点吃完面，还是赶得上上课的。

安子颜一边催促他，一边坐下来吃面。

面还很烫。

“等等。”韩胤希突然伸手阻止她。

安子颜不解：“干吗啊？快点吃，时间来不及了。”

韩胤希说：“我还没拍照，你等我拍完照再吃。”

安子颜一脸莫名其妙，问道：“拍照干什么？”

他搞什么啊？

韩胤希拿起手机，换着角度拍了好几张照片，才满意了。

她给他做的第一顿饭，他当然要留个纪念。

安子颜不知道他的想法，也懒得猜他在想什么，整个心思都在着急去上课的事上。

她是好学生，不喜欢迟到！

“拍好了没？你快点吃！”

不管他了，她赶紧吃面。

韩胤希这才放下手机，开始用餐。

吃了第一口，他看向她说：“好吃。”

安子颜不接话，她自己是什么厨艺，她很清楚，对于“渣男”的甜言蜜语，她才不会当真。

“快点吃。”她再次催促。

韩胤希终究是男生，吃得比她快，虽然是她先吃的，但两人几乎是同时吃完的。

安子颜快速地收拾碗筷。

韩胤希说：“我来洗。”

家务是应该一起分担的。

安子颜瞥了他一眼，没好气地说：“没时间洗了！先放着，晚上回来再洗。赶紧啦，要迟到了！”

他也不看看时间，居然还想洗碗，这人一点时间观念都没有吗？

韩胤希看她这么着急去上课的样子，就觉得很有趣——唐大小姐可是不会这样的。

他是不是该提醒她一下呢?

最后他选择不提醒。

虽然看她扮演唐沫颜的样子很有趣，但他还是更想她在他面前流露出的是真实的她。最好跟他在一起的时候，她不需要去扮演任何人，她只需要做自己就好。

在安子颜的催促下，两人掐着点到了学校。

她嫌他走路慢，就抛弃他，自己先上楼了。

她进了教室，教室里的人像是约好了似的，齐刷刷地看着她。

安子颜瞬间进入状态，昂起下颌，摆出大小姐的高傲姿态，在众人的瞩目下缓缓地走到自己的座位。

老师这时也到了教室门口，但没敢催她，等她坐下来，才随后进了教室。

“上课了。”

安子颜迅速从抽屉里拿出这堂课要用的课本，还把笔摆好，一副要开始认真听课、做笔记的架势。

一旁的南司耀微眯了一下眼睛，盯着她看。

安子颜注意到了他的目光，扭头对上了他的眼。

她微微一笑：“早啊。”

南司耀跟着微笑：“早，你今天是跟韩胤希一起来的？”

安子颜诧异：“你怎么知道的？”

南司耀失笑：“这么大的新闻，我估计全校没人不知道吧？”

昨天他们的互动就引起了很多话题，大家都在猜测韩胤希是不是对她动了真情。

今天韩胤希载她一起来学校，不引起轰动才怪。

安子颜不太相信，认为他是夸张的用词，她只是坐韩胤希的车来学校，这算什么大新闻?

安子颜此时还不了解，她这唐大小姐的身份，加上韩胤希的身份，两人凑在一起，这本身就是大新闻。

尤其是之前韩胤希还对她爱搭不理，谁知暑假期间就传出了两人要订婚的消息。

这消息一开始还被怀疑是假的，有人还在学校论坛发帖，猜测这是唐沫颜自己放出来的消息，头头是道地分析了她的目的。

最后两人真的订婚了，可想而知大家有多吃惊。

但让大家更没想到的是，还有这样一波又一波令人吃惊的事情。

韩胤希真的对唐大小姐动了真情？一开始没人相信，现在有人开始动摇了……

安子颜不知该怎么接南司耀的话，只好笑了笑。

南司耀问她："你昨晚没回家是不是？你是在他那边过夜的？"

他怎么知道的？安子颜微微蹙眉，有种被监视的感觉，这让她很不舒服。

南司耀像是知道她在想什么，便笑着解释道："我猜的。我想他应该不会特地去唐家接你，所以最有可能的是，你昨晚在他那边过夜了，他才载你一起来学校。"

安子颜没回答。

其实她这个时候应该否定他的分析，说一点谎，但她向来不习惯说谎，所以没有想到这点。

见她不说话，南司耀突然凑近一些，压低声音说："放心，我不会说出去的。"

安子颜这才意识到，自己刚刚不回答，被当作默认了。

她有点头疼："我……他……"

哎呀，她真的很不会说谎，所以临时编不出什么谎言。

后来她一想，她现在是唐大小姐，不需要跟任何人解释吧？

她索性就摆出傲慢的样子，对南司耀说："这是我的私事，我为什么要跟你讲？"

南司耀捂住心口，一脸受伤的表情："我还以为你把我当朋友……亏我还给你带了好吃的早餐。"

说着，他就拎出了一个袋子。

安子颜小声提醒他："别拎出来，在上课呢。"

南司耀把袋子放到了她的桌角上："我不管，我带给你的，你要吃掉，不能辜负了我的心意。"

安子颜说："我吃过了。"

她对他带来的早餐不太感兴趣。

南司耀装作没听到，把目光转到了讲台上。

安子颜很无奈。

一直到下课，韩胤希都没来教室，不知道是不是去了学生会。

她的目光不自觉地往后瞄。

南司耀正好起身，挡住了她的视角。

他跨出座位，拍了拍她的肩，说："在我回来之前，要吃完我的爱心早餐哦。"

安子颜："……"

看他走出教室，她为难地盯着那份早餐。

今天不小心煮多了面，所以她现在还感觉很饱，不太想吃……

就在她犹豫该怎么解决这份早餐的时候，一个女生犹豫着走了过来，眼神带着期求，吞吞吐吐地对她说："沫颜，如果你不想吃的话……可以把这份早餐给我吗？我帮你吃。"

安子颜一听这话，可高兴了！

反正她是吃不下了，可是她不吃的话，又怕南司耀纠缠不清，这时候有人帮她吃掉就最好了。而且看这个女生一脸少女心动的娇羞模样，应该是喜欢南司耀的吧？她不如做个顺水人情。

不过当然，她不能表现出自己的高兴情绪，还要装出高傲样，一副"赏你"的姿态，把那份早餐推给了女生。

其实她心里乐死了。

女生捧着那份早餐，连连道谢："谢谢你，沫颜，你人真好！"

安子颜一听这话，吓得汗毛都竖起来了。

人真好？这可不行啊！

但她又不想把早餐拿回来，就只能摆出恶人脸说："我是今天心情好，你赶紧拿走，别碍我的眼！"

女生显然也习惯了她这样的姿态，又说了声"谢谢"，就转过身要走。

"等等。"安子颜叫住她。

女生脚步一顿，愣愣地回过头看着她，害怕她拿回早餐似的，还攥紧了一些。

安子颜说："赶紧吃掉，别让他看到了。"

女生赶紧点头。

安子颜摆摆手，说："你走吧。"

女生这才敢走。

还好这个课间有十五分钟，足够那个女生把早餐吃完。

安子颜生怕南司耀突然回来了，就一直盯着教室门口看。

上课铃响了，南司耀才在最后一秒进来。

“吃完了？”他一回来就问。

安子颜“嗯哼”一声，假装回答了他。

南司耀满意了，问她：“好吃吗？喜欢的话，我每天给你带。”

安子颜连里面是什么都不知道，这么深入的问题，她怎么回答他？

幸好老师进教室了。

“上课了。”安子颜示意他。

南司耀狐疑地瞅着她，说道：“沫颜，我发现……你突然爱学习了。”

安子颜小心脏抖了一下，立马否认：“谁爱学习了？我不爱学习！”

呜呜呜，她爱学习！她好想认真听课、好想写作业、好想做习题！

学习对于以前的她来说，占据了她生活的大部分时间，所以一下子不能学习，让她感觉有些空虚。

南司耀笑了一下，吊儿郎当地靠在后面的桌子上，说道：“谁爱学习呢，而且学习也没什么用，浪费时间而已。你和我以后都是要继承家业的，尤其是你，唐大小姐，唐家的独生女，唯一的继承人，整个唐家以后都是你的。”

虽然是这么说，但安子颜不这么觉得。

谁说学习没用？以后她真的继承了公司，要管理底下那么多员工，没点能力怎么行？“傻白甜”是守不住这么大的家产的。

当然，她不是真正的唐沫颜，所以对于唐家的财产她是不觊觎的。

如果都给她的话，她反而会有压力，这些本来就不是属于她的……

南司耀有一双锐利的眼睛，好像知道她在担心什么，笑嘻嘻地说：“至于那些管理公司的事，你就不需要担心了，到时候找个厉害的人嫁了，你继续当你的大小姐，继续享受人生就好。”

安子颜总感觉他的眼神有别的暗示。

她微微一笑，说：“对啊，所以我这不选了韩胤希吗？”

她的言外之意就是，你可以死心了。

安子颜不是“傻白甜”，她的成绩能那么好，是因为她有一颗懂得运转的头脑。

她就算不知道南司耀跟唐沫颜过往的交情如何，但她能感觉出来，南司耀对她好，是有目的的，不是真正喜欢她。

像唐沫颜这样人品这么坏、性格这么差的人，他怎么可能会喜欢？

当然，也可能是安子颜对他有偏见，也许南司耀品味比较特别，就是喜欢唐沫颜这种性格的女生呢？这个也是说不定的嘛。

安子颜不去想了，反正她觉得，自己跟南司耀也做不了真正的朋友，只能像现在这样，维持表面的关系。

有时候来往多，不代表感情就好。

果然，听到她这句话，南司耀笑而不语，没有接着说下去。

安子颜索性就转头听课。

当然，她还不能太认真听，要演一下，假装自己想认真听课，却听不进去，这还挺有难度的……

第十二章
据说他有个青梅竹马

到了中午，南司耀很自然地又约安子颜一起吃午饭。

他修长的手指曲起，敲了敲她的桌面，问："今天还是去食堂？"

还没等安子颜回答他，她的手机就响了。

来电显示是韩胤希的名字。

南司耀也看到了，眼睛微眯起来。

安子颜很诧异韩胤希会找自己，她有个离谱的猜测，别是午饭他也想叫她煮给他吃吧？

犹豫了一下，她还是接听了。

韩胤希富有磁性的嗓音从手机里传出来："我饿了。"

安子颜："……"

这开场白是搞什么鬼啊？！

她开始考虑要不要假装信号不好，挂断算了。

韩胤希也不等她说话，就用一种仿佛带着撒娇的口吻说："给我煮饭吃。"

安子颜："……"

这都被她猜中了！

"颜颜？"见她不说话，他唤她。

安子颜有点受不了他这样喊她，这总是让她恍惚地觉得他好像喊的是身为安子颜的她，因为她妈妈就是这样喊她的。

韩胤希像是知道她在听，接着说：“我还有一点点事要忙，你在教室等我，我忙完就过去接你。”

安子颜这次有反应了，说道：“不用，你别来。”

他跟她一起上学就引起轰动了，要是他来教室接她，岂不是更严重？

韩胤希说：“行，那你来学生会找我。”

安子颜才不想给他煮饭，午休时间又不长，煮个饭，再吃饭，时间就差不多过去了。她还要休息呢，她可不想像昨天那样在课堂上睡觉。

安子颜看了看身边的南司耀，犹豫了一下，对韩胤希说：“不好意思，我已经跟别人先约了一起吃饭，就这样，拜拜！”

南司耀猜到了手机那头是韩胤希，只是他很诧异，她居然会拒绝韩胤希，选择跟他一起吃饭。

他没想到就这样赢了一次韩胤希。

南司耀心情很好地说：“今天就不去食堂吃了吧，我带你到外面吃，或者去御膳居，你想吃什么都行，我请！”

御膳居离星尚学院那么远，她才不去。

安子颜睨着他：“我又没说是跟你约好的，我是跟别人约好的。”

南司耀眯起眼睛，瞅着她问：“你跟谁约好的？我怎么没见你跟谁约好了？”

明明是他一下课就跟她约了，当然是他先约好的。

安子颜哼道：“你管我跟谁约好的？反正不是你，你另外找人吃吧。”

她才不担心他，多的是人想陪他吃饭。

南司耀跟在她身后缠着她，说：“那我跟着你去蹭饭，行吗？”

安子颜摇头，一字一顿地拒绝：“不可以。”

南司耀说：“我不蹭饭，我请客，这样可以了吧？”

安子颜还是摇头：“No way（绝不）！”

南司耀挑眉说：“你还会英语了？”

安子颜：“……”

这是她的口语习惯，她一时忘了唐沫颜英语很差这件事。

她说：“总之，没门！不行！你自己吃，或者找别人陪你吃。”

他就算找全校的人陪他吃午饭，也不关她的事。

南司耀怨愤地说：“你真是没良心，我还带爱心早餐给你，你就这样对待我。”

安子颜：“……”

还好她没吃他带的早餐，不然这时候吃人嘴软，她就处于下风了。

她快步下楼梯，对他挥了挥手：“下次有机会我请你吃饭，行了吧？”

至于“下次”是什么时候，她就不知道了。

南司耀快步走到她面前，拦下她，说：“择日不如撞日，就今天。”

安子颜无奈，再次道：“可是我今天已经约了人……”

南司耀直视她的眼睛说：“我知道你没有。”

安子颜：“……”

也不知道为什么，她总感觉他的眼神好锐利，能把她看穿。

但她还是硬着头皮说：“我有！我真的约了人！”

“那你说，你约了谁？”

“我为什么要告诉你啊！”

“哼，你说不出来就是骗人的，小骗子。”

“你才是骗子。”

两人一边拌嘴，一边并排走着。

蓦地前面有一群女生朝这边跑了过来，还有点气势汹汹，神情看起来很吓人。

安子颜还在好奇发生了什么事，就看到她们冲到了她面前。

“唐沫颜！”

安子颜没想到她们是来找她的，下意识地问道：“有什么事吗？”

为首的女生张了张嘴，本来情绪很激动，想要骂人的样子，但又怕她，表情就变得有些奇怪。

“你……你怎么能这样做！”最后，对方挤出了这句话。

安子颜一愣，不解地问：“我？我怎么了？”

她做了什么？

为首的女生说：“我知道你不想跟我们一起玩了，但你也不能这样对小茹啊！”

安子颜一头雾水，满脸蒙，她连小茹是谁都不知道。

对方忍不住愤然地说：“本来小茹舍不得吃那份早餐的，但怕它会坏掉，才拿来吃了。就在刚刚，她突然吐得很厉害，还昏迷了，现在被送去了医院！”

安子颜这下明白了，小茹就是那个问她要了早餐的女生。

“也不一定是因为那份早餐啊……”

一旁的南司耀蹙眉，看向她问：“你把我的早餐给了别人吃？”

安子颜头疼地说：“现在这个不是重点吧？！”

这边的情况引来了其他学生的围观。

不知道怎么回事，议论重点就变成了她下药害那个女生……

安子颜不在意别人怎么说她，反正唐沫颜的名声本来就坏，这一时半会儿也改变不了，她现在更想知道的是那个女生的安危。

“你说小茹被送去医院了，是哪家医院？我去看看她。”

“不用你假好心！”一个女生厉声喝道。

安子颜看向她。

估计那个女生这才想起她的可怕，吓得一个哆嗦，躲到了众人后面。

安子颜冷静下来，对为首的那个女生说：“你们说我下药害她，那也要有证据吧？我为什么要害她？”

“别装了，你明明知道我们干的事，所以才这样报复我们！”那个躲在她们身后的女生又探出头来，对安子颜指控道。

几个女生不约而同地瞪向她，责怪她的多嘴。

那个女生这才意识到自己说漏嘴了，急忙又躲了回去。

安子颜皱眉看着她们。

她们干的事？她当然不知道这些，但从她们的反应来看，她们私底下一定是做了对不起她的事，所以才说她用下药的招数报复她们。

可问题是，那份早餐不是她使计谋让小茹吃下去的，是小茹自己问她要过去的。

这逻辑上就讲不通。

安子颜也没时间跟她们捋逻辑了，想先确认那个叫小茹的女生的情况。

既然好好问她们，她们不肯说，那她就只能使这招了。

安子颜露出凶狠的表情，冷冷地睨着她们说：“在哪家医院？不说的话，我让你们一起进医院！”

为首的女生吓得踉跄了一步，终于怯怯地把医院的名字说了出来。

安子颜想快点赶去医院，但她跨出去两步，才想起自己没车，只好回头看向南司耀说：“你载我过去，行吗？”

怎么说那个叫小茹的女生会进医院也是因为吃了他的早餐，他就一点都不担心吗？

南司耀双手环胸，撇开头，一副生气的样子说：“不行，谁让你把我的早餐给别人吃了。”

安子颜：“……”

他这耍的是三岁小孩儿的脾气吗？

她提醒他：“你别忘了，她是吃了你的早餐出事的！你不该去看看她，关心一下吗？”

南司耀不以为然：“我为什么要去关心一下不认识的女生？”

安子颜道：“她是我们班的同学！”

南司耀无情地冷哼道：“那也不关我的事。”

安子颜睨了他一秒，不想求他了，转身就往外走。

大不了她打车去。

她拿出手机，打算叫网约车。

可是因为唐大小姐都有私家车坐，所以从不需要叫车，自然没有下载打车软件，她还得下载才能用。

偏偏她点进下载页面的时候，网络还慢吞吞的，真是急死人了。

南司耀见她甩头就走，啧了一声，嘀咕道：“也不多求我一次……”

她多求他一次，他说不定就答应了啊。

他看了看她的背影，快速追了上去：“好了，我载你！”

安子颜淡漠地说：“不用了，我叫车。”

南司耀说：“现在是放学时间，不好叫车的。”

安子颜还是往前走，看都不看他一眼。

南司耀腿长，走两步就追到了她的前方，绕到她面前，跟她同步地后退着走。

“我都说载你去了，跟我走。”说着，他就要伸手拽她。

安子颜躲开他的手：“你不是说不关你的事吗？”

南司耀说：“现在关我的事了，行吗？”

安子颜骨子里是有倔强的，但现在不是闹别扭的时候，她看了看他，妥协了，答应坐他的车。

还好那家私立医院离得不远。

在他们赶到医院的时候，那几个女生也后脚跟来了。

方小茹已经做了抽血等初步检查，确认是某种药物引起的不适，这种药物不会出现在食物中，所以医生判断不是误食，而是人为。

听到这句话，几个女生冷眼看向安子颜。

“看吧，我就说是她故意下药的。”

在安子颜面前，她们不敢大声指控，只敢在背后嘀咕。

确认方小茹不会有生命危险后，安子颜才松了口气，靠在墙壁上。

她茫然地望着医院白色的天花板。

下药……

不管怎么说，早餐是经她的手给方小茹的，她确实脱不了干系。可是她没有忘记一点，早餐是南司耀给她的。

安子颜不禁看向南司耀，一个猜测冒上了心头：会是他吗？

南司耀注意到了她的眼神，竟一眼就看穿了她在想什么。

他失笑道：“你不会怀疑是我下的药吧？你说，我跟她无冤无仇，我为什么要给她下药？而且我可不知道你要把早餐给别人吃。”

最后一句他好像还有点责怪她把他的爱心早餐给了别人。

他确实没有理由给方小茹下药，除非……

安子颜垂下眼眸。

除非他原本下药的对象是她。

她没有忘记，在她重生之时，有人要杀唐沫颜。而“唐沫颜”没有死，对方应该不会就此罢手。

这背后的人会是他吗？或者跟他有关系？

从南司耀一直刻意跟她亲近，安子颜就对他有所防备，觉得他的接近是有目的的。

如果他的目的就是想杀她？那就符合逻辑了。

只是他为什么想杀她呢？

这其中的因果关系会不会背后牵扯着什么？

安子颜猛地想起了一件事，南司耀那次打电话给她，说知道了她的秘密……

后来他又没说这个秘密是什么。

难道这个秘密就是这个因果关系的重要线索？

安子颜越分析越觉得这个可能性很大。

南司耀解读到了她眼中的防备，便不笑了，严肃起来，睨着她说：“你不会真觉得是我下的药吧？早餐是我给你带的，所以你是不是认为我原本是想给你下药？”

不得不说，他简直有读心术，她在想什么他都能猜到。

这也间接说明，他是个多厉害的人。

南司耀生气地反问她：“我傻吗？我给你下药，早餐是我给你带的，你要是有什么事的话，第一个就会怀疑到我身上，你觉得我是那么蠢的人吗？”

安子颜摇摇头，没说话。

其实她心里并没有被他这段话说服，反其道而行也不是不可能，如果她吃了他送的早餐出现问题，确实会第一个怀疑到他身上，但这么直白的逻辑，他完全可以以此推翻，说是别人栽赃他的。

南司耀并不满意她这个敷衍的摇头，她明显还是不信他，这让他很生气。

“你就说，你信不信我？”他站到她面前，直视她的眼睛，语气凌厉地说。

安子颜望入他的眼，想解读他的真假。

可是这个人深不可测，并不是她能读懂的。

她没回答他的问题。

虽然她明明可以说谎，暂时安抚他，让他不要再逼问下去，但可惜她不是个习惯说谎的人。

在这个心烦意乱的时候，她只是本能地竖起防备，思考着接下来该怎么办。

“你说啊！”南司耀突然握住她的肩膀。

安子颜皱眉道：“你放手行吗？你弄疼我了……”

他的力气好大，她挣扎，却被掐得死死的。

南司耀也不知道自己为什么这么激动，只是看她用疏离和防备的眼神望着自己，他就有些受不了，突然就很生气。

她居然不信他！南司耀简直气坏了：“唐沫颜！你到底有没有脑子？我为什么要给你下药？我对你这么好，你居然还怀疑我给你下药，你太没良心了！”

安子颜被他弄得头疼：“你冷静一点，我又没说是这样，这都是你自己说的……”

南司耀说：“对，你没说，但你是这样想的！”

她的沉默代表了默认。

安子颜低头看看他握在她肩膀上的手，好声好气地说：“你先放开我行吗？我们好好说话。”

“放开她！”突然，一道厉声插入了两人之间。

安子颜一愣，几乎立马就反应过来这是韩胤希的声音。

没等她转头望过去，韩胤希的拳头已经到了南司耀的脸前。

南司耀堪堪躲过，但脸颊还是被拳风擦了一下。

他用舌头顶了顶脸颊，冷眼对上韩胤希，嘴角轻勾，眼中却没有笑意：“韩少，我只是跟沫颜说个话，你至于吃这么大的醋吗？”

韩胤希长臂一伸，就把安子颜搂到自己怀里，对南司耀宣示主权一般说道：“她是我的未婚妻，我有资格吃醋。”

安子颜推开他，从他怀里躲开：“你怎么知道我在这里？”

韩胤希睨着她，黑眸里有着微怒：“出了事你也不告诉我？”

安子颜觉得莫名其妙，她为什么要告诉他？再说了，又不是她出事。

以为他是关心那个女生，她好心解释道：“那个女生只是呕吐和腹泻，没事了。”

“哦。”韩胤希应得很淡漠，好像并不关心这件事。

安子颜看向他，支吾地说：“你……你也认为是我下的药吗？”

她也不知道自己为什么要问。

韩胤希没有任何犹豫，语气肯定地说：“我知道不是你。”

安子颜心尖一颤——他相信她。

这是她完全没想到的回答，她还以为他会相信那些同学的议论，毕竟唐沫颜本来就很坏，恶意伤害别人也不是第一次了，所以她会下药也不是什么稀奇的事。

可是他相信不是她做的，在她完全没有解释之前，他就选择站在她这边。

南司耀很不爽两人深情对视的眼神，出声道：“我也相信不是你啊！”

安子颜没理他。

那几个女生一直在旁边看着，有人看不下去了，站出来对韩胤希说："韩少，你为什么要相信她？你怎么就肯定不是她干的？小茹就是吃了她给的早餐才呕吐腹泻的，如果不是她干的，那是谁干的？"

另一个人小声补充道："不是她干的，也可以是她叫人干的。"

站出来的那个女生走到韩胤希面前，完全把不敢惹怒唐沫颜这件事抛之脑后了，继续指控道："如果不是小茹运气好，送来得及时，现在估计就没命了！唐沫颜这么恶毒，你为什么要站在她那边？你真的喜欢她吗？我不相信，她这么恶毒，你怎么可能会喜欢她！"

这女生显然是喜欢韩胤希的，想借此让他看透唐沫颜的为人。

可是韩胤希并不理会她的话，甚至看都没看她一眼。

那女生见状，更气愤了："韩少，你相信我好不好？真的是她下的毒！

"她知道我们背着她干的事了，所以趁机报复我们！

"她一定是知道小茹喜欢南少，所以故意引小茹过去，让小茹跟她要早餐，这样她就可以洗脱嫌疑了。

"她的手段很高明，你不要信她！"

韩胤希终于有了反应，深沉的黑眸看向她，问道："你们背着她干了什么事？"

女生一愣，没想到她说了这么多，他在意的居然是这一点。

"我……我们……"

几个女生都惊慌了，哪儿有这样自己暴露自己的！蠢死了！

"我们没干什么！韩少，你也知道沫颜的手段……我们哪儿敢背着她干什么事，我们又不是不想活了。"

"是啊，韩少，我们真的没有，她是胡说八道的。"

为了撇清关系，她们甚至让那女生一个人背黑锅。

"韩少，她是因为喜欢你，嫉妒沫颜，所以才这么说的，我们都觉得下药的事有很多疑点，不一定就是沫颜干的。"

"其实我也相信不是沫颜干的。"

"对啊，沫颜性格直接，不会做下药这种拐弯抹角的事。"

"一定是有人诬陷她！"

之前她们还齐齐指控是唐沫颜下的毒，现在全部转了口风。

安子颜觉得这场景也是够可笑的。

幸好她们在外面的吵吵闹闹声引来了医护人员，医护人员示意她们不要在医院吵闹。

“病人已经转移到病房了，你们可以去看望她。”

几个女生怕继续刚刚的话题，急切地要走。

安子颜说：“我也去。”

她们都吓了一跳：“沫颜，你就别进去了吧？小茹现在可能不想看到你……”

安子颜停下脚步，也是，如果方小茹认为是她下的毒，这时可能确实不想见到她。

她看向南司耀说：“你去吧，她一定想见你。”

南司耀拒绝：“我不去。”

安子颜皱眉说：“你去啊，她也是因为喜欢你才会弄成这样，你去关心一下她，她一定会很开心的。”

南司耀还是不肯，甚至无情地说：“她喜欢我，关我什么事？她吃了我的早餐，我还没跟她算账呢！”

安子颜说：“那你应该跟我算账，是我给她的。”

南司耀瞪着她，意外地没再追究这件事。

这次轮到韩胤希不爽他们之间对视的眼神了。

“好了，既然人没事，我们就走吧。”韩胤希牵起安子颜的手，准备拉她走。

安子颜下意识地说：“等等……”

虽然不能进去病房，但她想亲眼确认一下方小茹的情况。

韩胤希霸道地说：“不等，你还没吃饭，现在一定很饿了，最重要的是，我也饿了。”

凭什么让他们为一个陌生人饿肚子？这在韩少爷的字典里，显然是不允许发生的事。

安子颜只能无奈地被他拉着走，但她没忘记南司耀，对他招呼道：“南司耀，你也去吃饭吧！”

南司耀还想抢人，却已经来不及了。

所以他今天中午只能自己吃了？

医院门口。

韩胤希带她上车，还俯身帮她扣上安全带，这才绕回到驾驶座。

他看看时间，午休时间所剩不多了，道："我们买点东西，回公寓吃。"

安子颜愕然："回公寓？公寓那么远……"

韩胤希说："不是那套公寓，是学校附近的公寓，用来中午休息的。"

安子颜："……"

果然是有钱人，还特地在学校附近买个房子用来中午休息。

她对学校的四周不熟，所以不知道原来离星尚不远就有个小区，走路去学校只要不到五分钟路程。

两人简单买了点吃的，就去了那套公寓。

进门的时候，韩胤希想起什么，说道："对了，你不是也有套房子在这里吗？只是跟我不同栋，好像是B座的1808吧？"

安子颜："……"

他不说她还真不知道。

幸好他说了，不然哪天她又露馅儿了。

她笑着点头，说："对啊，下次你可以去我那边坐一坐。"

韩胤希轻轻一笑："吃东西吧，你该饿了，吃完睡一会儿。"

安子颜确实很饿，也不跟他多说了，拿出汉堡就吃。

两人很快就吃好了。

安子颜吃饱就有点犯困，带着睡意的眼睛迷糊地环视客厅，小脑瓜在思考着什么。

韩胤希说："你进房间睡。"

安子颜摇头："我在沙发上眯一下就好。"

他昨晚就睡沙发了，她不想再跟他抢床。

韩胤希看着她，微笑着威胁："你是想让我抱你进去呢，还是自己进去？"

安子颜当然选择后者。

她扑到床上，没一会儿就睡着了。

只是她做梦了，梦到了有人追杀自己。

她跑得很慢，很快就被追上了。

那个人看不清脸，手上的匕首直直地插进她的心口……

“不要——别杀我——”

我不是唐沫颜，别杀我！

安子颜在床上挣扎，露出痛苦的表情。

“啊——”她被吓醒了，满眼惊恐，呼吸急促。

韩胤希不知什么时候出现在了床边，伸手抱住她，让她靠在他的肩上，大手轻拍着她的背：“我在你身边，别怕。

“我不会让任何人伤害你的。

“颜颜，别怕。”

这一声“颜颜”，终于让她惶恐的心安定了下来。

她缓缓地伸出手，犹豫了一下，然后抱住了他。

自重生以来，安子颜总是感觉活得很虚幻，甚至感觉不到自己活着，好像自己只是一个幻影。

或许根本没有什么重生，这只是她的一个梦，死后进入永久沉睡的梦。

唯有这个时候，在韩胤希温暖的怀中，靠着他结实的胸膛，心脏跟着他的心脏一起交错地鼓动，她才恍惚地觉得自己好像是活着的。

“做噩梦了吗？别怕，只是梦而已，已经醒过来了。”韩胤希声音很温柔，大手也轻柔地拍着她的背。

醒过来了吗？所以现在是真实的世界？安子颜放任自己依偎在他的怀中，下巴蹭着他的颈窝，小手也抱得更紧了。

韩胤希没想到她会是这样缠人的模样，他轻笑了一下，纵容着，什么也没说。

两人就这样一直拥抱着，画面好像定格了。

嘀嘀嘀——突然，铃声打破了这温馨的氛围。

安子颜身子一抖，扭头看了一眼自己放在床头的手机——她怕睡过头，所以设置了闹钟。

韩胤希大手一捞，把她的小脑袋兜了回来，摁回他的肩膀上：“还有时间，不着急。”

还能再抱几分钟。

安子颜回过神后就不好意思了，难为情地推开他，耳根有着羞赧的红。

"我去洗把脸。"她几乎是落荒而逃。

韩胤希笑了笑，坐在床上，深邃的黑眸追随着她的身影。

两人一起下楼的时候，不可避免地遇到了星尚的学生。

于是很快两人同居的消息就传开了。

"只是一起午休而已，不能算同居吧？"

"连午休时间都要黏在一起，这不就是热恋状态吗？"

"我不要听、我不要听！韩少不可能喜欢那个女魔头！"

"唉，这世界也太虚幻了吧，韩少居然会喜欢上唐沫颜，真的是想都想不到……"

又有一部分人相信韩胤希这次是动了真情。

刚开学，同学们其实都无心上课，除了八卦一下学校里的大事件，比如韩少和唐大小姐的事，还有就是讨论新生晚会的事。

本来很多女生暗怀期待，看自己会不会运气好，能跟韩少跳一支舞。因为在星尚有一个传统活动，在新生晚会那天，身为学生会会长的韩胤希会邀请一位新生跳舞，算是一种传承的仪式。

一开始为了公平起见，是以抽签的方式，谁知去年居然有人买通了学生会的人，在抽签上动了手脚，所以今年就换了方式。

至于是什么方式，目前还没有公开，无人知晓。

这也让今年的新生晚会蒙上了一层神秘的面纱。

再说了，今年是韩胤希最后一年当学生会会长，所以这个共舞的名额自然竞争得更加激烈。

只是……现在韩少跟唐大小姐在一起了，以她嚣张跋扈的性格，她一定不会让他跟别的女生跳舞的，到时候还不知道会用什么恶毒的手段。

尤其是上午才刚发生了下药事件。

新生从老生的绘声绘色中也听闻了唐大小姐的事迹。

这个世界就是这样，造谣一张嘴，辟谣跑断腿。

下药的事传来传去，哪怕没有证据，众人还是断定是唐大小姐干的，毕竟她是这么恶毒的人，做出这种事也不奇怪。

下午上课，安子颜刚进教室，就明显地感受到了同学投来的目光。

韩胤希因为要忙学生会的事，所以没跟她一起来教室。

她尽量无视大家的目光，往自己的座位走去。

因为是掐着点来的，她刚坐下，上课铃就响了。

她身边的位置是空的，南司耀也没来。

少了总是在旁边叽叽喳喳的他，安子颜突然有些不习惯。

但这样也好，她可以安心地听课了。

课间的时候上厕所回来，她在外面隔着后门听到了里面的人在讨论她。

“哧，装什么好学生啊！”

“唐大小姐专心听课的样子，可真是恶心人！”

“我看她啊，就是装给韩少看的，也不知道她是怎么骗到了韩少，居然能让韩少喜欢上她这种恶毒的女生。”

“反正我是不信韩少会喜欢她的，这其中一定有什么原因，韩少肯定是被逼的！”

安子颜听着这些话，只觉得好笑，不痛不痒。

看看时间，还没上课，她索性就站在凹进去的门框处，饶有兴味地偷听她们怎么讲她。

然而，她们说着说着，话题就绕到了新生晚会上。

本来新生晚会跟她们没有任何关系才对，可谁让新生晚会上有韩胤希呢？

要知道，过去两年在新生晚会上跟韩胤希共舞的女生，最后都成了他的女朋友。

今年就不知道谁会得到这份宠爱了。

“对了，你们听说了吗？新生里有一个女生据说是韩少的青梅竹马。”

“真的假的？我没听说这件事啊！”

“是我大一的表妹说的，那个女生成绩很好，也挺漂亮的。”

“如果是真的，那韩少会选她共舞吗？青梅竹马啊！唐大小姐要是知道，估计非得被醋意酸死不可！”

闻言，安子颜也诧异了一下，韩胤希的青梅竹马？

可惜上课铃响了，让她没机会再听下去。看到老师来了，安子颜只好进了教室。

因为韩胤希有青梅竹马这件事，害得她上课走了神，注意力无法集中在听课上。

偏偏这还是数学课，有一个知识点她之前预习的时候没有搞懂，一直等着上课听老师讲解呢，等她回过神，才发现老师已经把知识点讲完了。

这让她很懊恼。

都怪韩胤希那家伙！她把所有的错都归结到他身上。

到了下节课，韩胤希出现在了教室，顿时引起女生们的激动情绪。

安子颜想到刚刚没听到课的事，就生他的气，转过头看窗外，故意不看他。

韩胤希在她桌边停了下来。

她听到了脚步声，当然知道他就停在她身边，但她克制住了，就是不回头。

咚咚——她的桌面被人敲了两下。

安子颜装作没听到。

韩胤希开口了，盯着她闹别扭的侧脸，带着笑意说：“收拾你的东西，搬到后面跟我坐。”

安子颜这次有了反应，她无情地拒绝道：“我不要跟你坐！”

韩胤希察觉到她的抵触反应，不禁挑了挑眉，明明早上载她来上学的时候她还好好的。

他没有问她为什么不想跟他坐，因为答案不重要，重要的是结果。

韩胤希一双深沉的黑眸盯着她，重复了一遍：“收拾东西，到后面跟我坐。”

他的态度好强硬，安子颜感觉自己拗不过他，可她就是不想顺他的意。

她双手环胸，哼道：“要搬你自己搬。”

韩胤希笑了一下：“行，那你起来。”

安子颜看都不看他，傲娇地朝他伸出手，示意他扶自己起来。

她这姿态，在同学眼中，她就仿佛是一个女王，这惹得女生都不满了。

还有女生咬牙切齿地暗中默念：“不要扶她！”

韩胤希却半分犹豫都没有，在安子颜朝他伸出手的下一秒，就如她所愿扶她起来了。

他让她站到一旁，他把她抽屉里的东西整理出来，搬到了他旁边的座位。

他把她的东西原封不动地搬完，还摆放到同样的位置。

安子颜被他牵着走过去坐下。

两人就这样在众人的注视之下变成了同桌。

偏偏南司耀下午没来，不知道他知道这个情况会是什么表情？

倒是有喜欢南司耀的女生一直盯着安子颜之前坐的位置，一脸的若有所思。

原本跟韩胤希同桌安子颜还有点担心，谁知一上课，她刚要假装不认真听课，韩胤希就睨向她，低声提醒："认真听课，不许分心。"

安子颜下意识地就乖乖听话，看向讲台。

这倒是正好，很像她在他的"逼迫"之下，不得不认真听课。

安子颜心里暗喜，脸上还要摆出不情不愿的表情。

这个下午是她开学以来最放松的一段时间，认真听课的感觉，真是太棒了！

下午最后一节课的时候，方小茹出现了。

班上的女生看到她，急忙围上去，争先恐后地关心她的情况。

"小茹，你怎么样了？还好吗？"

"小茹，到底是谁给你下药的？你不要怕，我们都站在你这边，会为你讨回公道。"

"小茹，不然报警吧！让警察来调查，帮你找出真凶！"

方小茹脸色有些白，对同学们笑了笑，先是感谢他们的关心，然后又摇头说："不用报警，我现在没事了，报警不太好。"

有同学用余光瞥了安子颜一眼，说道："你一定要报警，将凶手绳之以法！"

他们当然也知道方小茹是怕唐大小姐的报复。

可人都是这样，被报复的又不是他们，他们可以瞎起哄，想着把事情闹大更好，就有好戏看了。

方小茹索性不理会那些同学，在朋友的搀扶下走回自己的座位。

"小茹，你真的就这样算了？"

那几个女生围住她，几个人坐在一处小声地说话，时不时瞄安子颜一眼。

方小茹叹息，一副很无奈的样子说："不然怎么办呢？我又斗不过她。"

她的一个朋友顿时愤愤不平："可恶！有钱有势就可以这样欺负人吗？"

"嘘！"其他人怕被安子颜听到，赶紧示意她闭嘴。

"嘘什么嘘啊，我就不信这个世界没天理了！恶人有恶报，现在不报，只是时候未到。有些人做了那么多恶事，总有一天会得到报应的！"

"你小声点！被她听到了怎么办！"

其他人都被吓到了，差点就想扑上去捂住她的嘴。

有人赶紧观察安子颜，怕她听到了。

幸好安子颜那边没反应，不知道是不是没听到。

其实那个女生刚刚的音量没怎么克制，唐大小姐应该不可能听不到才对，难道唐大小姐是做了坏事心虚了？

她们都猜不透她了……

要是以前的唐沫颜，她们跟着她时间不短了，已经很会揣摩她的心思。

可是现在的唐沫颜，她们真的看不懂。

尤其是，唐沫颜最怕学习了，开学这几天居然都很认真地听课，让人感到不可思议。

这难道是爱情的魔力？

有人想到了什么，朝其他人脑袋挨近了，小声说："喂，你们发现没？沫颜最近的脾气好像变了很多，很少发脾气了，感觉……温和了很多？"

"好像是啊，这都不像她了。"

一天不发脾气都不符合唐大小姐的性格了。

一个人的改变，总是有原因的，而她们能想到的是，唐大小姐是为韩少改变的。

其实她们之前都看得出来，唐沫颜对韩胤希很不一样，非常在意他，应该是真的很喜欢他。

他们现在在一起了，所以她打算为了他改变自己？

这是她们唯一能想到的可能。

第 十 三 章

你真的是唐沫颜吗?

到了放学，安子颜收拾了包包，刚要起身，一只大手就伸过来拿走了她的包包。

韩胤希一只手拎着她的包包，一只手伸向她。

安子颜呆愣，不解地看着他的手。

韩胤希顺势就握住她的小手，把她拉了起来，说了一句：“回家。”

在同学们的目瞪口呆下，两人走出教室。

很快，放学没多久，就有人把两人牵手的照片发上了学校论坛，帖子的标题是：《现在还有人不相信韩少动了真情吗？》

之前就有过讨论两人恋情的帖子，那些喜欢韩胤希的女生都不愿意相信他动了真情，一致认为他是被迫的。

可是今天这个帖子一出来，就粉碎了不少女生最后的期盼。

是韩胤希主动要她跟他同桌，还亲自给她搬课本，放学后韩胤希还主动牵她的手，还帮她拿包包，还跟她说回家。

有人立马分析这个“回家”的含义，莫非两人同居了？

之前就有这个传闻，所以也不怪大家怀疑到这上面。

傍晚，天空的晚霞正在褪去颜色，留下灰暗。

车开到门口，南司耀正下车，就见一个娇小的身影朝他走过来。

门口的保镖反应很快，拦截上去："谁？"

那身影吓了一跳，往后一缩，然后怯怯地说："我……我是南少的同学。"

南司耀看清了对方的样子，淡漠地说："不认识。"

对方急忙上前，说："我是方小茹！"

南司耀挑眉，冷哼道："不认识。"

他示意了一下保镖。

保镖准备把人赶走。

方小茹一慌，接着说："我是方小茹！就是今天被下药的那个女生。南少，你跟唐大小姐来医院看我了，你还记得吗？"

南司耀这才看向她，眼神依旧冷漠："哦，有什么事吗？"

方小茹看他愿意跟自己说话，脸上露出了高兴的表情："南少……我只是想来告诉你，我相信你，不是你在早餐里下的药。"

南司耀哧了一声，道："所以你想暗示是沫颜下的药吗？"

方小茹不傻，听出他在维护唐沫颜，赶紧摇头说："当然不是！我……我觉得……可能不是她下的药吧？但是……我也不知道是谁下的……毕竟早餐是从她手上给我的……所以她还是有嫌疑的……"

南司耀不知道她来跟自己说这些干什么，也不想知道她的来意，冷着脸，转身就要走。

"南少！"方小茹不想错过这次机会，在学校，她根本接近不了他。所以她鼓起勇气冲了上去，拉住他的手臂。

南司耀瞬间就甩开了她，冷眼睨着她，薄唇里吐出一个字："滚。"

方小茹很受伤，脸上是泫然欲泣的表情："南少……你很讨厌我吗？"

南司耀翻了个白眼，一个无关紧要的陌生人，还没资格得到他任何的情感倾向。

方小茹说："我知道……你喜欢沫颜，我要是说她的坏话，你会很生气。可是我被她下药的事，这是事实，我……我可以为了你，不追究这件事。"

她泪汪汪地看着他，好像自己为他付出了多大的牺牲。

南司耀突然一笑："哦，是吗？那么你想让我怎么感谢你呢？"

闻言，方小茹不可置信地一愣，怀疑自己是不是听错了。

虽然这是她幻想过的，但她不敢去想真的发生了。

她呼吸加快，怕错过了般赶紧问他："你愿意当我的舞伴吗？"

南司耀挑了一下眉："舞伴？"

方小茹点头，眼里带着期盼地望着他，解释道："新生晚会的舞伴，我是学生会的成员，所以会参加，可是我还没有舞伴……我、我想你当我的舞伴，可以吗？"

南司耀呵了一声，笑了："你是学生会的？"

学生会的人，也就是韩胤希手下的人。

这可就有趣了。

"嗯，我是学生会的。"方小茹更在意的是他的回答，再次问道，"南少，你愿意当我的舞伴吗？"

她屏住呼吸，等待他给予答案。

南司耀饶有兴味地勾唇，眼中似乎有什么在流转。

"好。"

尽管他只说了一个字，还是让方小茹开心坏了。

"真的吗？南少你真的愿意吗？"

南司耀觉得她尖叫的声音太刺耳了，微蹙眉头，喝止她："别叫了。"

方小茹赶紧乖乖闭嘴。

南司耀转身就走了。

方小茹高兴得都失了神，眼睛痴痴地望着他帅气的背影。

天啊，她是在做梦吗？南少愿意当她的舞伴！

南家。

夜已经很深了，南司耀准备入睡之前吩咐了手下一些事。

手下正要走，想起什么，问他："少爷，明天还要买唐大小姐的早餐吗？"

之前少爷吩咐过要连买一个月的，现在出了下药的事，不知道少爷还要不要给唐大小姐买早餐。

南司耀哼道："不买了！"

他好心给她带早餐，她倒好，还怀疑他给她下药，这么没良心的人，他凭什么还要给她带早餐？

手下走了之后，南司耀靠着床头，拽过一旁的手机看了一眼。

没有来电、没有微信，什么都没有。

他下午没去上课，她也没找他。

南司耀有些生气，把手机丢到了床头柜上面。

反正他给她带早餐她也不吃，还给别人吃，辜负他的一番心意，他以后绝对不会再给她带早餐了！想都别想！

翌日。

上课之前，安子颜看向前桌，想着南司耀今天是不是也不来了。

然后她就听到有女生喊了南司耀的名字，一抬头，就看到他帅气地走入教室，手中还拎着一袋早餐。

南司耀走过来，发现她坐在最后一排的位置，不禁一顿，皱眉问："你怎么坐在这里？"

安子颜有点尴尬，摸了摸鼻子："就……韩胤希非要我跟他同桌。"

她的言下之意就是，她不是自愿的，是被迫的。

南司耀没想到自己昨天下午没来，居然就被撬了同桌，气得舔了一下牙龈。

很好，韩胤希，我们杠上了。

南司耀把手中的早餐放到她之前的位置上，点了点桌面，对她说："你给我回来坐。"

安子颜很为难。

韩胤希早上又去了学生会，所以正好不在，她要是这个时候回去跟南司耀坐，让韩胤希知道了，那家伙一定会生气的。

既然已经换了座位，就没必要再换回去，所以她摇头，拒绝了南司耀："反正我就坐在你后面，也一样嘛。"

南司耀想着自己还心软给她带早餐，就更气了。

他黑着脸拎起桌上的早餐，走到垃圾桶旁，半秒迟疑都没有，就把早餐丢了进去。

以后他绝对不会再给她带早餐！

其实安子颜也很意外他还给自己带早餐，所以看他丢了早餐，就知道他生气了，顿时有点内疚。

等他回来，她在后面戳了戳他的背，小声说："南司耀，我中午请你吃饭吧？"

南司耀冷声拒绝："不用了，你跟你未婚夫吃吧！"

看来他这次气得不轻。

安子颜没有应付这种情况的经验，所以不知道该怎么哄他。

就在这时，方小茹羞红着脸走了过来，把手中一个精致的纸袋放到南司耀面前："南少，这是我给你准备的早餐，我亲手做的哦。"

南司耀看都没看她一眼。

方小茹有点不知所措地看着他："南少……"

他不是答应做她的舞伴了吗？她还以为可以跟他亲近一点了……

安子颜认出了那个女生，对她有些愧疚，便又戳了戳南司耀："人家叫你呢，你应一下人家好不好？"

南司耀侧头用余光睨了安子颜一眼，然后他才转向方小茹，冷漠地说："我不要，拿走。"

方小茹顿时露出难过的表情："这是我亲手做的，我知道你喜欢吃辣，所以我特地……"

南司耀打断她的话："我叫你拿走，你是耳朵聋了听不到吗？"

方小茹愣住，委屈地抱起纸袋，颤颤巍巍地走了。

安子颜都看不下去了："你对女生态度好点行不行？尤其还是喜欢你的女生。"

南司耀回头瞪着安子颜："我凭什么要对她态度好点？她喜欢我，我就要对她好吗？这天下喜欢我的人多的是，我要不要全部收了，组成后宫？"

安子颜不想跟他吵架，索性不说话了。

南司耀冷嘲热讽地说："对哦，我差点忘了，唐大小姐为了某人，把'后宫'都给散了，弱水三千，只取一瓢，真是真爱呢！"

安子颜听到这话，哭笑不得，这人生起气来怎么跟个小孩儿似的。

他们班上午有一节课要去别的教室上。

就在教室里空无一人的时候，一道人影悄悄地溜了进来，警惕地左右查看，确认没有人在四周，才快速走到安子颜所坐的位置。

安子颜有一瓶水是打开过的，就放在桌面上。

那人拧开盖子，从兜里掏出一个小瓶子，往那瓶水里倒了几滴，怕被别人发现，还防备地回头看了一眼教室的门。

做完这些，那人把瓶盖拧上，把水放回之前的位置，然后悄悄地离开了教室。

下课后，同学们陆陆续续回到了教室。

安子颜因为去上厕所，所以回来得比较晚。

她坐下没多久，南司耀也回来了，两只手握着两瓶饮料。

她看了一眼。

南司耀是侧着坐下的，一只手在她面前晃："是不是以为这个是给你的？"

没等她说话，他就又开口说："哼，不给你！"

安子颜被他逗笑了。

南司耀把那瓶草莓味的饮料放到了桌角，然后拧开自己的饮料喝了起来，还故意叹出声："真好喝！"

今天天气特别热，虽然教室里有空调，但窗外明晃晃的阳光让人对冷饮有着强烈的渴望。

安子颜看着那瓶草莓味的饮料，舔了舔嘴角，好想喝……

其实南司耀就等着她开口，装作不经意地用余光瞄她一眼，观察她的反应。

"哎，这天气，喝口凉的真爽！"

这又是他故意说给她听的。

安子颜犹豫着要不要开口，他这很明显是在给她台阶下，让两人可以借此和好。

她看了一眼自己桌上的那瓶水。

水和饮料，她当然是想喝饮料，可是被他弄得好渴啊，她伸手拿过那瓶水，拧开了盖子，昂头就准备喝一口来解解渴。

砰的一声响，南司耀突然回身拍了一下她的桌面。

她被吓了一跳，水也忘记喝了，直愣愣地望着他。

他睨着她，突然问："水好喝，还是饮料好喝？"

"呃……饮料好喝。"安子颜很诚实地回答。

南司耀把那瓶草莓味的饮料放到她面前："那你想喝吗？"

这暗示真的很明显了，安子颜就顺着台阶下，点点头：“想。”

南司耀得到了满意的答案，嘴角勾起笑意，修长的手指在桌面上敲打着，一副吊儿郎当的模样说：“你想喝，也不是不可以。”

安子颜放软声音：“那你可以给我吗？”

南司耀甩了甩手：“你想喝就给你吧，反正我也不喜欢喝草莓味的。”

安子颜笑了，这样算是和好了吗？

因为已经打开了盖子，所以她还想接着喝手中的那瓶水，不要浪费嘛。

谁知她刚喝了一小口，南司耀手一伸，把她的瓶子抢走了。

“都有饮料喝了，还喝什么水啊！”说着，他精准地把那瓶水丢进了垃圾桶。

安子颜拍手，夸赞道：“漂亮！”

南司耀本来被夸了还很高兴，可突然想起了上次打篮球输给韩胤希的事，又拧起了眉。

下次他非要赢回来不可！

他帮她拧开饮料的盖子，递到她面前：“喝吧。”

安子颜接过，昂头就喝，觉得这草莓味的饮料还挺好喝的。

南司耀睨着她，突然说了一句：“你不怕我下药吗？”

安子颜一愣，看向他。

南司耀回视她。

安子颜对他温柔地一笑：“我知道你不会。”

南司耀定定地看着她，目光微动。

安子颜继续喝饮料，这款草莓味的饮料是国外的，很小一瓶，她没几口就喝完了。

一直盯着她看的南司耀突然问了一句：“你真的是唐沫颜吗？”

安子颜一僵，看向他，装作淡定地道：“我不是唐沫颜，难道你是啊？”

南司耀蹙眉：“感觉你变了很多。”

明明是同样的一张脸，可是他最近看来，却感觉那么顺眼、那么让人喜欢。

他以前接近唐沫颜，确实是带有目的的，可是最近，他总是不由自主地想接近她、想跟她说话、想对她好。

这些行动他都是没经过思考就去做了，完全不像之前那样带有目的。

幸好经历过韩胤希的考验，安子颜现在听到这句话，就知道怎么应付了。

她莞尔一笑："大概这就是爱情的魔力吧？"

她正好学以致用。

南司耀对她翻了个白眼，感觉自己不该问，莫名其妙地吃了"狗粮"。

不过他还是疑惑了，难道这真的是爱情的魔力吗？喜欢一个人可以有如此大的变化？

安子颜看他还在盯着自己，一副探究的模样，她笑着继续演下去，说："爱情这种东西，你不懂的，只有自己经历了，才明白它的不可思议。"

南司耀受不了她这样说话，终于收回眼神："行了，你别说了。"

安子颜心里乐坏了，看来她的演技越来越好了。

两人算是和好了。

南司耀一直回头想跟她说话，偏偏这时候上课铃响了，老师也走进了教室。

对于老师的准时，南司耀蹙眉，以示不满。

老师不经意地注意到他瞪视的眼神，一头雾水，也不知道自己哪里招惹了这位少爷。

安子颜用笔戳他，提醒道："好了，上课了，你把头转回去。"

南司耀对她说："要不你回来跟我坐吧，反正你也是一个人坐，我也是一个人坐，我们坐在一起还能说个话。"

安子颜才不要，上课怎么能说话呢？上课当然是要认真听课的！

等下课了，他只要回个头，两人就能说话了，所以她真没必要坐回去。

安子颜再次无情地拒绝他："不要换了，韩胤希会生气的，你快转过头，老师看你了。"

南司耀才不怕老师，就算是校长来了也不敢拿他怎么样。

他听到她说怕韩胤希会生气，心里就不爽了，她就不怕他生气是不是？真是厚此薄彼！

安子颜无视他怨念的眼神，这个时候她一心只想好好听课。

“好了，你快转回去，别影响老师上课。”其实她想说的是，别影响我听课。

南司耀瞪了她一眼，终于不情不愿地转了回去。

安子颜特别满意坐在这里，因为在角落，只要这边没动静，别人就不会注意到这边。南司耀在她前面，只要他不回头，也看不到她的情况，所以她可以放心地认真听课了。

她觉得可以好好听课的感觉真是太好了！

只是刚上课一会儿，安子颜就突然感觉肚子有点不舒服，再过一会儿，她开始冒冷汗，一股反胃感涌上喉咙。

她没忍住，吐了。

听到后面的呕吐声，坐在前面的南司耀急忙转过头，担心地看着她：“你怎么了？”

安子颜都不知道自己的脸色有多白，她皱眉忍耐着，声音很虚弱地说：“我也不知道怎么回事……”

一说完，她就难受地趴在桌面上。

南司耀注意到她褪了血色的嘴唇，那么白，她的情况看上去就很不对。

他说：“我送你去医院！”

安子颜觉得不至于要去医院那么夸张。

她还有心思开玩笑：“我知道了，一定是你的那瓶饮料过期了。”

南司耀拧眉：“真的吗？”

“假的啦……跟你开玩笑的，这都听不出来吗？”安子颜越说越没力气，一时难受得不想说话，把小脸埋进了手臂中。

南司耀碰了碰她：“你那么难受的话，还是去医院吧？”

安子颜没说话，只是摇头——她还想上课，忍一忍，等下课再去校医室吧。

南司耀要是知道她这样忍着难受，只是想继续上课，估计要被她气笑。

然而安子颜的情况更严重了，她甚至感觉到眩晕，完全无法集中精神去听课。

这样下去不行，她没办法听课啊……

她埋着头，南司耀也看不出她的情况如何，只能碰一碰她，着急地问道："你现在怎么样？有感觉好点了吗？"

该不会真是因为那瓶饮料吧？

南司耀回忆着她之前吃过什么，除了喝水，就是他的那瓶饮料。而她的那瓶水，她之前喝过都没事，她是喝了他的那瓶饮料，才突然出现这种症状的。

安子颜没有回应他。

这让南司耀更担心了，抓着她的手臂摇了一下："沫颜，沫颜？"

她动了动，声音从齿缝中漏出来："我好难受……"

她的声音是哑的。

南司耀惊了，她的情况怎么感觉好像更严重了？

不行，一定得送她去医院。

讲台上的老师正认真地讲着课，突然看到南司耀噌地一下站了起来。

老师被吓了一跳："南同学，你有什么事吗？"

老师还以为他是有问题要问。

南司耀没空回答他，离开自己的座位，绕到安子颜那边，伸手就准备抱起她。

安子颜意识到他想干什么，摇头，不给他抱。

南司耀皱眉，严肃地说："你一定要去医院才行。"

安子颜思考了两秒，同意了，她也觉得自己的情况很不对劲。但她不让他抱，自己硬撑着站了起来。

"你扶我一下……"她本来是想自己走的，但眼前有点眩晕，她怕自己站不住，只好让他扶一下。

老师立刻就明白了状况："唐同学不舒服吗？赶紧带她去校医室看看！"

老师着急地上前，还想上去帮忙，但被南司耀拒绝了。

南司耀带着安子颜离开了教室。

医院。

因为离星尚近，所以他们还是去的上次那家医院，没想到碰上的也是上次的医生。

那医生一看安子颜的状况，就皱起眉头，立马让护士给她抽血做检查。

安子颜最怕抽血了，一听要抽血，本来就苍白的小脸一下子更白了。

但没办法，还是得抽血。

南司耀看出了她的紧张，坐在一旁安抚地握住她的另一只手。

安子颜的注意力都在被抽血的手臂上。

针扎进去的时候，她咬住下唇，怕自己叫出来，但还是忍不住低叫了一声。

她没意识到自己也握住了南司耀的手。

其实不算痛，她怕的是针扎进肉里的那种感觉，让她感到毛骨悚然。

还好抽血很快就结束了，安子颜虚脱般松了口气。

南司耀没想到她这么怕，不禁感到好笑："你这么怕打针吗？"

没想到天不怕地不怕的唐大小姐居然怕打针。

安子颜纠正他："这不是打针，这是抽血，抽血跟打针不一样的好吗？"

打针她也怕，但不是那么怕。

她怕抽血，其实还有一点是因为怕血。

突然一股反胃感袭来，她呕了声，却吐不出东西，只感觉更眩晕了。

本来就很难受，又被抽了血，让她整个人更虚弱了。

护士示意南司耀把她扶到床上，让她躺下，还冲了什么药给她喝。

半个小时后，报告出来了。

跟上次方小茹吃的早餐中含有的药物成分相同。

医生拿着报告看，皱着眉头说："还好只是轻微的症状，但你们学校接二连三有学生被下药，这情况不太对，是不是应该报警比较好？"

安子颜靠着床头，不自觉地看向了南司耀。

她上午根本没吃什么，除了自己的那瓶水，就是南司耀给的那瓶饮料，而且她是喝完了那瓶饮料后就有了呕吐迹象。

所以……是那瓶饮料里被下了药？

安子颜不想怀疑南司耀的，可是上次是他给她带的早餐被下了药，这次又是他给她的饮料被下了药，要是硬说跟他没关系，她是真的说服不了自己。

南司耀当然注意到了她望着他的眼神，也猜到了她在想什么，他沉着脸说："不是我。"

安子颜没说话，因为她不知道该怎么回答他。

她现在也很乱，而且很难受，真的没精力去思考和分析这些事。

检查出是什么情况，医生立马对症下药，给她进行治疗。

南司耀一直陪着她，寸步不离。

这期间两人一句话也没有交流，她不说话，他也跟着沉默。

直到韩胤希赶来，才打破了病房里的安静。

"怎么了？"韩胤希一来就奔到病床边，担心地看着她。

安子颜不知该怎么解释，一言难尽。

还是南司耀开了口："她被下药了。"

韩胤希眉头一下子拧起来，眼神凌厉地看向他："谁下的药！"

南司耀摇头："不知道。"

韩胤希显然也不指望他："把事情的经过告诉我。"

安子颜撑着坐起来，想自己说，但韩胤希把她摁了下去，让她躺好。

韩胤希冷声说："让他说，他又不是没长嘴。"

已经有人告诉了他教室里事情发生的经过，现在的疑点便是南司耀给她喝的那瓶饮料。

南司耀把经过说了一遍。

韩胤希从细节中寻找线索。

他注意到什么，眯起眼问南司耀："喝你的饮料之前，她自己的那瓶水她喝了吗？"

所有的可能性都不能排除。

南司耀回忆了一番："好像喝了一小口。"

韩胤希说道："要么是你给她的那瓶饮料被下了药，要么就是她的那瓶水被人下了药。"

如果不是他说，南司耀都没怀疑到那瓶水上。

"那瓶水是打开过的，被下药的可能性更大，而且前一节课，我们是换了教室上课的，教室里没人，正好是下药的好时机。"南司耀每说一句，神情就更冷一分，他已经肯定了自己的分析。

南司耀眼神恶狠狠的，仿佛要是下药者就站在他面前，他会把对方撕成碎片。

他突然想到什么，道："对了，走廊上不是有监控吗？调监控就知道是谁了！"

可惜的是教室里没有监控——这也是为了保护学生的隐私。

"还有一种可能。"韩胤希沉声说道，目光冷冷地盯在他身上，直言道，"是你下的药。"

南司耀怒了，大声喝道："不是我！"

"最好不是你。"韩胤希指着他，冷厉地说，"如果让我查出是你干的……"

南司耀愤然拍开他的手，不等他说完，就怒气冲天地说："不是我！"

韩胤希带着审视意味睨了他数秒，把目光转回到安子颜身上。

南司耀转身就走。

安子颜看着他的背影，秀眉微蹙，小声说："应该不是他……"

看南司耀这么激烈的反应，让她感觉自己之前怀疑他好像是做错了，她心里有点内疚。

韩胤希在床边坐下，轻柔地攥住她的小手，估计是听到了她刚刚的话，沉声说："他也不排除在外。"

安子颜看向他，摇摇头，说："我觉得不是他。"

韩胤希伸手摸了摸她的脸："好了，别想了，这件事我去查，你好好休息。"

安子颜感觉两人这样有点像情侣似的，反应过来后，害羞地躲开他的手，往床的另一边挪了挪："那个……床这么小，你坐在上面挤到我了，去找把椅子坐吧。"

韩胤希环视了一圈这个普通的病房，俊眉不满地皱起："他们怎么没给你安排VIP病房？"

安子颜愣了一下："啊？"

她这才想起自己唐大小姐的身份，千金小姐要是住院，那一定是住VIP病房的。

"那个……当时情况紧急……"

韩胤希摇头："这南司耀真是不靠谱。"

就算她忘了，南司耀也能忘？

看到她小脸这么苍白，他又是心疼，又是懊恼自己没有保护好她。

他转身要出去：“我让他们给你换病房。”

安子颜急忙起身想拦住他，差点忘了自己手上还挂着针头：“不用了，我等下就可以出院了，还换什么病房。”

韩胤希回到她身边，把她摁回床上，让她躺好。

这时候他也不想离开她身边，想陪着她，便摁下了服务铃，把护士叫来，然后又让护士把医生叫来，想了解她的详细情况。

想到她应该还没吃午饭，他问道：“你想吃什么？”

安子颜摇头，声音还有些虚弱地说：“什么都不想吃……”

韩胤希还是喜欢看她充满活力的样子，现在她整个人恹恹的，真让人心疼。

他说：“不管饿不饿，都得吃，我等下问问医生，看你需不需要忌口，需要忌口的话就只能买粥给你喝了。”

安子颜想到要喝粥就皱起了小脸，觉得自己好惨：“可以不喝粥吗？吃点别的也行……”

韩胤希一口拒绝：“不行，你这时候身子虚弱，不能乱吃东西。”

安子颜委屈地嘟起嘴，说：“可是粥不好吃……”

就算吃货也有挑食的时候，她这时候不舒服，就不太想喝粥。

韩胤希看着她这副委屈的样子，不禁觉得好笑：“粥也有好吃的，御膳居的粥，你喝过吗？”

安子颜本能地摇头，然后想起自己现在是唐大小姐，怎么可能没喝过，便又点头。

韩胤希说：“那我让他们做一种你从没喝过的粥，你尝尝怎么样？不好吃的话，我们就不吃了。”

他都这么哄她了，她能怎么办？她只好同意了。

没多久，医生也进了病房。

韩胤希实在不想她待在这个病房，怕委屈了她，就先问了医生她什么时候能出院，如果还要住一晚的话，那一定得换病房了。

医生先检查了她的情况，才对他说：“她恢复得比较慢，如果为保险起见的话，还是留院观察一天比较好。”

安子颜一听，急忙摇头，说：“我不是等一下就可以出院了吗？不用留院观察吧？”

留院观察不就要在医院住一晚了吗？她不想住院。

“医生，你不是说我不严重的吗？不至于要留院观察吧？”

医生哭笑不得地道：“我们的病床很紧的，如非必要，我们也不会让病人留院观察。实在是你的身体素质有点差，恢复得太慢了，所以还是再观察一晚比较好。”

安子颜：“……”

所以都怪她的身体素质太差吗？

这破身体！她怀念自己原来的身体了，虽然不算很强壮，但至少不会这么弱不禁风啊！

韩胤希对医生说：“那就留院观察，麻烦给她换个VIP病房。”

医生点头，吩咐护士去办。

安子颜想起什么，急忙问道：“我下午不能出院的话，那我下午的课怎么办？”

她还要上课啊！

韩胤希直接道：“下午的课就不上了，我帮你请假。”

其实她唐大小姐根本不需要请假，平时不想上课就直接不去，老师都是睁一只眼闭一只眼，连校长都不敢多说一句话。

安子颜立马摇头拒绝：“不行！”

从小到大，她还没有因为生病而请假不去上课，她现在又不难受，为什么不能去上课？上个课而已，又不影响什么。

韩胤希奇怪地看着她：“就这么想去上课？”

安子颜一顿，心里好委屈，不能说真话，要保持唐大小姐的学渣人设，只能口是心非地回答：“不，我不想去上课，一点都不想去……”

一旁的医生和护士听着都笑了，学生嘛，不想去上课很正常。

韩胤希不一样，很了解她的演技，看出她是真的想去上课。

他想了想，说：“刚开学，缺课确实不好……”

闻言，安子颜眼睛一亮，期待地看着他，所以她下午可以去上课了吗？

谁知就听到他说：“这样吧，你在医院乖乖地待着，好好休息，下午上课的时候我让人发视频，给你直播老师上课的情况。”

安子颜目瞪口呆，没想到还能这样。

虽然她很遗憾不能去教室上课，但这样好像也不错，至少不用缺课，尤其是下午还有她最喜欢的数学课，所以她同意了。

一旁的医生和护士面面相觑，脸上写着同样的吃惊——还有这种操作？

第十四章
难怪“渣男”人人爱

治疗结束，护士给她换了病房。

安子颜坐在豪华得不像病房的VIP病房里，突然感觉到肚子的哀鸣。

这时候御膳居的粥正巧送来了，安子颜期待地起身，凑过去。

韩胤希看了她一眼，命令道：“坐回去。”

安子颜撇撇小嘴，乖乖地坐回到床上。

韩胤希给她盛了一碗粥，端过去给她，把床尾的架子拉过来，让她坐在床上用餐。

安子颜闻到了味道，把之前对粥的抗拒都抛到九霄云外了。

这粥好香啊！顿时让她有了食欲。

果然吃货对好吃的东西都不挑食。

她迫不及待地尝了一口：“啊，烫、烫、烫，好烫！”

不愧是御膳居出品，这保温效果也太好了，就像刚煮出来的粥，还热腾腾的。

韩胤希说：“你慢点，小心烫。”

安子颜噘了噘嘴，说：“我肚子饿嘛……”

韩胤希失笑，盛了另外一碗，回到床边。

他伸手把她手中的碗给端走了。

安子颜不解地看着他，就看到他慢悠悠地用勺子搅着碗里的粥，还轻轻吹气，把它弄凉。

明明就是这么普通的动作，为什么看他做起来就这么优雅、这么好看呢？她盯着他，不知不觉就入了迷。

韩胤希享受着她对自己专注的目光，确认粥凉了些，就递到她面前："凉了，喝吧。"

安子颜回过神来，才反应过来自己刚刚一直盯着他看，眼睛都不眨一下。

她刚刚的表情一定很花痴！真是太丢人了！

韩胤希注意到了她微微泛红的耳根，嘴角牵起浅浅的笑意，端起了另一碗粥，重复刚刚的动作。

安子颜难为情地低头喝粥，要不是碗小，估计她都要把脸埋进碗里了。

因为专心喝粥，她很快就解决了一碗。

还没等她把碗放下来，他的长臂就已经伸过来把碗拿走了，塞了另一碗已经弄凉的粥给她。

"这碗也是我的？"安子颜诧异，原以为这碗粥是给他自己的。

韩胤希只言简意赅地说了一个字："喝。"

安子颜乖乖地喝粥。

等她吃饱了，他才解决了剩下的粥。

安子颜嘀咕："还以为你吃别的呢……"

韩胤希笑道："喝个粥，你就那么可怜的样子了，我要是在你面前吃别的，不是让你难受吗？"

安子颜没想到他这么体贴，心里顿时甜甜的。

"好了，你躺下来休息。"韩胤希起身把垃圾拎出去。

安子颜刚要躺下，想起什么，又坐了起来，对着他的背影喊道："韩胤希！你快回来！"

韩胤希看她喊得这么急，还以为是有什么要紧的事，谁知就听到她说："已经到上课时间了！"

韩胤希哭笑不得。

安子颜把刚刚用来吃饭的小桌子拉了回来，双手乖巧地交叠在上面，摆出了准备上课的架势。

韩胤希觉得她太可爱了。

安子颜催促他：“你快点啊！”

韩胤希含笑走过去，把手机拿了出来。

安子颜遗憾地说：“可惜我没课本……”

虽然老师会把内容都讲清楚，可是没课本她就不能做笔记啊，她顿时感觉自己亏了。

她正等着他给自己看手机，谁知他放下手机，把她往后推。

“你干吗？”她不解。

韩胤希把病床上的枕头竖起来，让她靠着：“你往后靠，这样舒服点。”

安子颜只能照做，随后就看到他摆弄着什么，手机的屏幕就投影到了墙上。

这……这真的是病房吗？连投影仪都有，也太夸张了吧？

手机接通了视频，墙上就出现了教室里的画面。

下午的第一节课就是数学课，这个时间正好开始上课了。

安子颜看得很认真，都没注意到他什么时候上了床，就坐在她身边。

两人靠得很近，手臂几乎贴着。

不知道的人可能还以为两人在看电影，谁能想到，会有人住院了还要用这种方式听课呢？

安子颜上课习惯记笔记，把自己当时的理解和思路记下来，所以这时候没能做笔记让她感觉手空空的，很难受。

她想到什么，恍然道：“我可以用手机啊！”

她可以用手机记笔记。

她急忙找手机，谁知一转头，就跟韩胤希脸对脸了。

两人目光黏在一起，彼此的嘴唇就近在咫尺，好像只要他稍微凑近，就能吻到她……

安子颜也不知道自己怎么了，突然动不了。

她的心脏跳得好快好快。

他怎么会在病床上的？

他的眼神怎么这么……让人心悸，总感觉他好像下一秒就要吻过来。

意识到自己在想什么，安子颜脸蛋上染上红晕，天啊，她在想什么呢！

“你、你什么时候……”安子颜结结巴巴的，说不出一句完整的话。

韩胤希喜欢看她害羞的模样，从她那双清澈的眼眸中，能清楚地看到他的身影，这种“眼里只有他”的感觉，满足了他属于男人的占有欲。

“我怎么了？”不知是什么原因，他的声音带着一点沙哑。

安子颜明明知道自己应该往后躲开，心是这么想的，可是身体像是有自己的意识，没有动一下。

两人始终是那么近的距离，彼此能呼吸到对方身上的气息。

怦怦怦……心跳声从心口震到了耳膜中，安子颜感觉自己快不行了，再这样对视下去，她的小心脏就真的要跳出来了。

“你、你下去啦！”她终于找回了自己的声音，忍着害羞说。

韩胤希凝视着她的目光没有移开半分，带着笑意说：“为什么要下去？这个床够大了，我觉得……就算在上面滚，应该都没问题。”

VIP病房的床当然是要比普通病房的床大一点的，但是，在上面滚？安子颜总感觉这个词别有含义。

她的耳根更红了，往下染红了半只耳朵。

“你妨碍我听课了！”她慌慌张张地指控。

韩胤希眯起眼：“是你自己上课分心……嗯，这样是不是该罚呢？”

安子颜察觉不妙，本能地要跑。

韩胤希长臂一捞，瞬间就把她搂了回来，然后顺势压在了床上。

两人对视着，呼吸有些乱。

空气中像是打翻了蜜糖一般，充满了甜腻的味道。

韩胤希手指轻抚她的脸颊，然后捏住她的下巴，声音低沉地说：“你知道我得知你出事的时候是什么样的心情吗？”

安子颜愣愣地摇头。

他没说话，只是手指挑起她的下颚，低头吻了过去。

安子颜也不知道自己为什么突然慌了，脑子还没来得及思考，手就先有了动作——她用手挡在了两人的唇之间。

他吻在了她的手心，一顿，黑眸泛着不解看着她。

以为她是害羞，他拿开她的手，还要吻。

安子颜这次是直接转过了脸，还伸手推开他。

“我……我不想……”她支支吾吾地说道。

韩胤希沉下眼眸：“不想我吻你，为什么？”

安子颜说不出话来，心情很是复杂。

她也不知道为什么，或许是因为……这始终不是她的身体。

尽管重生一段时间了，但她现在还没适应，还无法把这个身体当作自己的。

用这个身体跟他接吻，那他到底吻的是她，还是……身体原来的主人？

安子颜无法不在意这一点。

她明明知道，对他来说，她就是唐沫颜，他想要吻的人当然是唐沫颜，当然不是她。

她觉得在意这一点的自己好傻啊，简直像个笨蛋一样。

可是她又控制不住自己的在意。

这种矛盾的心理弄得安子颜很难受，这种难受又原原本本地呈现在她脸上。

韩胤希蹙眉，想解读她为什么会露出这样的表情。

他想知道她在想什么，为什么不愿意让他吻她，是因为她以为他想吻的是唐沫颜吗？

当然不是！他很清楚自己想吻的人是谁。

“颜颜……”他低声唤着她的名字，想让她知道，他没有把她认错。

他考虑着自己是不是应该告诉她，他知道她不是唐沫颜，他知道她是安子颜。

安子颜一听到他这样叫她，脑子就更混乱了，下意识地就想逃避。

她下了床，逃到沙发那边坐下：“你累了的话，就在床上睡一会儿吧，我在这里听课就行。如果你觉得吵，就把声音调小一点，没关系。”

韩胤希拧眉盯着她，说：“你回来。”

安子颜摇头。

那张床看起来好危险，她才不回去，还是离他远一点好。

韩胤希无奈地举起手，说：“我什么也不干，行了吗？回来。”

说着，他拍了拍床。

安子颜还是摇头。

韩胤希正想下去把她抓回来，手机偏偏这时候响了。

是他派去调查的人打来的。

“少爷，监控没查到什么，那人进教室的时候，故意用伞挡住了身影。还有，唐小姐喝过的饮料瓶子和矿泉水瓶子全都不见了，南少还亲自去翻了垃圾堆，但都没有找到，很可能是被疑犯拿走了。”

这是韩胤希预料到的结果，但他没想到南司耀居然会去翻垃圾堆。

看来他很想洗脱嫌疑。

韩胤希不想让安子颜知道这些事，便压低声音，简单地说：“嗯，知道了。”

说完，他挂断了电话。

安子颜怕他走过来，她现在脑瓜子有点乱，不知道该怎么应付他。

韩胤希还是走了过去。

安子颜缩在沙发的一角，像一只颤颤巍巍的小猫。

韩胤希长臂一伸，把她困在沙发里。

安子颜心中大喊不妙，感觉这个姿势有点危险，急忙想逃走。

“别动。”他的语气不强硬，却让人不敢违抗。

安子颜一僵，乖巧地定住。

韩胤希用手背亲昵地蹭了蹭她的脸颊，笑了一下，说：“我现在出去办点事，你呢，乖乖地待在这里。还有，别再随便吃别人给的东西了，知道了吗？”

安子颜如小鸡啄米般点着小脑袋。

你赶紧走吧！我一个人待在这里很好，非常好，没有你最好了！

韩胤希很轻易地读懂了她眼里的意思，不禁抿唇，原本蹭在她脸颊上的修长手指报复性地捏了捏她的脸。

“好了，我走了，晚上会赶过来陪你吃晚饭。”

安子颜说：“其实你可以……”

她被他一个眼神瞪得噤声，后面的半句“不用来了”便没敢说出口。

她很机智地露出笑脸，对他甜甜地说：“你快去吧，我一定会乖乖地待在病房里。”

韩胤希这下满意了。

他起身，放开了对她的囚困。

安子颜看他走了，才终于松了口气。

想起上课的事，她看向墙上的投影，可是发现画面都没了。

对哦，他把手机也拿走了。

安子颜突然好想把他叫回来，人可以走，但把手机留下好不好？

没有课可以听了，她只好拿出自己的手机，想靠回忆刚刚的上课内容做一下笔记。

可是一回忆，她又想起了他刚刚要吻她的画面，还有那张在她眼前放大的俊脸。

她一回想，心跳就失去了频率。

不行，她没办法好好做笔记！

病房里好安静，他明明不在了，可是他的气息好像无处不在。

安子颜啊地低叫了一声，感觉自己在这个房间待不下去了。

她需要出去走走，要把刚刚的画面忘掉才行。

拉开门的时候，被外面过分灿烂的阳光晃了一下眼，她有那么一刻的眩晕感，但还好很快就没事了。

这破身体……也太弱了点吧！安子颜在心里吐槽，揉了揉眼睛，这才拉上门往外走。

因为这里不熟，她也不知道该去哪儿，就随意地往一个方向走去。

反正她就想走动一下，让自己不去想刚刚发生的事。

她怕吵，所以朝人少的地方走去。

走着走着，她就看到一个小女孩儿趴在走廊的长椅上，目光透过护栏定定地望着底下来来往往的人。

安子颜很喜欢小孩子，便走过去坐在了小女孩儿身边。

“你好。”她主动搭讪。

小女孩儿转过头看了她一眼，一双漂亮的大眼睛毫无波澜，又转回头。

安子颜觉得这小女孩儿也太酷了吧！

她用小孩子的语调问：“你叫什么名字啊？”

小女孩儿没有理她。

“我叫……”安子颜一顿，想起自己现在用着别人的身份，突然一下丧气了，肩膀垮下来，声音低落地说，“我也没有名字。”

小女孩儿又看向她，终于开口了：“我有名字。”

安子颜委屈巴巴地瞅着她：“好羡慕你。那你叫什么名字？”

小女孩儿露出不解的神情：“你为什么会没有名字？人都有名字的啊！”

安子颜说：“我不是没有名字，我是不喜欢这个名字。”

小女孩儿同情地看着她：“我喜欢我的名字。”

安子颜看着她：“你的名字一定很好听，你可以告诉我你的名字吗？”

小女孩儿点头：“我叫妍妍。”

安子颜诧异了一下：“妍妍？哪个‘妍’？”

小女孩儿转过身，跟她面对面，示意她伸出手。

安子颜把手递给她。

小女孩儿便在她的手心里一笔一画很认真地写了一个“妍”字。

安子颜夸张地哇了一声：“是这个‘妍’字啊，好漂亮的字，就跟你一样漂亮。”

小女孩儿露出了害羞的表情。

安子颜笑着说：“我叫颜颜，‘颜色’的‘颜’，我们的名字读音一样哦。”

小女孩儿不解地问：“你为什么不喜欢这个名字？”

她叹了声：“一言难尽。”

还好小女孩儿没有追问下去。

安子颜学着小女孩儿跪在椅子上，趴在栏杆上望着底下来来往往的人。

她问：“你在看什么？下面有好看的小哥哥吗？”

小女孩儿摇头：“没有，没有好看的小哥哥，都是老头。”

安子颜被她逗笑了。

“等我未婚……咯咯，我男朋友来了，让你看看他，他可帅了！”

怕小女孩儿不懂“未婚夫”的意思，她改口成“男朋友”。

小女孩儿双手撑着下巴，撇了撇小嘴，说：“没兴趣，又不是我的。”

安子颜看向她说：“要不然我把他给你？”

小女孩儿不信：“真的？”

安子颜想了想，好像不太舍得，只好诚实地说：“好吧，我舍不得给你。”

小女孩儿用人小鬼大的语气说："就知道。"

安子颜想着要弥补一下，便笑着说："都说女儿像爸爸，你长得这么漂亮，那你爸爸一定很帅，有个帅爸爸，还要什么小哥哥呢！对吧？"

闻言，小女孩儿一脸骄傲地说："那当然！我爸爸可帅了！他在我心里是世界上最帅的人！"

安子颜羡慕地说："真好，我要是有爸爸，我也一定会这样想。"

小女孩错愕地看向她："你没有爸爸吗？"

安子颜摇摇头。

小女孩儿大概觉得她很可怜，露出了同情的目光，还像大人似的拍了拍她的肩膀，安慰她："别难过，我可以把我的爸爸分给你。"

安子颜笑了，没想到她这么大方。

"不用了，我现在有爸爸了。"

虽然唐父不是她的亲生父亲，但她从他身上感受到了父爱。

小女孩儿没有问她为什么又有了爸爸。

安子颜接触过很多小孩子，一般的小孩儿都有很强的好奇心，对这种事情都会问到底不可。她还是第一次遇到这种小孩儿，不禁好奇地问她："你不想知道我为什么又有了爸爸吗？"

小女孩儿点头，然后又摇头。

安子颜不解地问："你是想知道，还是不想知道？"

小女孩儿说："这是你的隐私，如果你不想说的话，我觉得还是不问比较好。"

安子颜被她暖到了，没想到她是个这么贴心的孩子。

小女孩儿感同身受地说："就像我不想说的事，别人一直问我，我会觉得很烦，不知道该怎么回答，所以别人不想说的事我也不去问。"

安子颜有点诧异，看这小女孩儿也就七八岁的样子，怎么会有这么深的领悟呢？她不禁感慨，一定是她爸爸把她教得这么好。

一开始酷酷的不理人的小女孩儿，她接触后才知道，原来是个又懂事又萌的小可爱。而且她从聊天中得知，这小女孩儿跟她一样不喜欢粉色。

"谁说女孩子就要喜欢粉色呢？我就不喜欢。可是我爸爸以为我喜欢粉色，就总是买粉色的裙子给我，唉。"

安子颜摸了摸她的头："那你可以直接跟你爸爸说啊，说你不喜欢粉色，你喜欢别的颜色。"

虽然这粉色的裙子很适合小女孩儿，但人不能只是适合就好，重要的还是要自己喜欢，只有喜欢，才会开心。

小女孩儿却摇摇头："没关系，爸爸开心就行了。"

安子颜有点心疼她的懂事。

两人就这样在长椅上聊了很久，聊得很开心。

直到一个戴眼镜的男人匆匆跑过来，把小女孩儿抱起来，隔开了两人。

"唐大小姐，请问你想干什么？"

安子颜一愣，从对方眼中看到了防备。

能叫出她的名字，说明对方认识她，但她不知道他是谁，这让她一时不知该如何反应。

小女孩儿揪着男人的衣服，惊愕地瞪大了眼睛，愣愣地看着她，仿佛不敢相信地问："你……你就是那个唐大小姐？"

"我……"

我不是。

她下意识地想否定。

而且她本来就不是唐大小姐啊。

两人刚刚都快变成好朋友了，却因为这句话，小女孩儿眼睛发红地瞪着她，生气地吼道："就是你，不但害我爸爸没有了工作，还害他到处都找不到工作！你是个坏人！"

安子颜愣在原地，没想到还有这样的事情。

"不是我……"她低喃，可是没有底气大声说出来，因为她现在就是唐沫颜。

小女孩儿刚刚还跟她那么要好，感觉被欺骗了感情，再加上爸爸的事，委屈地掉下了眼泪。

男人把小女孩儿搂在怀中，心疼地拍她的背，小声地在她耳边安慰着。

安子颜想到自己伤害了这样一对父女，就觉得很难受，尽管真正伤害他们的人并不是她。

她对男人说："你现在找不到工作吗？是不是因为我？如果是因为我，我可以帮你想办法……"

男人却不接受她的好意，或许是不敢接受，怕她再使什么手段。

他礼貌且冷漠地说道："不了，谢谢唐大小姐的关心，你只要离我女儿远一点就好。"

说着，他便抱着小女孩儿走了。

安子颜站在原地，之前跟小女孩儿聊天时的所有开心，此时化成无尽的难过。

外面灿烂的阳光不知何时被乌云遮盖住，天空黑沉沉的，突然哗啦一声下起了雨，仿佛映衬了她此时的心情。

其实她心里也知道，这些是唐沫颜以前干的事，跟她无关。

可是看到这么懂事的小女孩儿和她这么有教养的爸爸被伤害了，她就觉得心里很难过、很愧疚。

安子颜不禁怀疑，上天让她重生在唐沫颜身上，莫非要她帮唐沫颜赎罪？

临近傍晚，韩胤希拎着晚饭来到了医院，一进病房，就敏感地察觉到了屋内压抑的气氛。

"怎么了？"

他走过去，发现她躺在床上，用被子盖住了头。

安子颜在被子里摇头。

韩胤希把袋子放下，坐在床沿，伸手要拉开被子，被子却被她拽得很紧。

"松手。"他低声说。

他再拉的时候，她就乖乖地松了手。

被子被拿开后，露出了她红红的眼睛，明显能看出刚刚哭过。

韩胤希心口一紧，蹙眉问："怎么了？发生什么事了？"

安子颜摇摇头，声音有些沙哑地说："没事。"

没事才怪。

她的这个反应别说骗他，连三岁小孩儿都骗不了。

韩胤希深沉的黑眸紧盯着她，气势上就有些慑人，再次逼问道："到底发生了什么事？"

安子颜还是摇头，说道："真的没事，我就是……突然心情不好。"

她有太多秘密，所以韩胤希也无法猜透她的情况。

安子颜轻轻地拍了拍脸，让自己振作起来，对他展露出一个笑脸，说：“你带了什么好吃的来？我都饿了！”

韩胤希说：“是我让家里的厨师做的，还煲了汤。”

“什么汤啊？好香的样子！”安子颜说到好吃的就一副高兴的样子，但看得出来有些勉强。

韩胤希沉思着，她什么时候才会对他敞开心扉，有心事不会瞒着他，会第一时间告诉他？

但他也知道这件事要慢慢来。

他不敢贸然让她知道他已经知道了她不是唐沫颜这件事，因为他还没查清楚她为什么要冒充唐沫颜，在背后操控这一切的人又有什么目的。

这些谜团还需要他一一解开。

到了那个时候，才是两人开诚布公的时候。

其实有时候做人应该随心而为，不要总是那么理性，因为人生并不是你能一步步去计划的。

韩胤希把床尾的架子拉了过来，准备让安子颜继续在床上待着吃饭。

安子颜却不肯，坚持要下床。

“我又不是病人，去沙发那边吃吧……”她一边说，一边下床，可是脚刚碰地，她的身影就不稳地晃了一下。

还好韩胤希眼明手快，迅速地搂住了她。

他蹙眉，刚刚只注意到她眼睛泛红，没注意到她的唇色有些白。

“你还难受？”他以为是毒素的影响。

安子颜固执地摇头：“我没事啊。”

韩胤希越看越觉得她脸色不对，把手中的东西放到地上，伸手就去探她的额头。

好烫！她发烧了！

他黑眸一沉，不解地问：“怎么会发烧了？医生不是说你挂完水就没事了吗？”

韩胤希开始对医生的话产生质疑，决定把医生叫来，好好地问个清楚。

安子颜看他脸色这么吓人，紧张地拽住他的手腕，结巴地说：“我、我……刚刚下雨，我在外面吹了点风，可能是受凉了吧。”

只能怪唐大小姐这身体太弱了，居然吹个冷风就发烧了！安子颜好无奈，因为那对父女的事，她觉得心情很沉重，这不是正好下雨吗，她觉得下雨时的风很凉爽，可以解一解心中的烦闷，所以就站在走廊里吹了差不多半个小时，呃……可能是一个小时吧。

她怎么知道唐大小姐的身体如此娇贵，受一点凉就发烧了呢？

她要是早知道，就绝不会这样折磨自己。

听她一说，韩胤希就严肃地板起了俊脸：“你到外面吹风？我不是让你乖乖地待在房间里吗？你怎么这么不听话！”

安子颜委屈地瘪瘪嘴：“我就是……心情不好，出去吹吹风而已……你干吗凶我！”

韩胤希叹息，还不是因为心疼她？

他无奈地收起严肃的神情，把她带回床上，摁下服务铃，叫来医生。

这时安子颜说：“幸好没出院，不然还要再回来一次。”

韩胤希没好气地说：“出院了说不定就不会发烧了。”

他真不知道让她留院是好是坏。

安子颜不敢说话了，乖乖噤声。

这毕竟是VIP病房，唐大小姐又是不可怠慢的病人，所以医生和护士很快就赶来了。

护士先给她量了体温。

医生知道她发烧了，还以为是毒素的影响，担心地皱起眉，得知她是因为在外面吹风着凉了，才放心了些。

医生下意识地就把安子颜当普通病人训斥：“你的身体刚刚在抵抗毒素，是最虚弱的时候，你还出去吹风？你的脑子到底是怎么想的？”

“医生。”韩胤希低沉地唤了一声。

医生看过去，被他的眼神震慑了一下，才意识到自己训了谁。

韩胤希用眼神很明确地表示：他的老婆只有他能训，就算你是医生也不行。

医生尴尬地咳了一声，转头去吩咐护士，装作刚刚什么事也没发生。

“先给唐小姐吃点退烧药，晚上再观察一下情况，如果还保持高烧的话，要第一时间通知我。”

护士点头：“好的。”

医生带着护士离开了，留下头上贴着退热贴的安子颜和沉着一张俊脸的韩胤希。

吃退烧药之前当然要先吃饭，韩胤希说：“吃饭吧。”

安子颜点点头。

韩胤希把饭菜布置在架子上，先盛了一碗汤给她，让她捧着慢慢喝。

因为发烧的关系，她整个人看上去无精打采的，吃饭的时候也没了那副幸福样，好像只是为了吃饭而吃饭。

安子颜只想快点吃完饭，然后吃药，快点退烧，发烧太难受了。所以嘴里吃的是什么，她完全没去注意，只是机械地吞咽着放进嘴里的东西。

这是两人吃饭最快的一次。

韩胤希始终沉着俊脸，安子颜一开始没注意，等到吃完饭收拾东西的时候，才终于注意到了。

他在生气吗？她总感觉到他像是在生气。

安子颜等他丢完了垃圾走回床边，才用沙哑的声音直截了当地问他："你生气了？"

韩胤希抬头，黑眸睨着她。

安子颜心里呜咽了一声，缩了缩脖子。

好吧，他的眼神告诉她，他真的是在生气。

看着她这副模样，韩胤希哼了一声，说："你不听我的话，跑出去玩，害得自己发烧了，我生气不可以吗？"

安子颜点头："可以。"

他生气很合理，她表示不敢有意见。

韩胤希瞪着她问："还敢不敢？"

安子颜摇头："不敢了……"

明明她现在是病人，应该他哄着她才对，怎么反过来要她哄他？真是没天理了。

翌日。

安子颜慢悠悠地睁开惺忪的眼睛，从睡梦中醒来。

她想伸个懒腰，却发现自己的手被什么扯住了，转头一看，便看到了趴在床边的韩胤希，而她的小手正被他的大手紧紧地握住。

他就这样握了一个晚上？

安子颜盯着他还在熟睡中的俊脸，心尖微微发暖。

她想着昨晚他对她的担心，说不感动是假的。

这样一个男生，哦不，应该是"男神"才对，家世那么好，长得那么帅，居然还能这么体贴！

他是不是对每个女生都这样呢？

想起他的那些女朋友，想起他是个“渣男”的事实，安子颜心里有点难过。

难怪“渣男”人人爱，这样的“渣男”，谁不爱呢？

安子颜重重地叹息一声，但目光还是无法从他的俊脸上移开。

不知是不是感觉到她醒来了，他动弹了一下，也跟着要醒来。

他眼中还带着刚醒来的惺忪，第一反应却是伸手探向她的额头，看她退烧了没。

手心传来正常的温度，这让韩胤希松了口气：“退烧了。”

简单的三个字，他用低哑的嗓音说出，让安子颜觉得有说不出的性感和好听，她的小心脏都跳得快了几分。

意识到她在看自己，韩胤希抬头，对上她的眼：“怎么了？”

安子颜红着脸转开头：“没什么。”

他问：“饿了？”

安子颜怕自己过快的心跳被他听到，语无伦次地顺势承认：“嗯嗯，我好饿！有什么早餐吃吗？我真的好饿，超饿。对了，我现在退烧了，是不是今天可以出院了？我可以去上课了对不对？”

韩胤希失笑，她这时候还惦记着上课。

“先问过医生再说。”

“哦。”安子颜乖巧地点头。

两人吃过早餐，医生就到了病房，检查完她的情况，便同意了她出院的请求。

安子颜顿时高兴了：“快点办出院手续，还赶得上上午的课。”

韩胤希强硬地说：“先回家。”

安子颜顿时就不高兴了：“等回家再去学校，就赶不上了……”

韩胤希还是坚持：“先回家。”

安子颜没辙，屈服在他的强权之下。

两人先回了一趟公寓。

谁知韩胤希就让她在公寓里休息，到了下午才肯带她去学校。

安子颜到了学校才知道，她上午没来，错过了一场精彩好戏，好可惜！

“什么精彩好戏？”

之前坐在她前桌的男生兴致勃勃地把手机递给她看：“这是我录的，我正好玩着手机，就把全程都录下来了，可精彩了！对了，还跟你有关呢。”

跟她有关？安子颜顿时起了兴致，接过手机。

她把视频点开，没想到拍摄的是讲台上的电子屏幕。

第 十 五 章

我又不是非你不可

时间回到上午。

因为周五的晚上就是新生晚会了，所以方小茹叫了南司耀出来，想跟他商量一下礼服的事。

她都做好南司耀可能会不理她的心理准备了，但没想到他真的出来了。

方小茹顿时喜出望外，从角落急急地迎到他面前。

“有什么事吗？”南司耀神情有些冷漠。

方小茹一点都不介意，鼓起勇气说：“就是……想问问你，新生晚会那天你打算穿什么颜色的礼服？”怕他听不懂，她还解释道，“毕竟你是我的舞伴，所以我想问问你穿什么颜色的礼服，我就可以选同样的色系，避免礼服不搭配的情况。”

南司耀看着她，没说话。

方小茹声音有点嗲地说：“不可以告诉我吗？拜托了，好不好？”

南司耀突然勾起嘴角一笑。

方小茹被他这个邪气的笑容迷得七荤八素的，想到他是自己的舞伴，到新生晚会那晚她跟他一起出场，一定会让众人大跌眼镜的，想着别人“羡慕嫉妒恨”的目光，她现在就感觉飘飘然了。

然而南司耀没回答她的这个问题，反过来问她：“你知道我为什么会答应当你的舞伴吗？”

方小茹从花痴中回过神来，疑惑地问：“为什么？”

其实她很好奇这个答案。

难道……他其实早就注意到她了，他对她一直有好感？

女生嘛，总是会免不了各种不切实际的幻想。

有时候谁也说不准，幻想就成真了呢？比如现在。

南司耀眼角微挑，大长腿突然往前一跨，凑近了她。

他猝不及防地靠近，让方小茹屏住了呼吸，心脏狂跳，脸都红了。

他、他想干什么？方小茹差一点就要嘟起嘴，以为他想亲她。

然而南司耀只是靠近了些，对她说：“是因为我觉得我们是同一类人。”

方小茹一头问号，同一类人？

南司耀说完这句话就退开了。

方小茹被他这样弄得心痒痒的，迫不及待地想知道他心里的想法：“我们是同一类人？”

他这句话是什么意思？

南司耀却是一副“你懂的”的表情。

方小茹着急地问：“你说我们是同一类人，是什么意思？”

闻言，南司耀眯起眼睛，好像有点疑惑的样子，皱起眉头说：“你不懂？”

好像只要她说不懂，他就会收回刚刚的话。

方小茹慌了，也不管什么，就点头说：“我懂，我当然懂！”

但其实她根本不懂。

南司耀拍了拍手，这次直白地说：“手段不错，先给自己下药，让自己撇去嫌疑，然后再给她下药，这样就没人会怀疑到你身上了。”

他完全是用肯定的语气，好像这些都不是他的设想，而是他亲眼看到的情况。

方小茹一僵，全身紧绷地看着他：“你、你怎么会知道……”

南司耀给她一个温柔的笑容，夸赞道：“你做得很棒。”

方小茹顿时放松下来，好像明白他之前那句“我们是同一类人”的意思了。

她眼睛放光，激动地说：“我就知道，南少，你根本就不喜欢她，接近她是有原因的对不对？我就知道是这样！”

南司耀把话题引回来：“我只是不明白，你为什么要这样做？你害她，不怕她查到吗？”

众所周知，唐大小姐可不是好惹的。

方小茹得意地说：“她查不到的！我是第一个受害者，谁会怀疑到我身上呢？我只要装可怜、博同情，就没人会怀疑我。”

南司耀问：“那你为什么要这样做？你跟她有仇？”

方小茹想跟他推心置腹，拉近跟他的关系，便什么都说了出来：“我们偷她钱的事被她知道了，没办法，只能想个办法先发制人。”

南司耀挑眉：“你们偷了她的钱？”

方小茹这时候对他很信任，毫不犹豫就全盘托出：“其实就是平时陪她逛街购物的时候，她刷卡买单，我们就跟着买几个包，用她的卡一起结账。一开始怕她知道，我们都不怎么敢，后来看她只顾着显摆自己多有钱，根本没注意到这件事，我们就大胆了很多，没想到还是被她知道了。”

虽然她们几个人家境也很好，但不是每个爸妈都像唐沫颜的爸妈那么舍得，给那么多零花钱的。

不管是上万块的衣服，还是几万块的包包，唐沫颜想买就买，那潇洒的姿态，让她们羡慕又嫉妒。

反正她卡里的钱那么多，根本不会注意到花了多少钱，所以她们就用了这一招，在她刷卡的时候用她的卡一起结账。

只是她们了解她，别看唐大小姐平时带她们出去很大方，都是她付钱，但实际上她是很小气的，用过的包包都不肯送给她们。

方小茹继续说：“你应该也注意到了，从开学以来，她就疏远了我们几个，我们就怀疑是她发现了我们偷钱的事。她手段那么狠毒，我们当然怕啊，可是又不可能退学避开她，只能想办法先出手对付她，我们没有想把她怎么样，就是想让她住进医院，别找我们的麻烦。我也是被迫的。”

南司耀听明白了。

也就是说，这件事不是她一个人干的，那几个女生都是同伙。

他问：“还有吗？”

方小茹又说了一些她们以前干过的事，无非就是看不惯唐沫颜交往那么多帅哥，就故意传出唐沫颜跟很多人睡过之类的谣言。

她越说越不忿：“你知道她这人多恶心吗？她交了那么多男朋友，还在我们面前装清纯，说自己只是享受当女王让他们费心思服侍她的感觉，并不是真的喜欢他们，所以他们想跟她亲热的时候，她都会拒绝，呕！她这话你信吗？”

南司耀眸中慢慢地染上了冷意。

说起唐沫颜的坏话，方小茹根本停不下来了。

南司耀听不下去了，冷声说：“够了。”

方小茹一顿，这才意识到自己在他面前暴露了真实的自己，急忙解释：“这些话不是我说的，是她们说的……”

南司耀懒得跟她演下去了，索性摊牌，他指向斜上角：“你跟镜头打个招呼吧。”

“镜头？”方小茹不解，朝他所指的方向看过去，这才发现有人在偷拍。

她愕然地瞪大眼睛，顿时哑口无言。

也就是说，她刚刚说的那些话都被拍下来了……

南司耀还给了她致命一击：“忘记告诉你了，刚刚拍摄的画面已经同步到了教室的电子屏幕上。”

也就是说，她刚刚说的那些话，被实时直播给了教室里的同学看。

方小茹脚一软，瘫坐在了地上：“你、你为什么要这样对我……”

南司耀冷哼一声，没有理会她，转身就走了。

镜头对准了方小茹，拍摄的人还很坏心地拉近了画面，放大她此时绝望的神情。

视频播放完毕，安子颜愣怔了好一会儿，都没反应过来。

“哇……”

原来上午发生了这么大的事啊？

她几乎能想象到，在教室看直播的同学有多震惊。

前桌的男生把手机拿了回去，还好奇地问她：“她们偷你钱的事，你真的知道了？”

安子颜摇头，诚实地说：“我不知道啊……”

前桌的男生一笑：“哈哈哈，我就说你应该是不知道的，你要是知道，早就找她们算账了，怎么可能还……”

说到一半，他被同桌用手肘撞了一下。

他猛地顿住，想起了她是谁，然后讪讪地笑了两声，不敢乱说话了。

“上课了、上课了。”他赶紧转回头。

安子颜还在消化刚刚看到的内容。

也就是说，方小茹就是给她下药的人？

她真的没想到会是方小茹……

她环视一眼教室，发现空了好几个位置，那几个女生都没来。

做的坏事被揭露了，不知方小茹和那几个女生会是什么下场呢？

安子颜不是唐沫颜，没有经验。

可能会被退学吧？毕竟对自己的同学下药那么大的事，加上唐大小姐的身份，退学可能还是轻的处罚了。

她正想着，一个高大的身影出现在她身边。

是南司耀。

他看到她坐的位置，笑得很开心：“知道我的好了？”

安子颜这才发现自己坐在了他同桌的位置，她赶紧起来，想回去后面坐。

南司耀一把摁住了她：“都坐回来了，就别动了。”

安子颜解释：“我只是刚刚有事，暂时坐在这里而已。”

她不回去后面坐的话，韩胤希那个霸道总裁可是会生气的。

南司耀就是不让她走，还把她挤到了里面去：“你就陪我坐一节课，行吧？我好歹帮你找出了凶手，你是不是应该谢谢我？”

安子颜真心地说：“谢谢。”

南司耀下巴抬起四十五度，甩了甩帅气的刘海儿，说：“不用谢。”

安子颜被他逗笑了。

笑了一会儿，她又问他：“能不能让我出去？”

“不可以。”

算了，她就陪他上一节课吧，反正韩胤希不在。

她正这样想着，有人敲了敲桌子说：“上课了，回自己的位子坐。”

一听到这声音，两人齐齐抬头。

是韩胤希。

安子颜嗖地一下站了起来，尴尬地笑道：“你……你怎么来上课了？”

他不是去学生会了吗？

韩胤希睨向她，薄唇轻勾，看上去是笑着，但那双深邃的黑眸里没有笑意。

他说：“我不能来吗？”

他那语气好像在质问她是不是不想他来上课。

安子颜急忙点头：“能、能、能，当然能。”

她赶紧推开了南司耀，从里桌跨出去，回到了自己的位置上。

韩胤希无奈地摇了下头，一个没看好，老婆就差点被人拐跑了，真不让人省心。

正主来了，南司耀也不好说什么。

三人都坐下了。

南司耀侧身回头，敲了下韩胤希的桌面，邀功地道：“我把凶手找出来了，你是不是应该谢我一声？”

这件事，韩胤希显然已经知道了。

其实严格来说，全校估计就只有安子颜一个人不知道了吧，因为上午事件发生的时候，就有人把视频发到了学校论坛上，可以说全校都已经看过了视频的内容。

韩胤希却转向安子颜说：“你说谢谢了没？”

安子颜说：“我说谢谢了啊！”

南司耀是想听到韩胤希说的谢谢，好占到一点上风，谁知道韩胤希这么狡猾。

南司耀对着安子颜邀功地道：“还是我比较靠谱吧？你被人陷害了，是我帮你找到凶手的，而某人，什么也没干。”

安子颜想着韩胤希从昨晚到今天上午都在陪自己，确实也分不开身去查这件事。

她刚想帮韩胤希说几句，韩胤希自己就先开口了。

韩胤希微微一笑，说：“有你帮忙，我何必再动手呢？果然，南少没有让我失望。”

仿佛他早就料到这件事会有这样的结果。

也确实，他一开始就怀疑是方小茹。

但那时安子颜在住院，他首要照顾的对象当然是她。

至于凶手那边，他也预料到，如果真是方小茹的话，南司耀自然会有办法揭露她。

所以看到那段视频的时候，他一点都不惊讶。

南司耀听他这语气，心里就不爽了，有一种自己被利用了的感觉。

南司耀对安子颜说："我帮你这么大个忙，一句谢谢不够吧？中午请我吃饭！"

安子颜哭笑不得："你刚刚不是说不用谢了吗？"

南司耀说："我说不用谢，那是客套话，你总不能也这么客套吧？那你这个谢谢就太没诚意了。"

韩胤希插嘴道："请，没关系。"

南司耀把脸转向他，皮笑肉不笑地说："新生晚会马上要到了，你身为学生会会长，一定很忙吧？我就不耽误你宝贵的时间了，让沫颜陪我就行。"

对着他吃饭，南司耀怕自己会消化不良。

韩胤希看向南司耀，回以没有感情的微笑，说："不好意思，最近我们两个都没时间，这顿午饭就先欠着，等新生晚会结束了，我们两个再一起请你。"

南司耀说："你没空就算了，沫颜怎么没空了？"

当着南司耀的面，韩胤希亲昵地覆上安子颜的小手，解释道："颜颜是我的女伴，要陪我参加新生晚会，我们还要准备礼服，所以目前真的没时间。"

闻言，南司耀拧起眉："你不是要在新生晚会上搞什么活动选女伴的吗？"

韩胤希道："哦，那个活动已经取消了。"

也就是说，今年的新生晚会不会再有什么选人共舞的环节，他只跟一个人跳舞，那就是他的未婚妻。

突然被告知要参加新生晚会的安子颜在一旁失神，不知道在想什么。

南司耀注意到了她的神情，用笔戳了戳她，故意问："你是不是不想当他的女伴？"

安子颜回过神，看了看南司耀和韩胤希，摇头："不是啊……"

韩胤希笑了一下。

南司耀不高兴了。

安子颜支吾地问韩胤希："新生晚会是周五晚上吧？如果是的话……那我可能不能陪你去了。"

韩胤希蹙眉："为什么？"

南司耀一下子高兴了，也追问："为什么？"

安子颜不想回答："我……家里有点事，我要回家。"

韩胤希说："晚会结束我再送你回家。"

安子颜却摇头表示不行，随口推托："你让别人陪你去吧。"

韩胤希眯起眼，仿佛不敢相信自己所听到的，眸中露出微怒："你让别人陪我？"

安子颜点头："嗯。"

南司耀在一旁幸灾乐祸：哈哈哈，韩胤希被抛弃了！

他趁机火上浇油："韩胤希，大一新生里不是有个你的青梅竹马吗？你找她当你的女伴不就行了吗？"

什么青梅竹马？韩胤希瞪向很明显在搅浑水的南司耀。

被南司耀一提醒，安子颜也想起了韩胤希的青梅竹马这个事，心里堵了一下，也跟着说："对啊，你找她不就行了，又不是非我不可。"

听到这话，韩胤希就上火了，搞得他热脸贴别人的冷屁股似的。

韩大少爷也是有脾气的人，顿时俊脸就冷了下来："对，我又不是非你不可！放心，这整个星尚，多的是女生排着队等我的钦点。"

气压仿佛在一瞬间降低了。

后座的两人脸色都沉着，只有前座的南司耀乐呵呵的。

讲台上不知何时已经就位的老师尴尬地咳了一声，瞄了一眼两人，试探性地出声："那个……上课了。"

旁边围观的同学纷纷转回头。

大新闻啊！韩少和唐大小姐吵架了！

几乎是第一时间，就有人把这个消息发到了学校论坛上。

上午热度不减的是方小茹那个视频的帖子，下面的言论都爆炸了。

讨论得最多的不是方小茹下药的事，而是方小茹亲口承认以前对唐大小姐散播了谣言。

有人就开始提出质疑，关于唐大小姐的那些谣言有多少是真的？

比如，以前都听说唐大小姐脾气很坏、手段恶毒，只是背后说她的坏话让她听到了，她就能用强权搞得你退学。

下面有人回帖为唐大小姐说话，说自己亲眼看到她在教室外面听到同学说她的坏话，可是她都没有生气，那些同学后来也没被怎么样，所以当时自己就怀疑过这个传闻的真实性。

后面又有人跟着回复，说自己也亲眼看到别人不小心撞到了唐大小姐，可是唐大小姐并没有发脾气。

接着有人为唐沫颜洗白，说她有这样的家世，有点高傲的大小姐脾气很正常吧？如果换作你，说不定会比她更夸张。

因为这些声音，帖子后面的走向就偏了。

经过这样一轮洗白，唐大小姐和韩少吵架的事这时候又传上了论坛。

起因是唐大小姐拒绝当韩少的女伴。

这个消息让女生们都欢喜不已，有小部分还对唐大小姐改观了，说自己以前误解了她。

之前大家都在猜测，唐大小姐身为韩少的未婚妻，一定会霸占他，不会让他跟别的女生跳舞。没想到唐大小姐如此仁义，居然拒绝了当韩少的女伴，这样一来，其他女生就有机会了！

此时。

李雪婷正在低头记笔记，就被后桌的女生用笔戳了戳背。

“雪婷，大新闻！”女生压低声音说。

李雪婷怕老师看到，往后靠在后面的桌子上，微微侧头，小声问她：“什么大新闻啊？”

“唐大小姐和韩少吵架了！”

一听这消息，李雪婷也顾不上自己的位置有多容易被老师发现了，急忙把课本竖起来，稍微遮挡一下，就拿出手机点进学校论坛。

她的同桌也被挑起了好奇心，探头过来看：“怎么回事啊？”

李雪婷把帖子的内容告诉她：“说是唐大小姐拒绝当韩少的女伴，韩少一怒之下说要选别的女生当他的女伴，还有……帖子上说，韩少亲口说的，选人共舞的节目被取消了……”

同桌很快整合了信息：“那就是说，没有选人的节目了，大家要是想跟韩少共舞的话，唯一的可能就是被他选中当女伴，对不对？”

李雪婷点头。

同桌露出暧昧的眼神，用手肘撞了她一下：“雪婷，那你不就有机会了吗？你可是韩少的青梅竹马！现在唐大小姐退出了，你就可以捡漏了。”

李雪婷掩饰自己的表情，小声解释：“其实我和他也不算青梅竹马啦，只是认识了很多年……”

同桌说：“那不就是青梅竹马吗？”

李雪婷无法反驳，也或许是不想反驳吧。

能当韩胤希的青梅竹马……是她做梦都想的事。

而事实是，她爸爸以前是韩氏集团旗下一家子公司的普通员工，一次巧合她爸爸帮了韩少一个大忙，韩少便提拔了她爸爸，现在她爸爸还当上了丽思度假会所的经理，所以她跟韩胤希见过几次面。

虽然她跟韩胤希来往不多，但这样也算认识了很多年，对吧？

为了更接近韩胤希，她还让爸爸厚着脸皮跟韩胤希要了星尚的入学资格，不然以她家的情况和她的成绩，想进星尚是不可能的。

刚进星尚的时候，李雪婷一时忍不住跟同学炫耀了自己认识韩胤希。

一开始同学都不信，她就拿出了两人的合影做证。

然后传着传着，不知怎的就传成了她是韩少的青梅竹马。

她有想过要不要解释这个误会，但是……因为大家都以为她是韩少的青梅竹马，班上的同学都对她特别好，所以她就渐渐地不想解释了。

反正她了解韩胤希，只要她不过分，他是不会特地站出来解释这件事的。

既然没人拆穿她，她为什么不享受一下这个误会带来的便利呢？

人都是利己主义者，她觉得换作任何一个人，都会像她这么做。所以李雪婷并不觉得自己这样冒充韩少的青梅竹马有什么不妥。

放学后，好几个女生围着李雪婷，跟她聊着韩少和唐大小姐的事。

“雪婷，你跟韩少这么熟，你一定知道的，韩少对唐沫颜动了真心这件事到底是真的还是假的？”

“对啊雪婷，韩少有没有跟你透露过他的感情事？”

“比如他在朋友圈有没有发过跟唐沫颜相关的？”

李雪婷根本没有韩胤希的微信，哪儿知道这些。

但她不能让同学知道这件事，她装着回想的模样，支吾了下说：“他很少发朋友圈的，上一次发朋友圈应该是几个月之前了吧？”

这很符合韩胤希的性格，所以几个女生也没有怀疑，反而更信了李雪婷跟韩少的关系。

“雪婷，真羡慕你跟韩少这么熟。你是不知道，韩少的微信是不随便加人的，就算是跟他交往过的那些女生，很多都加不上他的微信。”

“我也好想加韩少的微信，就算他不发朋友圈也没关系，我光是看着他的聊天框，就能花痴一天。”

“我也可以！”

其中一个女生一把抱住李雪婷的手臂，撒娇地说：“雪婷，你能不能跟韩少说一声，让我们加一下他的微信？我可以保证，绝对不打扰他，只是加个好友而已，拜托了！”

能让韩少出现在自己的好友列表中，光是这样，就不知被多少女生“羡慕嫉妒恨”了。

其他人虽然也这样想过，但不敢提出来。现在有个人先提了，其他人自然不甘落后，争先恐后地缠着李雪婷。

“啊啊——雪婷，我也要！”

“我也要、我也要！”

“雪婷，你要是让我加上韩少的微信，你一个月的早餐，我包了！”

“你一个月的午饭，我包了！”

“你一个学期的零食，我包了！”

李雪婷露出为难的表情：“这个……我不知道他肯不肯，很难开口啊……”

她也很想加韩少的微信好不好！

谁要是帮她加上韩少的微信，别说一个学期的早餐、午饭、零食，就算是一年的，她都肯！

几个女生围在她四周，撒娇地拽拉她。

“雪婷，你最好了，能加上韩少的微信是我一生的梦想，你就帮帮我嘛。”

“你不是喜欢我那个香奈儿的包吗？我送给你。”

“送别人自己用过的包，你好意思吗？雪婷，我给你买新的！”

李雪婷被缠得差点就要答应了，但她没办法答应啊！她根本就不是韩少的青梅竹马，要怎么让他加她们的微信啊？

可是再这样下去，她会被怀疑的。

就在她不知该怎么办的时候，几个人走着走着就正好遇到了韩胤希和安子颜。

“雪婷，韩少就在前面！你快点去帮我们说！”

“快去、快去，雪婷，我们的梦想能不能实现就靠你了！”

不顾李雪婷的挣扎，几个女生奋力把李雪婷推了过去。

李雪婷额头都冒出了冷汗：这、这怎么办？

她只能硬着头皮走向韩胤希。

“嘿！”仿佛是巧遇的样子，她挂着微笑走到韩胤希身边，还装作很自然地跟他打招呼。

韩胤希正跟安子颜生闷气，两人走在路上没有说一句话，突然跳出一个人喊他，他下意识地就望了过去。

李雪婷怕他不理自己，赶紧把自己的爸爸搬出来，找话题：“你这两天都没去会所，我爸爸本来想找机会好好感谢你的，要不是你帮忙，我都不能来这么好的学校念书。”

韩胤希认出她是李经理的女儿，还有之前她跟安子颜发生过的事，他也还记得。

当然，安子颜也记得，一看到是她，神情就不是很愉快了。

韩胤希自然注意到了这一点，微挑俊眉，淡然地回了李雪婷的话：“这只是小事，让你爸爸不用麻烦了。”

没想到能得到他的回应，李雪婷高兴得要疯掉了。

太好了！两人有了对话，同学就不会怀疑她了。

李雪婷心里欢喜不已，看着安子颜也觉得顺眼了不少。

她怕冷场，赶紧又找话题，故意对安子颜露出亲和的微笑，一副关心的样子问：“你们两个还没和好吗？”

韩胤希没说话，只是用余光瞟了一下安子颜。

安子颜觉得莫名其妙，她又没跟韩胤希吵架，哪儿来的需要和好？但她挺讨厌李雪婷这种假惺惺的人的，所以不想理她。

两人都没说话，在别人看来就是默认还没和好。

李雪婷叹了一声，故作开导地说：“你们啊，这有什么好吵架的呢？唐大小姐可能是不想去新生晚会吧，你就不用非逼她去嘛，两个人在一起，也不用总是黏在一起，要给对方多一些自由，不然逼得太紧，感情就会出问题的。”

什么逼她？什么给对方多一些自由？这什么跟什么啊？！

安子颜皱起眉，开口道："你什么都不知道，别乱说话行吗？"

她不是不想去新生晚会，她是正好有事，所以当不了他的女伴。

安子颜真的很不喜欢那种不清楚情况却自以为是地在那里乱指挥的人。而且就算她和韩胤希真的出了什么矛盾，也轮不到一个无关紧要的人来插手他们的事吧？

李雪婷看她脾气暴躁，赶紧装可怜："唐大小姐，我不是故意的，我只是……不想你们吵架而已。我看得出来，因为跟你吵架，韩少心情很不好，我不想看他这样，我不想他心情不好。"

看着她那副"好心疼"的模样，安子颜受不了地翻了个白眼。

要不是之前见识过李雪婷的真面目，她可能就被李雪婷骗到了。

想起上次在会所发生的事，还有李雪婷刚刚说的话，安子颜反应过来一件事，扫了一眼李雪婷身上的新校服，问道："你是大一的？"

李雪婷点头。

安子颜笑了一声——原来她就是韩胤希的那个青梅竹马。

她面无表情地说："你那么关心他的心情，那你就去帮他，当他的女伴吧。"

李雪婷一愣，完全不敢相信她会说出这样的提议。

这是真的吗？简直像做梦一样……李雪婷心脏狂跳，紧张地看向韩胤希，期盼他能点头。

这可不关她的事，是唐大小姐自己提议的。

韩胤希俊脸冷酷得像冰，黑眸定定地睨着安子颜，低沉的嗓音听不出情绪地问："你真的想这样？"

安子颜无所谓地笑道："你不是要个人当女伴吗？反正我那天是没空的，她陪你去不也一样吗？"

听她的语气，好像她不会为了他做出退让，结局只能是这样了。

韩胤希眸子紧锁着她，仿佛想要看透她的想法，哪怕是有半点犹豫。

但是，没有。她的眼中半点犹豫都没有，她是真的这么想。

头顶原本晃眼的阳光不知被何时飘来的云朵遮住了，一抹风吹过，带来一丝夏日的沁凉，就如同某人的心一般凉。

空气静谧了半晌，韩胤希突然勾唇一笑，点头说："好。"

反正对他来说，女伴若不是她，是谁都一样。

安子颜瞳孔微微震了一下，心口莫名地发堵。

这明明是她提出来的，可为什么他答应的时候，她有种无法解释的难受感？

一旁的李雪婷不可置信地瞪大眼睛，倒抽了一口气。

天啊！这是真的吗？她、她要当韩少的女伴了？

李雪婷感觉自己就像是在做梦一样，忍不住伸手用力地捏自己的脸。

好痛！这是真的！她不是在做梦！

“韩少，你真的……”她看向韩胤希，因为太过激动，表情有些扭曲。

她想听到他的再次确认。

然而韩胤希应完了那句话，就撇开头，冷着脸走了。

安子颜没想到他会丢下她就走了，看了看他的背影，犹豫了两秒，追了上去。

李雪婷则是站在原地，双手捧着自己的脸，幸福得飘飘然。

直到她的同学凑了过来，在她耳边发出刺耳的尖叫，她才回过神来。

“我没听错吧？我没听错吧？这是真的吗？雪婷，你要当韩少的女伴了！”

“啊啊啊——雪婷，我好羡慕你啊！”

“呜呜呜，我不想说我嫉妒，可是我真的好嫉妒，雪婷，你怎么能这么幸运！你真的太让人嫉妒了！”

几个女生围住她，拉扯她的手臂，激动地摇来晃去，好像中了大奖的是她们自己。

李雪婷的心情那叫一个膨胀，原来被人“羡慕嫉妒恨”是这种感觉，太爽了！

安子颜追上韩胤希的时候，他正准备启动车子。

她站在车门旁，上车不好，但什么也不做好像也不太好。

犹豫了两秒，她还是敲了敲车窗，说道：“开门。”

是他载她来学校的，他总不能丢下她自己回去吧？

如果是这样，那他就太没绅士风度了。

韩胤希没有开门，只是把车窗降了下来，隔着副驾驶座，用那双让人猜不透的黑眸望着她，就是不说话，像在等她开口。

是想她先开口要求和好吗？

安子颜微微抿了一下嘴唇，开口了："我想今晚回家一趟，你能载我回家吗？"

两人现在这气氛，也不好住在一起吧？所以她就想着回家。

而且他的公寓就一个房间，怎么住啊？难道又要他睡沙发吗？她觉得这样不太好。

韩胤希一听她说要回家，目光就冷了几分。

他淡漠地说："不顺路，你让别人载你吧。"

他把她刚刚说过的话，换了一种形式还给她。

安子颜错愕，没想到他会这样说，道："现在你让我怎么找人啊？你不载我，我怎么办？"

他好过分，发脾气归发脾气，也不能这样对待她啊！

韩胤希一副漠不关心的态度，说："你怎么办，关我什么事？"

说着，他降下了车窗，启动了引擎。

安子颜愣在原地，目光追随着渐渐远去的车尾，仿佛还不愿相信他就这样丢下她了。

尤其是他刚刚冷漠的语气，也太伤人了，明明早上的时候还对她那么温柔体贴，怎么才半天不到就变成这样了？

她是真的有很重要的事要去做，才不能当他的女伴的啊。

偏偏时间撞上了，她也不想的啊！

安子颜心情有点低落，沮丧地走在校道上，此时什么也不愿去想，索性让自己放空。

她想回家其实很简单，打个计程车就行了，她也不是非要坐他的车不可，可是就这样被他丢下，还是让她受伤了。

第十六章
能当我的女伴的人只有一个

安子颜不知不觉就走到了校门口。

放学也有一段时间了，学生走得差不多了，剩下的寥寥无几。

这时候应该很好打车吧？安子颜站在路边，盯着车行驶过来的方向，等待着计程车。

可是她等了差不多十分钟，也不见一辆计程车经过。

怎么回事啊？平时她随便站在街口，一分钟就能见到好几辆计程车，现在却一辆都没见到，难道计程车不喜欢走这条路吗？

不对啊，她明明记得在这条路有看到过不少计程车的。

心情本来就不好，就更容易变得急躁，安子颜想着再等五分钟，要是还没计程车来的话，她就要想别的办法了。

终于看到一辆计程车远远地开来，而且还是空车，她仿佛看到了曙光，赶紧探身招手。然而那辆计程车像是看不到她似的，一溜烟地开了过去，车速都没减一下。

安子颜呜咽一声："怎么可以这样……"

她这皮囊怎么也是个大美女啊，司机大哥怎么看都不看一眼？

还好很快又来了一辆车，她赶紧招手，然而那车依旧没停。

奇怪了，他们是看不到她吗？她的存在感这么弱吗？

安子颜完全无法理解这个状况，有点蒙。

就在这时，余光注意到一辆车朝她开了过来，她都没看清楚就奔上去，拼命地招手，双手并用。

这样司机总不会看不到她了吧？

果然，那辆车停在了她面前。

安子颜喜出望外，赶紧凑上去要拉开车门：“司机大哥，开门啊。”

车窗缓缓降下，从车内传出一道她熟悉的声音：“你傻吗？”

安子颜一愣，看着车内的韩胤希，怎么是他？

她再定睛一看，这哪儿是计程车啊，明明就是一辆跑车。

她一时情急，居然把跑车看成了计程车。

但她现在的关注点不是这个，而是他，她问：“你不是走了吗？”

韩胤希侧着身，一只手搭在方向盘上，姿势过分帅气。

他哼道：“我走了就不能回来吗？”

安子颜表面哭笑不得，但心里有点高兴，所以他是特地回来接她的吗？看来他还不是那么没有绅士风度。

她双手环胸，问他：“你刚刚干吗说我傻？”

韩胤希修长的手指在方向盘上点着，睨着她说：“你不会打电话叫人来接你吗？那么笨，只知道傻傻地等在路边拦车。”

安子颜恍然，对哦，她又忘了自己现在是豪门大小姐这一点了。

但她还是嘴硬地说：“我想坐计程车不行吗？”

“行，那我走了，你慢慢等你的计程车吧。”韩胤希说着就要降下车窗。

安子颜赶紧扑上去，扒住了车窗。

车窗有智能感应，在受阻后自动停了下来。

她放低了姿态，拜托他：“你载我吧，好不好？”

黑眸看着她，韩胤希没说话。

安子颜又把声音放软了几分：“你可是我的未婚夫啊，送我回家不是应该的吗？”

韩胤希终于开口，轻哼道：“你还知道我是你的未婚夫？”

想着她刚刚那么大方地把他推给别的女人，让别的女人当他的女伴，他就很上火。

她就那么不在意他吗？在她心里，他是不是一点都不重要？

安子颜看他的态度有软化的迹象，就试探性地问道："你开门咯？"她敲了敲车窗，用可爱的声音说道，"小兔子乖乖，把门儿开开？"

韩胤希本来还想跟她讲条件的，没想到她使出这招，直接把他逗笑了。

这丫头怎么可以这么可爱？他真是服了她！

安子颜继续念道："快点儿开开，我要进来。"

她希望他别接着说下面那句就好。

终于，车门解锁了。

安子颜高兴地拉开车门，上了车，跟着还夸他一句："就知道你最好了！"

韩胤希傲娇地哼了一声。

车子开了，安子颜望着车窗外的车水马龙，不知道在想什么。

韩胤希侧头看她，总觉得她好像有心事。

她说是家里有事才不能当他的女伴，可他觉得她可能在撒谎。

所以到底是什么事？

他也知道，如果当面问她的话，她是不会说的，他只能想别的办法了……

唐家，门口。

安子颜原本还想着韩胤希这个霸道的家伙可能不会让她回家，所以看到家门口的时候愣了一下。

韩胤希看着她的表情，笑了一下，说："怎么？难道说你根本不想回家？那我们回公寓去吧……"

安子颜伸手阻止他："不是、不是，我是要回家的。"

她怔怔地看着他，怀疑这家伙转了性子，他的霸道呢？今天居然没发作，真是不可思议。

她想起什么，对他说："对了，我之前住院的事，别让我家人知道，我不想让他们担心。"

反正下药的事件已经过去了，就当作什么都没发生过吧。

韩胤希笑了一下："你还挺懂事的嘛。"

要换作真正的唐沫颜，有一点小伤都恨不得让全世界知道，要让大家都担心她才行。

安子颜打开车门，准备下车。

谁知韩胤希长臂一伸，拽住了她的手臂：“等等，你是不是忘了什么？”

安子颜看看自己的包包，不解地摇头：“没啊，我忘了什么？”

韩胤希把自己的脸凑了过去，指了指自己的脸颊，说：“忘了这个。”

安子颜听懂了他的意思，羞赧地转开视线。

韩胤希催促：“快点！”

安子颜在心里挣扎了一下，本来这种事她是办不到的，可是想到他之前发脾气了，她是不是该哄哄他呢？

终于她还是心软了，快速地凑过去亲了一口。

“拜拜！”说完，她迅速地跑掉。

韩胤希用指腹蹭了蹭她刚刚亲的位置，上面仿佛还残留着她的嘴唇的柔软触感。

他望着她的背影，直到看着她走入了大门，才启动车离开了。

这天早上，安子颜和韩胤希是各自来学校的。

一看这情况，学校论坛上立马有了帖子，断定两人还没和好。

李雪婷盯着帖子看了许久，在同桌凑近的时候才遮掩地放下了手机。

“雪婷，今晚就是新生晚会了，你的礼服准备好了吗？你说韩少会不会替你准备礼服？”

听到这话，前桌的两个女生转回头，加入了讨论。

“应该不会吧？听说韩少交了那么多女朋友，连礼物都没给她们送过，更别说帮女伴准备礼服了。”

“雪婷，你是不是应该问一下韩少穿什么礼服啊？好搭配一下。不然你选的礼服跟他的不搭的话，那多不好。”

同桌暧昧地撞了李雪婷一下，对她们说：“刚刚她一直在看手机，我估计啊，是在跟韩少聊天吧？我一靠近，她就赶紧遮住了。”

两个女生一脸羡慕。

“雪婷，能不能让我们看看你跟韩少说了什么？”

“我也想看、我也想看！”

李雪婷赶紧摇头：“没有，我刚刚不是在跟他聊天，我在刷微博呢。”

她又没韩胤希的微信，怎么给她们看？

同桌说：“那你现在问他礼服的事啊，看他怎么说。你又不是其他女生，你可是他的青梅竹马，说不定他会对你不一样呢？”

李雪婷尴尬地笑着，她根本没有韩胤希的微信，怎么问？

看着她们期待的眼神，李雪婷灵机一动，装作早就想到的样子，笑着说：“我觉得这种事还是当面问比较好。下节课我们不是上体育课吗？正好路过那边，我打算过去找他，你们想见他的话，要不要一起来？”

其实她是预料到韩胤希应该不在教室，进星尚之前她就听说了，韩胤希不常在教室上课，有时候会忙学生会的事，有时候则会忙他自己的事。反正他成绩那么好，少上几节课也不会有什么影响，老师更是不敢有任何意见。

所以她是在赌，今晚就是新生晚会了，学生会的人应该都在忙会场的事，他有很大的概率不在教室，那她们去了也是扑个空。

果然，一听到可以见到韩胤希，几个女生都激动不已，发出怀春少女的尖叫。

“真的吗？要去、要去，我当然要去！”

“我也要一起去！”

另一边。

任谁都看得出来，今天的安子颜很明显心不在焉。

班上的同学都认为她是因为跟韩胤希吵架了，为了韩胤希而失神。

只有韩胤希知道不是。

一整节课他都盯着她观察，发现她今天很奇怪，不像之前那么投入听课了，整个人完全处于恍惚的状态。

到底是什么事让她想得这么入神？

他用眼神暗示、用行动明示过她很多遍，但她都没有回过神来。

不知不觉就下课了，自开学到现在，安子颜第一次在上课时间半个字都没有听进去。

下课铃响的声音惊醒了她，她抬了一下头，仿佛刚醒过来一般，低语了一句：“上课了吗？”

“扑哧！”笑声从前方传来，南司耀回过头，好笑地说，“这是下课铃！已经上完一节课了！你该不会发呆发了一节课吧？”

说话的时候，他还睨了一眼韩胤希。

安子颜诧异了一下：“什么？已经上完课了？”

她完全没有注意到。

韩胤希蹙眉，终于开口问她：“你刚刚那么出神，到底在想什么？”

想什么……这个当然不能告诉他。

安子颜支吾了一下，打马虎眼，随便找了个借口说：“没想什么啊，就……昨晚没睡好，有点困，在打盹儿而已。”

韩胤希当然不是那么容易被骗过去的，谁打盹儿是一直睁着眼，一眨都不眨的？在他看来，她就是在说谎。

这让他心里很不悦，他不喜欢她对他说谎。

这段日子以来，今天是他第一次发现她想事情想到如此入神，很显然她当时想的一定是非常重要的事。

而对这个重要的事，他一无所知，他很不喜欢这种感觉。

演戏就要演全套，安子颜伸了个懒腰，站起来说：“我去洗把脸，精神一下。”

椅子还没完全往后移开，她就想出去，脚便踢到了桌脚上。

安子颜吃痛地皱起小脸，忍了忍痛，等着这股痛缓解过去。

韩胤希皱眉，把她拉下来坐好。

南司耀都忍不住说：“沫颜，你今天的状态真的很差。”

安子颜干笑了一下：“我今天可能不适合上学，应该留在家里休息的。”

南司耀吊儿郎当地说：“你想回去的话，我现在就送你回去。”

安子颜刚想说“不用了”，教室门口不知为何起了一阵骚动，把她的注意力转移了过去。

“韩少，有人找！”

一听到这话，几乎全班同学的目光都投射了过去。

只见门口站着几个女生，看那稚嫩害羞的模样，应该是大一的。

有人认出了其中一人是李雪婷。

“那个女生不就是大一那个李雪婷吗？听说她就是韩少的青梅竹马。”

“所以这是真的？不然她怎么会来找韩少？”

"你不知道吗？有传言说，韩少选了她当女伴。"

"呵，这个我也听说了，但我觉得是假的。有唐大小姐在，你认为有谁能撬唐大小姐的墙脚吗？除非那人不想活了。"

教室门口，李雪婷被身后的几个女生推着往里走。

她的笑容有些僵，因为她没想到韩胤希真的在教室。

原本她的剧本是，她来了教室，发现韩胤希不在，那就算了，她转身就可以走。

现在怎么办呢？李雪婷也只能硬着头皮走了过去。

她身边的几个女生又是害羞又是激动，掐得她的手臂生痛，她还不好在这时候发出抗议，只能先忍着。

到了韩胤希跟前，李雪婷手微微抖着，跟韩胤希说话支支吾吾的："那个……我找你有事，就是……想问问你关于礼服的事……"

她的同学还以为她是害羞，在后面小声地为她打气。

李雪婷紧张地看着韩胤希，等待他的回应。

韩胤希淡漠地问："什么礼服？"

李雪婷看他理自己，心里就高兴坏了。要知道，以前她为了跟他"偶遇"，经常去丽思守株待兔，她每次主动跟他打招呼，他总是酷酷的，让她很难接近，更别说给她回应了。

现在他回应了她，是不是说明，她对他来说，跟以前不一样了？

没等李雪婷开口，躲在她身后的她的同桌就帮她开口了，趁机跟韩胤希对话："雪婷是想问你礼服打算穿什么款式、什么颜色的，她好搭配你。"

另一边的女生羡慕地瞅了同桌一眼：好好哦，可以跟韩少对话！简直让人嫉妒死了！

为了跟韩胤希说上话，又一个女生争着开口，帮李雪婷说出她不敢说的话："韩少，其实雪婷没有礼服，你是不是应该帮她准备一套呢？"

听到这话，班上的女生都冒火了：这就得寸进尺了吧？能当韩少的女伴就很不错了，居然还想让韩少给你准备礼服？你当你是谁啊！

如果不是因为李雪婷是韩少的青梅竹马，班上的女生都想把她赶出去了。

见李雪婷不说话，她身后的女生赶紧推了她一把，示意她。

李雪婷是被那个女生的话吓蒙了。

她当然想韩少给她准备礼服啊，但她有这个贼心，没这个贼胆，根本不敢问这件事的，没想到她的同学帮了她一把。

李雪婷紧张得手心冒汗，眼睛不敢移动半分地盯着韩胤希，等待他的回答。

而且他很清楚她的家庭情况，她买不起太昂贵的礼服，可是她是他的女伴，怎么能穿便宜货呢，那不是丢他的脸吗？所以……他应该会帮她的，对吧？

教室里，众人屏住了呼吸，等待韩胤希对这件事的回应。

安子颜和南司耀是例外。

南司耀是等着看好戏的表情，而安子颜，她的心思又飘走了……

目光盯在她脸上，韩胤希皱起眉头。

他转头对李雪婷说："礼服的事，你问她。"

谁也没想到他会是这个回答。

李雪婷错愕地看向一旁的安子颜，发现安子颜完全漠视她的存在，就有些不高兴。

她问："唐大小姐，你不会是想把你的礼服借给我吧？"

安子颜回过神，看向她说："什么？"

李雪婷觉得安子颜是故意给她难堪的，有些动气地说："礼服！你要是想借礼服给我也行，反正我们的身材一样。"

本来她不想穿别人穿过的礼服，如果可以，当然是韩胤希给她买新礼服更好了，那也更有纪念意义。不过她转念一想，她能穿唐大小姐的礼服，是不是代表她跟唐大小姐是平起平坐的？

安子颜听明白了，看向韩胤希，用眼神询问他是什么意思。

韩胤希说："我去一下学生会，这件事你来处理。"

他的眼神仿佛在说，是你把人招惹过来的，那你就自己处理这件事。

说完，他就走出了教室。

安子颜无语了，什么情况啊？就算是她提议的，但他当时也可以不接受的啊。是他自己同意了让李雪婷当他的女伴，现在要她给他的女伴准备礼服？这是不是太过分了？

李雪婷看到安子颜不理她，只顾着看韩胤希的身影。

人都走了还在看？怎么能这样无视她的存在呢！

她伸手在安子颜面前晃了一下，语气有些不耐烦地说："喂，唐大小姐，韩少说让你处理的，你是打算借礼服给我，还是怎么样？你说啊！”

因为有韩胤希在背后撑腰，李雪婷第一次面对安子颜的时候不感到害怕。

想到尊贵的唐大小姐要帮她处理礼服的事，仿佛是她的跟班似的，她心里就不由得膨胀起来。

她就想问问，谁有过这样的待遇？

李雪婷看了一眼韩胤希走后留下的空位置，心思一转，就想坐下去。

安子颜冷眼瞥着她：“我让你坐下了吗？”

李雪婷僵住了。

毕竟唐大小姐的威严在那里，她也不敢太放肆，心里挣扎了下，终究是不敢跟唐大小姐对着干，道：“那……那你说啊！”

说什么？安子颜实在是不想看到她，便指了指门口，给了她一个字：“滚。”

李雪婷愣住了：“你什么意思啊？”

一旁的南司耀饶有兴味地看着这场好戏。

要是换作以前的唐沫颜，他用脚趾都能猜到她会是什么反应，可是现在的她，让他猜不透了。

所以他很好奇她会怎么处理这件事。

安子颜不想因为她而影响了心情，便保持着微笑说：“那我就再说一遍——滚，听懂了吗？”

这是安子颜良好教养最后的底线。

李雪婷生气了，可是又不敢在唐大小姐面前发脾气，只能忍着怒火说：“唐大小姐，你是不是忘了？韩少让你处理礼服的事……”

安子颜在心里哼了一声，他让她处理，她就要处理吗？他算老几？安子颜才不理他，更不想理眼前这个女人。

肮脏的东西要眼不见为净。

她索性摆出唐大小姐的架势，装作恶毒地撇了撇嘴，盯着李雪婷威胁道：“要是让我再从你的嘴里听到一个字，我就把它缝起来！”

一旁看戏的南司耀顿时来劲了，他捋了捋袖子，踊跃地举起手，说：“沫颜，我帮你！虽然我从没有做过手工，但缝嘴嘛，多简单的事，我保证把她的嘴缝得密不透风！”

李雪婷听到这话，吓得后退了几步——这位南大少爷可做过不少吓人的事，没有他干不出来的事情。

她还想说话，可是安子颜刚刚的威胁犹在耳边，顿时起了作用，让她不敢出一点声音。

跟着李雪婷来的几个女生也被吓坏了。

不得不说，洗脑是有用的，最近学校论坛的那些洗白帖让大家忘了唐大小姐曾经在传言中是多恶毒的人——就算那些传言中的事有一部分是假的。

但是至少有一件事是千真万确的，那就是，唐大小姐是不好惹的！

几个女生都吓得腿软，只想赶紧离开这里。

她们在后面拉扯李雪婷的衣服，示意她赶紧走。

李雪婷不甘心啊！

可是她不甘心又能怎么样？她又不敢对眼前这位大小姐叫嚣。

每每这个时候，李雪婷都怨恨自己的父母没有给自己一个厉害的家世，不然她也不至于被这样欺辱了。

南司耀见这个惹人嫌的女人还不走，便嗖地一下站了起来。

他给予的压迫感，让李雪婷几人吓得往后踉跄。

南司耀冷哼：“还不走？真想被缝上嘴是不是？”

李雪婷和她的同学吓得赶紧离开了。

南司耀这才坐了下来，竖起两根手指，对安子颜说：“你现在欠我两顿午饭。”

安子颜点点头。

南司耀突然拍了一下手，说：“择日不如撞日，等下先请一顿吧，我感觉你以后还要欠我很多顿。”

谁知，安子颜摇头，说：“不行，我等下没空。”

“没空？”南司耀表示不信，一眼看穿了她似的，撇了一下嘴，“哼，你是想跟韩胤希一起吃吧？大不了三个人一起咯，我不介意的。”

虽然看着韩胤希吃饭可能会让他消化不良，但不得已的时候，他也只能将就一下。

然而，安子颜说：“不是，我不是跟他一起，我是有别的事。”

“什么事？”南司耀感觉她神神秘秘的，很是好奇。

安子颜当然不能告诉他：“总之我有事，下次再请你吧。”

南司耀不满了，对她表示抗议：“又是下次，怎么让你请顿饭这么难啊？算了，我请你，这样行了吧？”

安子颜哭笑不得：“这不是谁请谁的问题，我是真的有事。”

南司耀说：“那你去哪儿？我陪你去。”

安子颜没想到他这么缠人，索性直白地说：“我想一个人去。”

南司耀瞅着她，眼神有点怨念的味道。

安子颜装作看不见，把头转向窗外，然后只一刹那，心思又不知飘到哪儿去了。

南司耀眯起眼睛：又这样？到底是什么事让她今天一直这样心不在焉的？

放学后。

下课铃刚响完，安子颜的手机也随之响起。

是韩胤希打来的。

安子颜没接，摁掉了，给他发了一条微信：“我中午出去一趟，你自己吃饭吧。”

随后她就拎起包包往外走。

南司耀举起一只手，笑眯眯地跟她摆了摆。等她的身影走出教室，他才慢悠悠地站起来，跟了出去。

以他的跟踪技术，想不让她发现，太简单了。

安子颜在校门口拦了一辆计程车。

真是奇怪，昨晚她等那么久都没拦到一辆计程车，今天随便就拦到了。

她跟司机说了要去的地址。

南司耀也随手拦下一辆计程车，让司机跟着前面的车——跟踪的第一条守则，就是不要开自己的车，那样容易暴露自己。

车在一家商场停了下来。

南司耀没有马上下车，而是等安子颜快进商场的门了，才拉开车门，紧随其后。

她来这里干什么？本来他是猜测，她这样偷偷摸摸地出来，还不肯告诉他，也不让韩胤希知道，有很大的可能是出来会情人的，但看她进了商场，他又觉得不太像。

越好奇他就越想知道，而解开谜底的方法很简单，那就是跟上去！

坐着扶梯上了三楼，安子颜在一家珠宝店门口停了下来。

是她太敏感吗？不知道为什么，她总觉得哪里不太自在。

她左右前后扫了一圈，确认没人跟着自己，停顿了一会儿，才走进了那家珠宝店。

南司耀从柱子后面探出头来。

他修长的身影帅气地倚靠在柱子上，瞅着珠宝店里安子颜的身影。

她这么神神秘秘的，就是为了来买珠宝？他的好奇心一下子跌了大半。

南司耀没有跟进去，此时店里的客人只有她一个，他要是跟进去就太容易被发现了，所以还是在外面等最保险。

南司耀见识过女人买东西的情况，知道要等很久，便不着急，闲庭信步地走过去在自动售货机上买了一罐可乐，又慢悠悠地踱起来，靠回柱子上，一边喝可乐，一边观察她的举动。

没想到才这么会儿工夫，他就看到她好像买好了，在结账。

店员打包好了袋子，微笑着递给她。

南司耀错愕地瞪大眼睛，这么快？这还是他第一次见女生买东西这么快速的。

难道她早就挑好了？他感觉这个可能性很大。

南司耀等她出来了，才从另一边绕过去，进了那家珠宝店，用自己的魅力从女店员口中套出了她所买的东西。

她居然买了这个？

另一边，学生会大楼，会长办公室。

韩胤希在收到安子颜的微信的第一时间就起身，准备去教室找她，却被秘书长白若烟拦住了。

“会长，今晚的晚会会场早上就已经开始布置了，只是进程有点慢，正好中午有时间，是不是要集合一下学生会的人，过去帮一下忙比较好？”

韩胤希说：“你做主。”

白若烟没让他走，挡在他面前继续说：“还有另一件事，今晚的晚会主持可能要另外找人。箐箐她发烧了，我已经让她回去休息了，就算她晚上能退烧，我觉得体力也跟不上，所以还是换人比较好。”

韩胤希看向她，果断地给出方案：“主持人由你来当。”

白若烟笑着，妩媚地撩了下头发，说：“会长，我可以拒绝吗？我不想当主持人，今晚我只想穿得美美的，等小帅哥请我跳舞，这才是新生晚会嘛。”

韩胤希听完，点点头：“你可以拒绝，那你另外找人。”

白若烟问：“我做主？”

晚会的主持人可不能随便找，主持人决定着晚会的节奏，一个搞不好晚会就搞砸了，韩胤希肯让她事事做主，说明信任她的能力。

韩胤希颔首：“嗯。”

白若烟却头疼了，声音有点撒娇的味道：“会长，你这是给我出难题啊？”

韩胤希说：“你可以做到的。”

说完，他正要绕开她往外走，谁知又一道人影挡在了他面前。

韩胤希都要动气了，尤其是看清站在他面前的人是李雪婷后。

白若烟也看到了李雪婷，皱起秀眉，严肃地对她说：“同学，这里是学生会，外人不能随便进来的，请你出去。”

“我有很重要的事找韩少。”李雪婷一边说，一边用委屈的眼神看着韩胤希。

韩胤希一看就知道她就是想找自己告状，便对白若烟示意了一个眼神。

白若烟懂事地点头，走出办公室，回身想关上门。

韩胤希说：“不用关。”

白若烟明白他的意思，便放开门把手，离开了。

李雪婷赶紧上前，声音发嗲地说：“韩少，唐大小姐没有给我准备礼服，你明明说让她处理的，可是你知道她说什么吗？”

“哦？她说什么？”韩胤希好像并不意外她的前半句，更在意的是她的后半句。

他很想知道安子颜是怎么处理这件事的。

这个告状是有技巧的，毕竟唐大小姐是他的未婚妻，不能尽说唐大小姐的不好，但如果照着事实说，又不够体现她所受的委屈，李雪婷便添油加醋地形容了安子颜对她的态度，最重要是强调了一点：“其实我知道唐大小姐不喜欢我，不想给我准备礼服也很正常。可是韩少，你当着那么多同学的面让她处理这件事，她却这样处理，不就是落你的面子吗？我自己没关系，大不了自己准备礼服，可是她这样对你，我就不开心了……”

韩胤希问：“她是怎么跟你说的？”

李雪婷心里郁闷了，她说了那么多，他难道就只在意这一点吗？重点应该是唐沫颜根本没把他的话放在心上，这就是不重视他啊，这样他还不生气吗？

“韩少，她说什么不重要，重要的是……”她还想要强调自己才是最在意他的感受的人，顺便说一番自己的委屈。

韩胤希打断她的话：“这一点很重要！你说，一个字都不要漏。”

李雪婷：“……”

她实在搞不懂他是怎么想的，难道唐大小姐说什么很重要吗？他为什么这么在意这一点呢？

但对上他的眼神，她不敢违抗命令，只好支吾着，一脸为难地把安子颜说过的话重复了一遍。

听完，韩胤希笑了。

李雪婷的脸有点黑，他听完怎么能笑得这么开心？

“韩少……”

他好过分，难道都没考虑过她的感受吗？

她挤出了几滴眼泪，表情委屈极了：“我是你的女伴，唐大小姐当着那么多同学的面让我滚，这样好吗？当然，我不是说她这样显得心胸狭窄，只是那么多人看着，她这样的处理方法……”

韩胤希挑起眉，像是非常不悦，冷哼一声，说：“谁说你是我的女伴了？”

李雪婷一愣：“我……你自己亲口说的啊……”

他是什么意思？这时候要反悔吗？

韩胤希面无表情地说：“我什么时候亲口说过？”

李雪婷慌张地说：“就……你那时候明明说好的……”

韩胤希好笑地看着她：“我说的是‘好’，可我没说让你当我的女伴！你是谁啊？我跟你很熟吗？”

李雪婷面色唰地一下白了，心脏缩得难受，像是要崩溃了一样。

“所以你的意思是……你并没有要我当你的女伴？”

她被耍了？

韩胤希用眼神很明显地告诉她这个答案：是的，你被耍了。

他一字一顿地告诉她："我的女伴只有一个，那就是我的未婚妻。"

他的言外之意便是，你是哪位？

李雪婷往后踉跄了一步，从她的表情能看出来，她接受不了这个突如其来的事实。

"不是的……那时唐大小姐说让我当你的女伴，你说'好'……所以你是同意让我当你的女伴的……"她还想要争辩，好像争辩赢了就能让他改变主意。

几乎全校的人都知道她会是他的女伴，现在他却告诉她这是假的？那怎么行？！

李雪婷能想象到，要是让人知道这是假的，她被耍了，那她会成为全校的笑柄。

还有她"青梅竹马"的身份也会被揭穿。

不，不行！李雪婷不愿去想这个结果，她无法接受这个结果。

"韩少！你不能说话不算数啊！你自己说让我当你的女伴的，你自己说过的啊！"

韩胤希被她尖锐的声音弄得皱眉："要疯出去疯。"

李雪婷哪儿敢出去疯，她要是在外面疯，岂不是让全校的人都知道她不是韩少的女伴了吗？

不能让大家都知道！李雪婷慌了、乱了，想着该怎么办才好。

她现在在意的不是女伴这个位置，而是自己要面临的窘境。

她急得扑上去哀求他："韩、韩少……我求求你，我求求你好不好？反正唐大小姐没空陪你，你就让我当你的女伴吧，好不好？"

韩胤希不想她碰到自己，连忙退了一步。

他退得太快，李雪婷扑了个空，直接扑倒在地上。

韩胤希只是冷漠地说了两个字："出去。"

李雪婷跪在原地，膝盖处的痛让她一时站不起来，或许也是因为这个突发的转变而腿软了。

第十七章

她买的情侣戒指是送给谁的

韩胤希懒得理会李雪婷，让白若烟过来应付这个人，便匆匆忙忙地往外赶。

只是他这个时候才去教室的话，估计安子颜也不在教室了，不知她会不会在公寓休息。

这丫头，不陪他吃午饭，跟谁在一起呢？哼，南司耀吗？韩胤希越想越是在意，拿起手机准备拨个电话。

没想到刚好他的手机响起，正好是他要找的人打来的。

“少爷，唐大小姐刚刚去了一家商场，在珠宝店买了一样东西。”

韩胤希微眯起眼。

女生买珠宝是很正常的事，但听对方的语气，好像这东西不同寻常。

他问：“她买了什么？”

“情侣钻戒。”

这显然是他完全没想到的答案。

情侣钻戒？她居然买了情侣钻戒？

韩胤希想到了唯一的可能，脸上顿时像开了花似的，声音都愉悦了几分：“知道了，那她现在在哪儿？”

对方回答：“唐大小姐正在计程车上，看方向应该是回学校。”

韩胤希问了具体的位置，然后转了方向，往校门口走去。

他在校门口没等多久，就见一辆计程车开了过来。

确认了车牌号码，他走了过去。

安子颜付完钱，刚下车，抬起头就发现了他："你怎么会在这里？"

这也太巧了吧？

韩胤希嘴角噙着笑意，身子往前一倾，俊脸凑到她面前说："这就叫夫妻间的心有灵犀！我才刚忙完，从学生会出来，到校门口的时候突然像有什么东西驱使着我，我就站在这里等着，然后就看到你从车上下来了，你说这是不是默契？"

他说得一本正经，还如此有逻辑，安子颜差点就信了。但他又没有长天眼，不可能知道她什么时候回来，所以应该就是巧合吧。

韩胤希垂眸，瞅了一眼她的包包，愉悦的情绪染上他的嘴角，他的嘴角勾起一抹明显的弧度。

安子颜本来还怕他会质问自己去了哪儿，但看他肉眼可见地心情变好，便放心了些。

她随口问道："你吃饭了吗？"

韩胤希笑了一下："我刚刚不是说了吗？我刚忙完，哪儿有时间吃饭？你呢？你没有陪我，跟谁一起吃饭了？"

他明知道她只是去买东西了，还故意这样问。

安子颜这时候感觉到了肚子的抗议，对他摇头说："我还没吃，我们先去吃饭吧。"

正好她可以转移话题，免得他问她刚刚去了哪儿，或许是因为他心情好，刚刚根本没注意到这点。

韩胤希可不忍心让她饿着，便没再说什么，带着她往外走。

安子颜问："不去食堂吃吗？"

"在外面吃吧，清静一点。"

这时候食堂里可能也没多少人了，但校园里还是有人的，而他现在只想跟她独处——嗯，正好给她一个机会，让她把礼物送给他。

以韩胤希所想，她买情侣钻戒，估计是因为不能陪他去新生晚会，心生愧疚，所以给他赔礼的。

虽然他从不戴这种东西，但是，是她送给他的礼物的话，他可以破例一次。

安子颜现在就想着吃饭，便没说什么，乖乖地跟着他。

韩胤希看她这么乖，心情就更好了。

两人到了校外的一家西餐厅。

韩胤希还体贴地要了包间，免得有人看着，她会不好意思把礼物送给他。

点完了菜，服务员退出了房间，韩胤希也不说话，就等着她开口。

安子颜却只是低着头，心不在焉的样子。

韩胤希抿嘴偷笑，这丫头还在想着怎么开口吗？不用想那么多，直接把礼物拿出来就行了。

不过，他是不是应该做做样子？先装得不情不愿，然后再配合她把戒指戴上。

对了，他可以让她帮他戴上！

韩胤希觉得这个主意不错，心里越来越期待这幅画面了。

一直等到上菜，安子颜都没开口。

韩胤希心想：这丫头怎么这么害羞啊？行，再给你一点时间。

但是直到吃完饭，买了单，她还是一个字都没提。

韩胤希心里很无奈：老婆这么害羞，怎么办呢？

没办法，只能宠着了！韩胤希想着，这毕竟是她送给他的第一份礼物，又是两人的第一个情侣物品，所以她比较慎重吧。

可能她在想着搞什么仪式感？女孩子不都在意这种事吗！

韩胤希觉得自己身为男人要体谅这一点，自己的老婆，自己当然要宠着，她想怎么样就怎么样吧。

只是……他不否认自己有一点点迫不及待，所以希望她能想得快一点，别让他等太久了。

韩胤希看了看时间，对她说：“还有二十分钟，要不要去公寓小憩一下？”

他其实是对她暗示：她可以在公寓送他礼物。

安子颜摇头，说：“不了，也没多少时间了，直接去教室吧，我想把上午的课复习一下。”

韩胤希很贴心地问：“要不要我给你补习一下？”

两人刚走出包间，就看到南司耀坐在最近的桌子旁。

南司耀对他们微笑着招手：“真巧啊！”

韩胤希微眯起眼，轻哼一声。

巧合？他不信巧合。

南司耀明明只有一个人，桌子上却摆了好多盘子，而且每样东西只吃了一点的样子。安子颜皱起眉，觉得他这样很浪费。

“你一个人？”

南司耀叹了声，哀怨地瞅着她说：“你不请我吃饭，我当然是一个人啊。不过有人好像骗了我，明明说自己一个人，谁知道是二人世界。估计是嫌弃我吧，或者是根本不想请我吃饭。”

安子颜听出他所指的人是自己。

她哭笑不得，指了指韩胤希，说：“我是回来的时候碰巧遇到他的，不是不想请你。”她不喜欢被这样误解，只好补偿一下，对服务员示意道：“他的单我买了。”对角司耀说：“这顿我请你，可以了吗？”

南司耀不高兴地撇了撇嘴：“这也叫请客？你们两个在里面吃，我在外面吃。早知道你们在里面，我就进去了。”

韩胤希哧了声——说得他好像真不知道他们在里面似的。

安子颜跟南司耀商量：“这顿我请你，但不算在那两顿里面，可以吗？”

被这样抓个正着，也实在说不过去，她只好表示一下。

南司耀表示勉为其难地接受了，还假装不知道她去了哪儿地问道：“对了，你刚刚去哪儿了？我还以为你在外面跟别人吃饭了，要是知道你不是去吃饭，我就等你回来再陪你一起吃了，也用不着自己一个人孤零零地吃饭。”

说着，他一副挺凄凉的样子。

安子颜听出了他的怨气，只好说：“再加一顿，三顿。”

南司耀嘴角偷偷地掀了一下，没想到她这么容易心软，得寸进尺地说：“请客这种事，要请了才算，欠多少次还是不请，有什么差别呢？”

服务员拿着结账的机器过来了。

安子颜正要用手机去刷，一只大手盖上了她的手机屏幕。

“我来吧。”韩胤希说道，很快地扫码付钱了，让她想拦都拦不住。

安子颜仿佛没听到南司耀刚刚说的话，对南司耀说：“欠你的三顿饭，等过几天就还你。”

南司耀说：“过几天是什么时候？”

他怎么好像怕她要赖似的？她安子颜可是言出必行的人。

安子颜想了想，索性给他一个具体的时间，好让他安心："下周一，可以了吧？"

南司耀刚要点头，不知想到了什么，摇了摇头："周末不行吗？我周末两天都很有空！"

安子颜说："可是我周末不一定有空啊。"

南司耀和韩胤希几乎是齐声问："你为什么没空？"

安子颜不想说谎，免得之后还要编更多的谎言来圆这个谎，但又不能告诉他们，只好说道："你们管我啊？难道我事无巨细都得告诉你们吗？"

南司耀笑道："你要是愿意告诉我，我是很愿意听的。"

韩胤希瞥了他一眼，嘴角一扯，说："不好意思，身为她的未婚夫，我觉得她有什么事跟我说就行，不需要跟外人说。"

南司耀现在听到"未婚夫"三个字就觉得刺耳，瞪了韩胤希一眼，眼神仿佛在说：未婚夫了不起啊？

韩胤希用眼神回答他：没错，就是了不起！

南司耀被气到了，暗骂一声。

安子颜不知道这两人眼神的你来我往，她更在意的是时间："快上课了，我们先去教室吧，有什么话以后再说。"

二十分钟的休息时间就这样所剩无几了，三人来到教室。

南司耀一听第一节是英语课，就无聊地啧了声，道："没劲。"他转过头，对安子颜说，"你过来跟我坐，陪我聊天好不好？"

"不好。"安子颜毫不客气地拒绝。

英语课她是要更认真听课的，怎么能陪他聊天？再说了，上课时间是不能聊天的，就算不想听课，也不要影响到其他同学，这是基本秩序。

南司耀眼珠子上下转动，一直盯着她。

韩胤希注意到这家伙笑得有些异常，好像心情特别好的样子。

自己的老婆被人这样盯着，换谁都不爽，他瞪着南司耀："已经上课了，你知道吗？"

这人还不把头转回去，要不要他帮忙？

要是这时候让韩胤希出手，他可不敢保证不会把南司耀的脑袋给拧下来。

南司耀心情好，不跟他计较，对安子颜挥了挥手："下课再找你聊。"

然而到了课间，安子颜拿出了上午的课本，忙着补上午没听到的课。

南司耀怎么也插不进她跟课本的世界，叫她她也不理。

他倒是想捣乱，可是看她这么认真的样子，会让他觉得，他要是在这个时候打扰她学习，那他就不是人。

打扰别人学习是不道德的行为，虽然南少爷的字典里并没有"道德"这两个字。

期间，在第二节课的时候，韩胤希因为学生会那边出了点状况，而不得不赶过去处理。

南司耀一见他走了，想都没想就把下节课要用的课本丢到了韩胤希的桌子上。然后他起身，屁股一扭，就坐到了韩胤希的位置上。

安子颜这才抬头看了看他。

南司耀说："你忙你的，不用理我。"

安子颜可不觉得韩胤希会愿意让他坐在这个位置，便说："你回你那边坐，别打扰我。"

南司耀举起手做起誓样："我保证不打扰你。"

安子颜拿他没辙，只好算了。

但她好歹尝试赶过他了，不然要是让韩胤希知道，不知道韩胤希会不会又发脾气。

唉，为什么他们两个男生好像比她这个女生还情绪化，动不动就发脾气？真难伺候！

安子颜便无视了南司耀，把注意力转回课本上。

她如果不把注意力集中在课本上的话，又要心不在焉了……

有些时候想事情是浪费时间的事，想，就去做，只有去行动了，才能得到实际的结果，不管这个结果是怎么样的……

安子颜这次很快意识到自己又恍神了，皱眉甩了下头，强硬地把注意力拉回来，回到课本上。

这或许就是学霸的能力，能迅速地集中注意力，哪怕一时被转开了注意力，也能够很快地把注意力给拉回来，重新专注在学习上。

而南司耀如他自己所说，并没有打扰她。

他就撑着下巴盯着她，也不知有什么好看的，就觉得今天的阳光真好，暖色调的阳光成了她的侧脸的背景，从他这个角度，能看到她脸上的小绒毛，特别可爱，好像不用摸就能知道她的脸有多嫩滑。

嗯，他真想摸一下。

南司耀是个任性的家伙，在他的字典里没有“忍”这个字，他刚动念头，手就自己有了意识似的伸了过去，捏住了她的脸颊。

哇，这手感真好，软软的，捏起来真好玩。

他定睛一看，才发现安子颜在冷眼瞪着他。

她哼道：“是谁刚刚说保证不会打扰我的？”

南司耀装傻得很欠扁：“是谁？谁说的，给我站起来！”

安子颜无语了。

偏偏在这个时候上课铃响了，南司耀正好给自己找台阶下：“我是看着要上课了，所以提醒你一声。”

安子颜后悔自己相信了他的保证，这家伙本来就不靠谱，还指望他的保证能说到做到？是她天真了。

安子颜反思自己，这次很强硬地对他说：“你回你的位置坐。”

南司耀说：“我这次保证绝对不会打扰你，你相信我……”

安子颜无情地打断他的话：“不好意思，你的保证已经破产了，请你马上回到你的位置，不然我打电话告诉韩胤希了。”

南司耀大爷一样赖着不走：“你打啊，我又不怕他。”

他南司耀会怕韩胤希知道吗？

安子颜来硬的，真的拿出手机给韩胤希打电话。

南司耀瞪着她说：“你真打啊？”

安子颜拨了号码过去，然后把正在拨打的画面给他看。

南司耀表示投降：“行，我走，你赢了。”

先说明，他走不代表他怕韩胤希，明白吗？虽然韩胤希要是真发火，他可能干不过韩胤希。

南司耀听闻过一些关于韩胤希不为外人所知的传闻，是韩家由黑道转白道之前发生的事，当时韩家的几个老古板执迷不悟，始终不肯点头，最后让人想不到的是，居然是年纪轻轻的韩胤希出手搞定了这件事。

这期间的几个月，韩家内乱，加上外面的人想趁机搞事，韩胤希到底是怎样用雷厉风行的手段搞定这些事的，让人无法想象。

南司耀听闻的部分，他一开始还觉得是添油加醋的，后来才知只是冰山一角。

韩胤希这人到底有多可怕，南司耀并不想知道。

他可以任性妄为，无非是因为有南家在背后给他撑腰，但要真跟韩胤希对上的话，估计南家都保不了他。

南司耀表面上玩世不恭，实际上脑子精得很，平时跟韩胤希嘴皮子上斗一斗，他知道是无所谓的，可是动真格的话，那他的胜算就微乎其微了。

经过这段时间的观察，南司耀看得出来，韩胤希对她是真的很在意。

虽然他不明白韩胤希到底喜欢她什么，但有一点他也注意到了：她最近这段时间变化真的很大，大到……都不像唐大小姐了，简直像换了一个人似的。

一直到放学，安子颜都没什么异样，像平时一样认真地听课、做笔记。

呃……这样的唐大小姐本身就是异样。

下课铃刚响起，南司耀没等老师说下课，就转过身问她："你今天是要回家吧？韩胤希在忙晚会的事，铁定是顾不到你了，不如我送你回家吧，反正顺路。"

顺路个鬼，南家跟唐家明明就是两个方向。

安子颜摇头，说："我让司机来接我了。"

这就叫前车之鉴，免得她再像之前那样打不到车。

南司耀不高兴样地撇嘴："饭不跟我吃，送你也不行，你是不是要告诉我，你怕韩胤希不高兴，以后就只坐他的车？"

安子颜觉得这个借口不错，便顺势说："你答对了！"

南司耀脸色黑了，他不是在给她找借口的灵感好不好？他是在控诉！

安子颜给韩胤希发了一条微信，说自己叫了司机来接，然后就拎起包包往外走。

不跟他说一声的话，她怕这家伙又无缘无故地发脾气。

唉，她怎么感觉自己就像哄小孩儿似的？

"等等我。"南司耀跟了上去，跟她并肩走着，一路陪她到了校门口。

果然，唐家的车已经在候着了。

一看到安子颜的身影，司机就整了整西装，毕恭毕敬地迎上前，躬身喊道："小姐。"

接着他回身为她拉开车门。

安子颜坐上车，朝南司耀挥了挥手："拜拜。"

南司耀看她没说谎，便也没说什么，目送她离开。

只是……他摸了摸下巴，一双偏茶色的眸子微微眯起：他总觉得她有些猫儿腻。

其实安子颜并没有回家。

她让司机随便开着，直到快晚上七点，新生晚会快要开始的时间，她才给了司机一个明确的地点："送我去万古汇。"

万古汇是燕城最高档的购物中心。

司机不疑有他——唐大小姐是经常去万古汇购物的，所以这是再正常不过的行程。

到了万古汇，安子颜让司机在这里等她，便走了进去。

十几分钟后，她从万古汇的东门走了出来，快速地上了一辆计程车。

其实她并没有对韩胤希说谎，她今天确实是要回家的，但不是唐家那个家，而是她以前的家……

车窗外渐渐地出现了她曾经熟悉的街景，是她曾经每天回家都路经的地段。

在她百转千回的思绪中，计程车停了下来——到家了。

安子颜想着"我回家了"四个字，眼眶就湿了。

司机正要让她刷码付款，一看她掉眼泪，连忙问道："小姑娘，你怎么了？"

安子颜摇头，声音微哽地说："没什么，就是回家了很开心。"

司机大叔笑着说："回家了当然开心，没有什么比家更温暖的地方了。"

安子颜同意地点点头。

付完钱，她下了车，脑子还没思考该往哪边走，脚就像是有自己的意识，走向了那条走过无数次的回家的路。

近了、近了，她紧张得心跳失衡。

站在家门口，她深呼吸，调整好自己的情绪，才举起手敲门。

咚咚——

“来了，谁啊？”

王慧玲打开门的时候，就看到门外面站着一个漂亮的女孩儿，女孩儿手中捧着一个精致的小盒子，对她微笑着。

她愣了一会儿，礼貌地询问：“请问你找谁？”

手指紧张地扣住了锦盒，安子颜拼命地忍住了泪水。

多亏了这段时间练出的演技，让她没有把内心真实的情绪表露出来。

她微笑着用有些僵硬的语气说：“你好，请问你是王阿姨吗？”

“我是啊。”王慧玲点头。

安子颜暗暗地深呼吸了一下，把心中默念了很多遍的台词说了出来：“这是安子颜小姐上个月在我们店里购买的物品，让我们在这个时间送到，请您签收。”

说着，她把手中的锦盒递上。

大概是听到了安子颜的名字，王慧玲愣怔了下才接过锦盒。

“颜颜买的？”再开口的时候，她的声音带着哽咽。

安子颜微笑着说：“对了，忘了跟你说，生日快乐。”

“生日快乐，妈妈。”她在心里补了一句。

此时的安子颜心里很矛盾，怕眼泪会忍不住流出来，所以想快点离开，可是又想多看一眼妈妈……

在她说出那四个字的时候，王慧玲捂住嘴，哭了起来。

安子颜好想上去安慰她，为她擦去眼泪。

这时一道高瘦的身影从屋内走来：“慧玲，怎么了？怎么哭了？”

王慧玲回头哽咽着说：“原来颜颜之前给我买了生日礼物，现在人家送来了……”

高瘦的男人上前揽住她，安慰地拍了拍她：“还是安排在你出生的时辰送过来，颜颜真是有心了……”

听到这话，王慧玲哭得更凶了，把脸转到他的胸前。

安子颜快忍不住眼泪了，强忍着哽咽对他们说：“祝你们幸福。”

妈妈，祝你和赵叔叔从此幸福快乐。

赵叔叔对她点点头，表示感谢，随后关上了门。

安子颜急忙转身，眼泪在那一瞬间夺眶而出，很快就布满了她的脸颊。

她匆匆地跑下楼。

这是一栋旧楼房，没有电梯，楼梯间的灯光也有些问题，偶尔很亮，偶尔又暗下来，只能勉强看清楚阶梯。

因为泪水遮住了视线，她没看到眼前出现了人，便一头撞了上去。

她脑子里嗡了一下，还好有一双手扶住了她。

“你没……你怎么哭了？”对方惊呼道。

这声音很耳熟，安子颜一抬头便看到了南司耀的那张脸，有一秒钟的惊愕：“你怎么会……”

他怎么会在这里的？

被撞了个正着，南司耀索性借口都不找了，坦率地承认道：“我跟踪你了。”

安子颜：“……”

跟踪人还能这么理直气壮的吗？

南司耀现在在意的是她的眼泪，再次问道：“你怎么哭了？在上面发生了什么事？”

他故意等了一会儿才跟上去，没想到她下来得这么快。

早知道这样，他就该跟紧一点。

她神神秘秘地跑来这种地方，上去没一会儿就下来了，又哭得满脸眼泪，真的很让人好奇到底发生了什么事。

安子颜推开他，生气地说：“你怎么能跟踪我！”

她前面做了那么多，又是绕路，又是进商场，再从另一个门离开，然后快速上计程车走，都是为了避开有人跟踪。谁知道居然没有用，一点用都没有！电视上的那些都是骗人的吗？

南司耀虽然没想到会出现这种情况，但还是厚脸皮地说：“谁让你神秘兮兮的，让人那么好奇！不然我也不会跟踪你。”

这还怪她了？安子颜觉得他简直是不可理喻，做贼的居然还喊抓贼？什么人嘛！

她用手背抹去眼泪，绕过他，冷着脸往下走。

南司耀跟上去：“是不是有人欺负你了？”

这应该是他第一次看到唐大小姐哭吧？所以他才这么好奇是发生了什么事，能让她哭得如此难过。

安子颜不想理他。

南司耀停下脚步，抬头望着上方说：“你不说的话，那我就只好上去一家一家地敲门问了，还好这里一层就两户，应该花不了多少时间。”

安子颜一顿，没再继续往下走。

南司耀趁机走到她身边，跟她并肩，等着她开口。

安子颜抬头瞪着他。

这一层的灯光没问题，让他能清楚地看到她红红的眼睛里还泛着可怜兮兮的水汽，让人看着就产生怜惜感，想抱抱她，安慰她一下。

南司耀的动作总是比思绪快，他的手已经伸过去，想要抱住她。

安子颜用手挡开了他的手，然后小手一伸，拽住了他的衣服，拉着他往下走。

南司耀说：“在这里说不方便是吧？那去我的车上。”

安子颜拽着他下了楼。

两人上了他的车。

南司耀很高兴，这可是她主动上他的车呢。

“说吧，发生什么事了？”他一边开车，一边问。

安子颜没看他，视线望着车窗外，声音带着明显的倦意：“我不想说。”

南司耀看出她是真的心情不好，难得地体贴一次，没再逼问下去：“行吧，不说就不说。我现在肚子很饿，你饿不饿？要不要去吃点东西？”

安子颜没应答。

那他就当作她同意了吧。

南司耀便做主带她去了一家米其林三星餐厅，在这里还能看到燕城最美的夜景。

他说：“你们女生不是都喜欢看夜景吗？看点漂亮的东西，心情就能变好点。”

虽然在他看来，看漂亮的夜景不如去做一点刺激的事，发泄一番，这样效果更好。

安子颜一开始没觉得饿，等服务员上了菜，才听到自己的肚子咕噜噜叫的声音。

她没说话，只是拿起了叉子，开始吃东西。

南司耀看着她的举动，笑了一下，还切了自己的一块牛肉给她：“试试这个，很嫩的。”

安子颜看了一眼那块五分熟的牛肉，皱了一下眉，碰都没碰。

“不要牛肉的话，那这个呢？”南司耀说着，从裤兜里掏出一样东西。

眼前出现了一枚戒指，安子颜一眼就认出来了，这是她买的那款，是她精心挑选了很久的生日礼物。

其实很早之前她就察觉了妈妈跟赵叔叔的恋爱关系，但妈妈可能是担心她接受不了自己再婚，便一直没有答应赵叔叔的求婚。所以她特地挑了一对情侣钻戒，打算在妈妈生日那天送给妈妈和赵叔叔，想要告诉妈妈，她希望妈妈能得到幸福。

其实在这之前她确实是有些抵触赵叔叔的，怕他抢走了妈妈。

当年爸爸因为怀疑她不是他亲生的女儿，认为妈妈出轨了，便跟妈妈离了婚。

妈妈含辛茹苦把她养大，所以她从小就很懂事，学习也非常努力，就想着长大后努力工作，让妈妈过上更好的生活。

妈妈是她唯一的亲人。

所以当赵叔叔出现的时候，她就感觉妈妈的心思更多放在了赵叔叔身上，这让她不可避免地吃醋了。

其实她不讨厌赵叔叔，因为赵叔叔是个很好的人。

她也希望妈妈拥有第二春，有人宠着，不用再那么辛苦了。

可是知道是一回事，吃醋又是另一回事。

所以一开始重生的时候，她不敢回家，她心里很矛盾，不知道自己想看到什么画面，是妈妈因为失去她而悲痛万分？还是失去她后，妈妈跟赵叔叔正好没了阻碍，可以过上幸福的小日子？

再加上她自己也很乱，还搞不清自己这个重生是怎么回事。

她怕这是一个梦，是她出事之后成了植物人，脑子还活着，所以做了这样一个梦，等她醒来，或者死去，这个梦就结束了。

安子颜愣怔地看着南司耀。

如果这是梦的话，那眼前的南司耀是她想象出来的人吗？

南司耀发现她在发呆，伸手在她面前晃了下：“你不会在生气我跟踪了你，跟你买了一样的戒指吧？”

安子颜回过神，没好气地盯着他：“你怎么这么爱跟踪人啊？”

南司耀说：“我又不是跟踪狂！”

安子颜翻了个白眼："这就是跟踪狂，你跟踪了我两次好不好！"

南司耀把戒指放在手心里抛着玩，嬉笑着说："不跟踪你，我怎么知道你干了什么？一开始我还以为……"

一开始他还以为她买那对戒指是送给韩胤希的，现在看来不是。

在车上的时候，他就发现她的包包是瘪的，里面的锦盒已经不在了，这就说明她买的戒指不是送给韩胤希的。

至于是送给谁的，她不说没关系，他事后再查查就知道了。

南司耀把戒指高高地抛起，然后接住，把手伸向她，摊开，露出手心里的戒指："这枚女款的给你。"

虽然这戒指才六千多块一对，他平时看都不会看一眼这么廉价的东西，但她的眼光还算不错，这戒指的款式至少大方得体，算是物美价廉了。要是她跟他一起戴的话，他倒是不介意戴着玩玩。

"我不要。"安子颜拒绝了，还忍不住吐槽他，"送女孩子这种东西，至少要用漂亮的盒子装一下吧？哪儿有人像你这样直接放裤兜里的？"

说白了，这种行为就是对女孩子不上心，上心的话就不会这样。

当然，安子颜心里也很清楚，南司耀接近她估计是有什么目的，绝不会是喜欢她，所以对她不上心也是很正常的。

而且戒指这种东西，能随便收吗？

安子颜不理他，低头继续吃东西，准备吃完就回家。

这次的回家指的就是回唐家了，从她送完戒指，她跟以前的家就彻底没了关系。她不想打扰妈妈未来的生活，有赵叔叔照顾妈妈，她很放心。

南司耀把戒指收回去，认真地端详了一番，嗤笑一声，说："这么廉价的戒指，你不要也不奇怪，那下次我给你买更好的，带十克拉的钻石，怎么样？"

安子颜头都没抬："我不要。"

南司耀啧了一声，道："你自己不要的东西，你买来干什么？我真的很好奇你到底送给谁了，能告诉我吗？"

动作顿了一下，安子颜还是冷漠地回答他："不能。"

南司耀笑了。

他把玩了一会儿手上的那对戒指，从中拿出男款的那枚，突然伸到她面前，带着霸道总裁范儿地对她说："帮我戴上。"

安子颜抬头看了一眼，没理他。

南司耀哼了声，轻撇嘴角，对她威胁道："你不帮我戴的话，我现在就回去刚刚那栋楼，挨家挨户地敲门去。"

安子颜："……"

最终她还是妥协了，瞪了他一眼，不情不愿地拿起那枚戒指。

南司耀得意地笑着，把自己修长的手指递过去，还想了想说："戴在中指上。"

安子颜对这个没有研究，不懂戴在哪根手指上代表的是什么，但这也不关她的事，她就照他所说的去做。

搞定后，她继续低头用餐。

"戴上还挺好看的。"南司耀欣赏了一会儿，表示对她的眼光的认可。

安子颜心想，当然好看，她可是货比三家，跑了好多珠宝店，才最后挑了这一款的。

她很快地用餐完毕，一边用餐巾擦拭嘴角，一边起身对他说："我吃饱了，你慢慢吃，我先走了。"

南司耀说："等等，我送你。"

安子颜拎起包包："不用了，我叫了司机过来接我。"

南司耀往后靠在椅背上，双手环胸，用怀疑的眼神瞅着她，挑眉说："这次是真的回家？没骗我？"

安子颜可不想再被他跟踪，没好气地说："我回家后给你发一条微信，这样可以吗？你别再跟踪我了！"

这都晚上十点了，她不回家还能去哪儿？

闻言，南司耀满意地点头，说："可以，很乖。"

安子颜摇摇头，走了。

第十八章
你是不是应该补偿我？

回到唐家，她信守承诺，给南司耀发了一条微信，说自己到家了。

南司耀说："你发个定位，或者拍个照，我确认一下。"

安子颜心想：这人怎么这么烦啊？她都不想理他了。

但想起他的威胁，她还是照做了，给他发了自己的定位。

南司耀满意了，给她回复了一个"乖"字，还加上一张摸摸头的表情图。

过了一会儿，安子颜洗完澡出来，才发现他把这段对话截图发到了朋友圈，尤其是他还随图配上了暧昧的表述，这让安子颜看着很不舒服。

她有些生气，敲了他的聊天框，质问道："你干吗把我们的聊天截图发到朋友圈？"

他是故意的吗？

要是让韩胤希看到，知道她没去新生晚会，反而是跟南司耀在一起，那家伙又得发脾气了。

等了一会儿，南司耀都没回复，安子颜多了些烦躁，又敲字对他说："我知道你是故意的，我不喜欢这样，你赶紧删了。"

再这样下去，她真的要发火了。

因为家庭环境的关系，安子颜跟母亲相依为命，没人护着她们母女俩，所以很多事情她都只能忍耐。

只有被触及底线，真的很生气的时候，她才会发火。

而现在，其实她不需要再顾虑那么多了，她现在是唐家大小姐，没人敢对她怎么样，她完全可以想发火就发火。

但多年形成的性格，让她不会轻易动气。

她又等了好一会儿，南司耀才回复了："你先别生气，我不是故意的，我是发了朋友圈，但设置了权限，只有你一个人能看到。"

他还在后面附上那条朋友圈的权限截图。

确实是只有她一个人可见。

南司耀发来一张委屈巴巴的表情图，道："我只是想留个纪念而已。"

安子颜："……"

她没想到是这样的，搞得反而是她小题大做了似的。

她打字说："你也知道，我跟韩胤希说了我是有事才不能陪他去新生晚会，要是让他知道我晚上跟你在一起吃饭，他会生气的，你可以答应我今晚的事别告诉他吗？"

南司耀回复："这是我们之间的小秘密？"

其实他还很想问，她就这么在意韩胤希生不生气吗？但想起她之前回答过的，知道她一定会说"是"，所以他索性不问了。

安子颜说："嗯。可以吗？"

南司耀发来一张拉钩的表情图，接着又发来一张嘘的表情图，打字道："不告诉他。"

虽然这人的保证很不靠谱，但安子颜还是暂且选择相信他，不然能怎么办呢？

另一边。

今年的新生晚会不是太顺利，虽然白若烟找到了合适的主持人，但因为别的问题，晚会拖延到了晚上八点才开始，到结束的时候，已经是十点之后了。

晚会开始之前，韩胤希本来想给安子颜打个电话，只是刚要拨号的时候，白若烟就过来找他，说出了状况。

一直忙到晚会结束，他才终于有空隙，想起了给她打电话的事。

现在晚上十点多了，韩胤希站在阳台上，望着外面漆黑的夜色，吹着夜风，突然就很想她。

他想听听她的声音……

等他回过神的时候，电话已经拨了过去。

只是一道女声告诉他，他所拨打的电话正在通话中。

这时白若烟走了进来，举着手机对他说：“会长，你要不要看看最新的帖子？”

他蹙眉，有不好的预感：“什么？”

白若烟简单地说明：“您的未婚妻，红杏出墙了。”

她把帖子上的照片递给他看。

照片上，安子颜正在给南司耀戴戒指，两人看上去很是亲密。

白若烟把帖子的内容念给他听：“有人在香格丽舍约会的时候遇到了唐大小姐和南少，正好拍到了这一幕。帖子上说，两人举止亲密，像是在约会……”

没等她念完，韩胤希就打断了她的话，把她的手机夺了过来。

白若烟这才发现会长大人的脸色有点难看。

韩胤希盯着屏幕上的帖子，努力让自己忽略那张图片，先看文字。

发帖的人还说：“南少不知怎么惹了唐大小姐生气，唐大小姐起身就走，丢下他一个人。都说女生的情绪犹如那月亮，阴晴多变，但这唐大小姐变得也太快了吧？刚刚才给南少戴上情侣戒指，一扭头就发脾气了，还真是难伺候。”

后面有不少人跟帖回复。

“很好奇，唐大小姐是为什么发脾气的？”

楼主回复这人：“我也想知道，可惜离得有点远，听不清他们在说什么。哼，如果这是我女朋友，我直接就分手了，不惯她的毛病。”

有人看不惯地说：“人家难伺候也不关你的事，你想伺候人家唐大小姐还没那个资格呢。”

楼主气冲冲地回复：“你管我啊？你以为人人都像你一样没有尊严吗？”

有人更在意的是图片上的内容，毕竟有图才有真相，其他的描绘都是楼主自己说的，很可能有添油加醋的成分。

“居然送戒指，她跟韩少都已经订婚了，也不见她戴订婚戒指，反而给别的男人送戒指。”

“此时很想给韩少唱一首歌——我听见雨滴落在青青草地……”

“果然唐大小姐还是唐大小姐，怎么可能会为了韩少就放弃整片森林呢？不过没想到的是，南少明知道她订婚了，还跟她在一起，两人这是‘渣女’配‘贱男’，天生一对。”

“楼上的说话小心点，你不怕被唐大小姐看到吗？”

果然，那人立马就尿了，请求楼主帮他删帖。

贴内的回复要楼主和版主才有权限删，其他人删不了。

然而楼主此时只顾着跟之前那个人吵架呢。

韩胤希没把帖子翻完，就回到主楼，放大了那张照片。

照片上，那枚戒指上的钻石被灯光反射出一道耀眼的光芒，这光芒很唯美，却刺痛了他的眼睛。

他现在只觉得自己很可笑，居然以为她买的戒指是送给他的……

而此时，那枚戒指戴在了别的男人手上。

韩胤希从没有这样生气过。

从小到大，他因为家庭的特殊性，经历过很多同龄人没有经历过的事，所以很少有事情能让他真正动怒。

可是现在他发现自己真的很生气。

一旁的白若烟瞅着他，像是没意识到自己在火上添油，愤愤不平地说：“唐大小姐不是说有事才不能陪你来新生晚会的吗？她怎么又跑去跟南少约会了？难道说她跟南少约会的事比陪你参加新生晚会还重要吗？”

她不说还好，这么一说，韩胤希的脸色就更沉了。

“她骗我……”他的黑眸中迸射出寒芒，低哑的嗓音像是从冰窖中发出来的。

白若烟对唐沫颜本身就没好感，所以她实在不明白，会长怎么会喜欢上唐沫颜呢？

她觉得现在会长能看清楚唐沫颜的真面目也好，免得再被骗下去。

白若烟说道：“其实这也是唐大小姐的常规操作吧，她脚踏两只船也不是第一回了，之前看她跟你那么亲密，还以为她是真心喜欢你，为了你愿意放弃以前逍遥的日子，但没想到……”

之前唐沫颜的装模作样确实骗到了不少人，但这其中不包括白若烟，她当然不会相信唐沫颜能改邪归正，毕竟狗是改不了吃屎的，一个被宠坏了的大小姐，任性逍遥惯了，怎么可能会突然修身养性呢？为一棵树而放弃整片森林这种事也只有小说和电视剧里才会有。

所以看到这个帖子，白若烟真的是一点惊讶都没有，只觉得来得正是时候。

她实在不懂，一向高明睿智的会长怎么会着了唐沫颜那种女魔头的道儿呢？

所以现在正好让会长认清这个女人是什么样的人。

白若烟看韩胤希没有反应，继续说道："有时候真心付出，不一定就能得到真心的回报，尤其是现在很多人喜欢玩弄别人的真心……"

韩胤希沉声打断她的话："别说了，让我静静。"

白若烟向来很听他的命令，闻言，乖乖地闭嘴，候在一旁。

韩胤希望着外面，夜色浓重得有些压抑。他闭了闭眼，转过身的时候，脸上的表情已经恢复正常，看不出他的情绪。

他对白若烟道："忙完了就回家吧，今天辛苦了。"

今晚的新生晚会出了不少错，因为其他人或多或少怕他，而她是秘书长，所以其他部门出了什么状况，都是第一时间通知她，然后再由她转告给他。

韩胤希知道，她本来挑好了礼服，准备今晚好好享受一番的。但今晚忙前忙后的，她一刻也没有休息。

白若烟一只手扶着脖子扭了扭，精致的秀眉微皱，露出疲惫的神色。

她对韩胤希说："会长，你是要回公寓吗？如果是的话，可以顺路送我吗？"

韩胤希扫了一眼她身上的小礼服，裙摆在膝盖以上，露出一双细长白皙的腿，虽然上身有袖子，但是是露肩的设计。现在时间已经挺晚了，这样的穿着去坐计程车的话，确实是不太安全。

白若烟刚说完上一句，就又笑着说："还没到晚上十一点，应该还有计程车，我坐计程车也行，不用麻烦你了。"

"走吧。"韩胤希对她示意，只说了两个字。

白若烟跟了他这么久，当然明白他这就是同意的意思。

她双手合十，感谢道："谢谢会长！以后我一定会更加拼命地为你当牛做马。"

听到这话，韩胤希笑了一下："当牛做马就不用了，你今天也辛苦了，就当作奖励吧。”

白若烟故作失望：“这就算奖励了？今晚大家都很辛苦，我还以为你会请大家吃一顿好的，当作奖励呢。”

韩胤希看向她，明白她的意思，她这是在提醒他，今晚大家都很辛苦，应该适当地奖励一番。

以往的话韩胤希也会这么做，他并不是个吝啬之人，只是今晚他一直有些心不在焉，所以没有想到这些细节。

他对白若烟颔首说：“你说得对，是该奖励一下。只是请客的话好像太简单了，你下周帮我问问大家，看他们想要什么奖励，统一一下，然后再告诉我。”

白若烟应道：“好的。”

两人从他的办公室走出来，从楼梯一路下来都没见着一个人，大概是太晚，大家都赶着回家去了。

两人走到校道上，人影也寥寥无几。

两人上了他的车，流线型的跑车缓缓地开出了星尚的校门。

一路上两人都没说话，车内安静得仿佛能听到针掉在地上的声音。

韩胤希黑眸微沉地望着前方，一边开车，一边想着什么，神色看上去有些严肃。

到了她家，车缓缓停下，韩胤希转头一看，才发现白若烟不知什么时候睡着了——估计她是累坏了，白天的时候布置场地，她还要忙着找新的主持人，晚上又状况百出。

犹豫了一下，韩胤希没有叫醒她。

韩胤希拉开车门，下车后倚靠在门旁，黑眸低垂，陷入沉默。

心里还是有一股挥之不去的烦躁，他突然很想抽烟。

明明他是没有烟瘾的，平时也几乎不抽，只有别人递烟的时候才偶尔抽上一支。

他正想着要不要去买一包烟，空气中突兀地响起一道铃声。

是他的手机响了。

韩胤希掏出手机，看到来电显示的时候，顿了一下。

是她打来的。

是因为看到了他的未接来电，所以打过来吗？

那她之前跟谁聊了那么久？南司耀吗？

韩胤希在心里哼了一声，眼神一冷，挂断了她的来电。

周末两天，安子颜原以为韩胤希会来找她，谁知道他一个电话都没有打来，连微信也没有。

这让她感觉有点奇怪。

但他不找她，对她反而是好事。

安子颜趁着这两天的空当儿，把这周的课复习了一遍，又将下周的课预习了一遍。

学习是让她感觉最充实的方式。

周日那天，她还接到医院打来的电话，让她去医院复查。

因为这个电话，害得她想起了在医院发生的事，走神了好几次，没能专注于学习。

晚上，她坐在床上，攥着手机，犹豫着要不要给他打个电话。

周五那晚他打电话给她，可是她没接到，后来她拨回去给他，但他没有接听。

难道他是因为这件事生气了吗?

她当时没想到会变成这样，以为只是一件小事，谁知道他会因为这样就生气了。

这位大少爷还跟小孩儿似的需要人哄吗?

安子颜放下了手机，觉得不应该这样惯着他的脾气。

她当时在打电话，没接到他的电话又不是她的错，他至于因为这点小事就生气吗?

不过看韩胤希也不像是这么心胸狭窄的人，也许是她猜错了。

安子颜突然想通了什么，笑了一下，用拳头敲了一下自己的脑门："哎哟，我真傻！"

她怎么忘了，韩胤希那家伙可是"渣男"，说不定周末两天正跟别的女生甜甜蜜蜜地约会呢!

她还瞎担心他是不是在生她的气，真是想太多了。

谁会因为别人在通话的时候接不到电话这种小事就生气呢？想想也不可能。

安子颜放心了，噌地一下从床上起身，双手交握，扳了扳手指，活动一下筋骨："再看一遍英语课的课件吧，看完再睡。"

英语是她的弱项，现在有这么好的外教资源，她当然要好好珍惜。

到了周一，安子颜不早不晚地到了教室。

她一进来，就发现大家用八卦的眼神盯着她。

又出什么事了吗？

走到自己的座位坐下，她准备背一下英语单词。

然而下一秒，教室门口就起了一阵骚动。

听着女生们激动的声音，安子颜不用抬头就知道，是韩胤希来了。

她抬头一看，果然是。

他走了过来。

安子颜便露出微笑，跟他打招呼："早啊。"

韩胤希仿佛从冰窖里出来的一样，整个人冷冰冰的，看都没看她一眼，走过来就坐下。

安子颜也是很懂得观察的人，立马就意识到这家伙在生她的气。

他不理她，说明生气的原因跟她有关，那就明摆着是生她的气嘛。

她做了什么吗？安子颜百思不得其解，用余光瞅了瞅他，看他脸色那么臭，又不好热脸去贴人家的冷屁股，所以她索性也不说话了。

一时之间，教室里安静得有些异常。

但安子颜很快注意到了一点，就是同学们没有窃窃私语地讨论。看他们脸上的表情，没有疑问，好像早就知道会是这样的情景似的。

为什么呢？安子颜思考着这个问题，想要按逻辑去分析。

这时南司耀进教室了。

跟这边的低气压相比，他就显得过于嘚瑟了。

南司耀三两步就走过来坐下，转过头看着她，还非常得意地举起戴戒指的那只手，抽筋似的晃着，一看就是在显摆。

安子颜心里给他评价：这人就三岁大，不能更多了。

南司耀嘴角一勾，俊脸转向了她身边的韩胤希，把戴戒指的手伸了过去，炫耀地说："好看吧？"

黑眸毫无温度地睨着他，声音像是从地狱里传来的，韩胤希冷冷地说："你信不信我把你这只手给剁下来？"

南司耀从韩胤希眼里看到了明显的杀气。

信，他怎么敢不信，于是他嗖地一下就把自己的手缩了回来——对于男人来说，手可是很重要的。

从韩胤希的反应，南司耀就知道他一定是看过论坛上的帖子了，只是没想到他的火气会这么大，今天还是少惹他为妙。

南司耀转回头的时候，还对安子颜使了个眼色。

然后安子颜就感觉自己的手机震了一下，拿出来一看，是南司耀发来的微信："你要不要过来跟我坐？感觉韩胤希今天跟吃了火药似的，你离他远一点比较好，免得被殃及。"

安子颜还不知道自己就是罪魁祸首，回复道："没关系。"

南司耀是想哄她过来跟自己坐的，谁知她不肯。

他继续游说："你不怕他发火吗？他刚刚那么凶，还说要剁我的手，太可怕了。"

后面还附上一张瑟瑟发抖的表情图。

安子颜没有被他说动，正要继续打字回复他，韩胤希一记眼刀甩了过去，声音冰凉地说："有什么事不能让我知道吗，要偷偷摸摸地发微信才行？"

别以为他看不出来他们两个在发微信，哼，还真是连成一气呢，看来他这个未婚夫才是外人。

安子颜有点尴尬，把手机放进抽屉，看向他说："没有偷偷摸摸啊，这不就在你面前发的吗？"

韩胤希更来气了，还敢反驳他？

"不算偷偷摸摸是不是？那你把聊天记录给我看看，我看是不是那么光明正大！"

安子颜："……"

刚刚的内容给他看是没什么关系，反正她拒绝了南司耀，没有答应过去跟他坐。

只是……周五那晚的聊天记录，给他看到就不得了啦。

安子颜这才想到，自己为什么不把聊天记录删了呢？

看着她不情愿的样子，韩胤希冷哼一声，说："看来你们之间有什么不想让我知道。"

安子颜："……"

韩胤希看着她一脸被说中的表情，更恼火了，讥诮地说："放心，我也没兴趣知道。"

安子颜不明白他为什么生这么大的气，而且明显是针对她的，要是换作平时，她就不想理他了，因为她实在是对男生这方面一点都不开窍。

可是想起他在医院时对自己的照顾，她就做不到对他不管不顾。

头疼……她是该先搞清楚他生气的原因，还是直接哄他呢？

怎么办，她没经验啊！

对于没经验的事，安子颜一时无从下手，想了想，决定先在网上查一下。

她一开始查的是："朋友生气的话，应该怎么哄？"

可是看下面的回答，她感觉不适用，蹙眉一想，把前面的搜索词换成了"未婚夫"。

然而搜索出来的结果显示的都是男朋友。

好吧，未婚夫就约等于男朋友。

最高点赞数的回复是："哄男朋友其实很简单的，不需要搞清楚他是因为什么生气，也不需要道歉，就直接扑上去，抱住他，亲下去，滚一滚，就搞定了。"

抱住、亲、滚一滚？安子颜脑海中莫名地浮现出这一段操作的画面。

喀喀！安子颜默默地关掉了页面。

这种东西，她怎么可能办得到？

再说了，她跟韩胤希虽然订婚了，但两人并不是恋爱关系啊。

算了，网上的这些东西做不了参考，她还是自己想办法吧。

安子颜扭头看向韩胤希，用了自己觉得最有效的一招，说道："韩胤希，我中午请你吃饭吧？"

没等韩胤希回答，一听到她这话，南司耀就嗖地一下转过身，指着她说："你上周说，这周一来就请我吃饭的，你可不能言而无信。"

安子颜也想起来了："那……我请你们两个人吃饭。"

韩胤希冷漠地拒绝："不吃。"

哼，请他吃饭还带上她的奸夫？她这是什么意思？

南司耀乐呵呵地说："他不吃正好，就我们两个人去吃吧，到外面吃，我带你去一家餐厅，保证你喜欢。"

韩胤希用冒火的眼睛瞪着他。

南司耀吓得缩了一下脖子，对安子颜挤眼，说："就这么说定了。"

说完，他赶紧转回去。

安子颜更头疼了，想哭的心都有了。

为什么生活这么艰难？谁能救救她？

安子颜想了想，对韩胤希说："那从明天开始，这一周的午饭我都请你，好不好？"

南司耀又扭头说："你欠我三顿饭。"

安子颜也觉得他烦了，抓起课本就砸过去。

南司耀躲开了。

安子颜指着地上的课本说："捡起来。"

南司耀听话地去捡，还把课本拍干净了，才放回到她的桌面上。

韩胤希看着两人的互动，冷冷地撇了一下嘴，这两人居然在他面前打情骂俏的，当他死了是不是？

安子颜可是个守信的人，既然事先答应南司耀了，这时候也不能反悔，而且她也想早点还了欠他的。

她绞尽脑汁想了一会儿，不想让南司耀听到，还把小脑袋挨过去韩胤希身边，用只有两人能听到的声音说："那晚饭我给你做，行吗？"

韩胤希终于正眼看她了。

他补充道："不是只做一次晚饭，以后，未来，你每天都要给我做晚饭。"

安子颜目瞪口呆，他还能更过分一点吗？

事实证明，他能！

韩胤希继续说："除了晚饭，还有早餐，你也要每天给我做。"

安子颜面无表情地拿出课本，把他的话当作耳边风。

他随便说，反正她什么也没听见。

"还有……"

还有？安子颜想打人了。

两人吃完午饭，就一起回了韩胤希在学校附近的那套公寓。

韩胤希看她没进房间，而是走到沙发边坐下，便跟着走过去，坐在她身边，道："不是说要休息吗？去房间睡啊。"

"我看一下手机，等下再睡。"安子颜摇头，把手机屏幕转开，免得被他看到屏幕上的课文。

韩胤希很快就注意到她心不在焉的。

当然，他不知道她其实是在看课文，还以为她在想谁，而这个谁很可能不是他。

他现在对她心不在焉的状态比较敏感。

“如果你感到无聊的话，可以逛逛学校论坛。”他提醒道，话里带着不易察觉的暗示。

“哦。”安子颜的回答很明显带着敷衍。

韩胤希眯起眼，探头过去：“你在看什么？看得这么专注。”

安子颜赶紧把课文的页面关掉了，点进浏览器，假装正准备进学校论坛：“你不是说让我逛学校论坛吗？我在找呢。”

呼，幸好她有听到他说的那句话。

韩胤希朝她伸出手，说：“把手机给我。”

安子颜犹豫了几秒，才把手机递给他。

韩胤希输入学校论坛的网址，还准备帮她收藏下来，方便她以后打开，却发现她的收藏夹里早就保存了学校论坛。

“你的收藏里不是有吗？”

安子颜现在演技好了很多，没有表现出疑惑，而是淡定地解释：“可能是我以前随手收藏的，我忘了。”

韩胤希把手机还给她：“你慢慢来吧，我上个厕所。”

他一走开，安子颜就准备继续背课文。

谁知，韩胤希走了几步，突然像是想起什么，回头给她布置了“课后作业”：“等下你跟我说说，论坛上都在聊什么。”

安子颜没辙，只好放弃背课文，点进了学校论坛。

她觉得这论坛的页面设计得还挺好看的。

她一眼看到最活跃的八卦区，点了进去。

飘着一个“热”字的帖子，标题上明显说的是她，还带着“红杏出墙”四个字。

红杏出墙？这个词为什么会跟她扯上关系？

她红杏出墙？什么跟什么嘛！

安子颜觉得莫名其妙，便点了进去。

第一眼，她就看到了她给南司耀戴戒指的那张照片，她愣住了。

接着她赶紧看了帖子的内容。

原来那天被拍到了，大家都认为她背着韩胤希出轨。

尤其是她看到其中一个人的回帖，指责她骗韩胤希，说有事不能陪他去新生晚会，却转头偷偷摸摸地跟南司耀约会。

“脚踏两只船，就不怕哪天船翻了吗？”

“枉韩少对她那么好，对她一心一意的，她却这样对韩少，太可恶了！”

“整个星尚多少女生盼着、求着得到韩少的注意，哪怕只是被他看一眼，就能高兴一整天。她得到了，却不懂得珍惜！我真的好恨、好恨！”

一路看下来，安子颜感觉自己就是个“渣女”，渣透了！

这时洗手间那边传来开门的声响，是韩胤希从洗手间出来了。

她抬头看着他，突然明白了他今天生气的原因。

他一定是看到这个帖子了，尤其是那张照片，实在是辩驳不了的证据，难怪他那么生气。

韩胤希像是知道她看了帖子，慢慢地走过来。

但他并没有坐在她身边，而是选择坐在了单人沙发上，这样才能跟她面对面。

他一句话没说，在等她开口，深邃的眼神仿佛在说：你解释吧，不管说什么，我都会相信你。

面对着这样的眼神，安子颜真的没办法说谎，但让她全盘托出，也是不可能的。

她只能选择性地说一些，对他解释道：“第一，戒指不是我送给他的；第二，我没有跟他约会；第三，我那晚真的有事，我没有骗你，我是办完自己的事之后遇到了他，被他拉去吃饭，就是这样而已。”

韩胤希挑眉：“就这样？”

安子颜对上他的眼睛，点头说：“就是这样！我也不知道正好遇到学校的人，还被拍下来了。”

她后来才知道，南司耀带她去的那家米其林餐厅是燕城有名的情侣约会地，再加上那天是周五，刚放假，很多情侣晚上出去约会，而星尚的学生大部分是有钱人，在那家餐厅碰上的概率很大。

韩胤希往后靠进沙发里，大爷似的姿态。

他说：“我信你说的，不过你看，现在论坛上说成这样，我真的很没面子，你是不是应该补偿一下我？”

补偿？他想要她怎么补偿？

安子颜对这种事没经验，只能瞪着一双黑葡萄似的大眼睛，等他开口。

韩胤希嘴角一扬，笑意带着几分邪气。

他对她勾了勾手指。

安子颜不解地道："你说啊。"

韩胤希说："你过来。"

安子颜感觉有诈，仿佛闻到了阴谋的味道，但她还是起身，走到他面前。

他想怎么样？

韩胤希抬起修长的手指，点了点自己的薄唇，意思很明显了。

安子颜耳根微热：这色坯！

"快点啊。"他催促。

安子颜摇摇头，表示自己办不到。

韩胤希说："就亲一下，又不会少一块肉，你的补偿就这么没诚意吗？"

安子颜突然上前，双手扶在韩胤希所坐沙发的两侧。

韩胤希还以为她至少要害羞一会儿，没想到她这么快就行动了。

不错，不愧是他韩胤希的女人。

他弯起眼眸，等着她对自己的"补偿"。

安子颜双手撑着上身，缓慢地靠近他，然后粉唇轻启，吐出两个字："不要。"一说完，她就瞬间直起身，快速地往卧室走，"我去午休了，你不准进来！"

砰的一声关门声响起。

韩胤希失笑，但并没有生气，只是回味着她刚刚的眼神，那么亮的眼睛，仿佛里面藏着最璀璨的光芒。

虽然他没有得到自己想要的补偿，但看到她这么可爱的一面，也值得了。

第十九章

我只对你一个人感兴趣

晚上放学，两人去了医院。

其实复查不过是例行公事，来不来都是可以的，只是为了保险起见。

医生正在给病人看病，护士小姐让他们在外面等等。

安子颜和韩胤希便在外面的长椅上坐着。

突然，他们听到了急匆匆的脚步声。

一个护士跑过来，问这边的护士：“你们看到妍妍了吗？”

“没有啊，怎么了？”

“妍妍不见了！我刚刚陪着她的，然后她说去洗手间，我就回休息室拿点东西，谁知道回来她就不见了，我找了整层楼都没找着她，怎么办？”

在医院里丢了病人，那可是大事，另一个护士也紧张了：“我帮你找，看大家有没有空，跟前台说一声，让大家一起找。”

“好！”

那个护士急匆匆地来，又要急匆匆地走。

安子颜拉住她，问道：“你们说的妍妍，是哪个‘妍’？‘女’‘开’那个‘妍’吗？一个小女孩儿，七八岁的样子？”

对方点头：“对，就是她。”

安子颜有点担心："她怎么了吗？她怎么会突然不见了？"

护士重重地叹了一声："她可能是听到了医生跟她爸爸说的话……"

安子颜突然有不好的预感，让她的心脏紧缩了一下："什么事？妍妍难道有什么病吗？"

这是她唯一想到的可能。

护士点点头，面露难过地说："妍妍有心脏病，本来有希望的，后来因为拿不出钱，匹配的心脏没了，现在要等新的心脏，不知道还要等多久，而妍妍最近的情况不太好，估计等不了啦……"

看得出这个护士对妍妍很有感情，说着说着，眼眶就红了。

听完她的话，安子颜心里很难受，那么可爱的妍妍，居然……

护士抹抹眼角的泪，准备继续去找人。

安子颜说："我也帮忙找。"

"不用了！"突然一道声音冷冷地说道。

安子颜一愣，回头，看到了妍妍的爸爸。

他走到她面前，垂在身侧的手紧握成拳头，眼神冰冷得有些吓人："唐沫颜，我告诉你，如果妍妍活不了，我会让你陪葬的！"

安子颜被他突然的吼声吓了一大跳。

让她陪葬？为什么？

她从对方眼中清楚地看到了恨意——他恨她。

为什么？

安子颜突然想起上次在医院，妍妍知道她是"唐大小姐"后说过的一句话：是她害得妍妍的爸爸失去了工作，而且一直找不到工作。

难道妍妍错过了心脏移植，也是她害的吗？

虽然她知道当时害他们的人是以前的唐沫颜，不是现在的她，但在他们眼中，她就是唐沫颜啊！

安子颜顿时百口莫辩："你、你别这样，我也希望妍妍没事……"

王海生冷笑，眼底是浓到化不开的憎恨："你希望？这个世界上最希望妍妍死的人，就是你！"

安子颜被他吼得往后踉跄，幸好韩胤希扶住了她。

韩胤希把她护在怀中，指着王海生威胁道："你再吼试试！"

一般人对上韩胤希那双慑人的黑眸都会被震慑住，但王海生不知是失去了理智，还是因为什么，对韩胤希毫不畏惧。

他瞪着安子颜，咬牙切齿地说：“唐大小姐，别假惺惺了，当初要不是你从中作梗，我会丢了工作？我连奖金都没了，那笔钱是我几乎用命换来，给妍妍做手术用的！可是你简单的一句话，我就失去了一切，妍妍也因此错过了心脏移植的机会！如果不是你，妍妍现在就是个蹦蹦跳跳的孩子，她可以健康快乐地成长！”

一旁听着的护士也错愕地看向安子颜，估计她也没想到，安子颜会是这样的人。

安子颜猜到了是因为自己，但没想到事情是这样。

不，不是她，做那些事的人是唐沫颜，不是她。

可是她什么也无法说……

想到眼前这个绝望的父亲，拼了命地想要挽救自己的女儿，终于等到了有心脏可以移植，哪怕拼了命也要攒够做手术的钱，眼看着只要做完手术，女儿就能变成普通的孩子，健健康康地成长，那时的他该多开心啊！

然而就因为唐大小姐的嚣张跋扈、任性妄为，就把妍妍的活路给堵死了。

安子颜觉得这样太过分了，唐沫颜这个人，到底还能坏到什么程度！

是不是有权有势就可以不顾人命，就可以不管别人的死活？

安子颜好生气，如果唐沫颜在她面前，她都好想把这个人揍一顿，狠狠地揍一顿。

妍妍才那么小，她还有那么大的世界没去看过，她还有很多事没有去做，为什么就这样被剥夺了活下去的权利？

过分，真的是太过分了！

想到这里，安子颜眼眶都红了。

韩胤希注意到，赶紧把她搂在怀中，大手抚着她的头，柔声说：“不关你的事。”

这些跟你无关，不是你的错，我都知道。

在王海生的控诉和护士指责的眼神下，安子颜心口发堵地靠在韩胤希怀中，仿佛只有这里是她的避风港。

明明不是她做的，但好像一切都是她的错。

韩胤希把她搂得更紧了些，薄唇贴着她的发丝，轻吻安抚。

求她别再露出这样的神情了，他都快心疼死了。

护士毕竟见识多，回过神比较快，她正色对王海生说：“王先生，现在不是追究责任的时候，重要的是先找到妍妍。她身上有没有儿童手表或手机之类的，可以联系上她？”

“没有。”王海生摇头。

护士说：“那我们先把医院里找一遍，妍妍还那么小，她应该不会跑出去的。”

王海生点头，拔腿就要去找。

安子颜准备跟上去，也一起去找。

王海生停下脚步，回头瞪视她，跟对待护士的彬彬有礼完全是不同的态度，恶劣极了。

他拒绝了安子颜的帮忙，对她冷嘲热讽地说：“唐大小姐，就不劳烦你帮忙找了。”

安子颜看向他，毅然地说：“你不想我帮忙是你的事，我要帮忙是我的事。”

王海生一顿，便不管她了。

毕竟医院里还有很多病人，所以不可能出动所有人去找，但有空的人都被叫了出来。

可是众人几乎翻遍了整个医院，也没有找到妍妍的身影。

甚至有人怀疑她是不是躲在空病房里，所以又把病房都找了一遍，但仍然一无所获。

“妍妍到底去哪儿了？”安子颜急死了，因为楼内有很多人在找，所以她出院子里找了，今天是高温天气，找了没多久，她就满头大汗。

韩胤希把她拉进一个门内，让她可以吹吹空调，降一下温。

他冷静地分析：“医院里都找遍了，估计她跑出去了。”

安子颜说：“不可能吧？她还那么小，应该不会跑出医院，她可能就是躲在哪个角落了，我们再找找。”

韩胤希抬头四处查看：“医院里应该有监控系统的，让他们调出监控，这样比较快。”

安子颜这才想到这一点，恍然大悟：“对，监控！”

两人一起赶去前台，遇到了之前的护士，还有帮安子颜看病的医生。

因为找了这么久都没找到人，再加上妍妍情况特殊，所以大家都很焦急。

听完安子颜的话，护士说：“监控已经查过了，没有看到妍妍的身影，我们都猜她可能是躲在哪里，或者正好走了监控没有拍到的地方。”

查监控都没有用，安子颜的心更揪了起来。

这时韩胤希沉声说：“医院门口的监控查了吗？还有外面店铺的监控，都去查一遍！”

一个人不可能凭空消失了。

护士惊呼：“门口的监控还没有查！”

他们都以为妍妍还在医院，所以没有想到查门口的监控，查的都是医院大楼里的监控。

毕竟医院那么大，有那么多监控，光是查大楼内的，就需要花费很多时间了。

有了新方向后，大家赶紧去查医院门口的监控。而医院有三个出入口，大家全都查了一遍。

终于，在最后的期盼下，大家在监控录像中找到了那抹粉色的小身影。

“找到了！妍妍是从南门出去的！”

虽然找到了，但是大家并没有松一口气——妍妍出了医院，这下要找到她更是大海捞针。

这样要怎么才能找到她呢？她会去哪里呢？

王海生也听到消息赶了过来。

得知妍妍跑出医院了，他更着急了，拔腿就要跑出去找。

韩胤希喊住他：“你知道她去哪儿了吗？”

王海生脚步一顿，因为韩胤希是跟安子颜一起的，所以他对韩胤希也没有好脸色。

他说：“妍妍应该是回家了。”

韩胤希说：“不是。”

王海生皱眉：“你怎么知道不是？你了解她吗？”

韩胤希却反问他：“那你了解她吗？”

王海生不悦地反驳：“我是她爸爸，我怎么可能不了解她！”

韩胤希摇头，睿智地分析道：“她自己跑出去，你觉得可能是回家吗？如果要回家，她为什么不等你一起回去？”

“她……”王海生被韩胤希问得说不出话来。

安子颜说：“可是她是小孩儿，不能用大人的思维去分析。对她来说，家是最温暖、最有安全感的地方，所以她最大的可能就是回家了。”

韩胤希并不这样认为。

但这个时候，争吵也没有意义，他很快想到了办法：“查医院门口店铺的监控，先看看她往哪边走了，再一路查过去。”

虽然这样比较费时间，但至少明确了目标，不用大海捞针地找。

安子颜也觉得这个方法好。

但是有个问题，她问：“人家会肯给我们查监控吗？要不要先报警？”

韩胤希眼神锐利，自信地说：“我有办法。”

这个世界上，有很多事情是用钱就能解决的。

有人说钱买不到时间，这话不完全对，在这种情况下，钱就能买到时间。

报警当然也可以，但会需要不少时间去等待，而妍妍一个小女孩儿跑出去，谁也不知道会发生什么，这个时候每一分钟都是紧急的。

很快，他们一群人去了医院门口的店铺。

幸好有几家店铺的门口是装有监控的。

查过监控，大家确认妍妍上了一辆公交车。

安子颜问：“公交车上有监控吧？要查公交车上的监控吗？”

可是就算查了公交车上的监控，知道妍妍在哪儿下的车，但那个时候妍妍可能已经去了别的地方，这样一路查下去，要什么时候才能找到妍妍？

蓦地，护士惊呼道：“这路公交车最后一站是墓园！”

安子颜不解地问：“墓园怎么了吗？”

护士解释：“妍妍的妈妈前两年因病去世了，就葬在这个墓园里。”

王海生肯定地说道：“妍妍是去找她妈妈了，一定是……”

安子颜没想到妍妍还有这样的情况，来不及心疼便说：“那我们赶紧去墓园找！”

还好韩胤希是开车来的，他一路超车，在安全的车速下，两人先来到了墓园。

墓园很大，这要怎么找呢？

安子颜还算理智，先问了墓园门口的工作人员，确认是有一个穿着粉色裙子的小女孩儿来过。

工作人员指了一个方向，说："她就是从那个方向进去的，我那个时候有注意到，她一边哭，一边喊着妈妈，本来我不放心，想陪她进去的，但她自己就跑进去了。"

听到妍妍在哭，安子颜心疼死了，拔腿就要去找她。

韩胤希却拉住了她。

安子颜不解地回头看他："干吗啊？"

韩胤希说："等等，别急。"

她怎么可能不急？妍妍一定是知道了自己的病情，现在一定很伤心、很绝望，所以才来找她妈妈的，现在要快点找到妍妍啊。

韩胤希牵住她的小手，问工作人员："两年前下葬的大概在哪一块？"

工作人员明白过来，回答道："在35区。"

突然想起什么，工作人员让他们等等，然后匆匆回了门口的监控室。

韩胤希知道安子颜着急，安抚道："不急这几分钟，这个墓园很大，现在天都要黑了，我们漫无目的地找，还不知道要找到什么时候。"

安子颜知道他说得有道理，点了点头。

工作人员很快出来了，递给他们一张纸，说："这是墓园的地图，35区就在左下角的位置，你们拿着地图找，会比较容易一点。"

安子颜接过地图，颔首说了句"谢谢"，就赶紧拉着韩胤希跑了："快点、快点！"

果然有地图、知道在哪个位置，就不用盲目地找了，只要朝那个方向奔跑就行。

两人终于到了35区。

这里也不小，还有一些树木的遮挡。

安子颜说："我们分头找吧。"

韩胤希却不肯，握紧了她的小手，就是不放手。

他冷静地从左往右扫视，最终锁定了一个位置，道："前面。"

安子颜马上看过去，终于从墓碑的缝隙中看到了一抹粉色。

"妍妍！"她喊着跑过去。

近了她才看清楚，那抹粉色的身影正躺在坟墓上。

心紧了一下，安子颜吓坏了，赶紧奔过去。

"妍妍！妍妍！"她揪心地唤着，甩开了韩胤希的手，上前去抱住小女孩儿，查看她的情况。

还好小女孩儿抬起了头。

安子颜还以为她做傻事了，确认她好好的，才松了口气：“你吓死我了！没事就好、没事就好。”

真是太好了！安子颜眼睛发红，眼眶中转着泪水。

小女孩儿愣愣地看着安子颜：“是你啊……你怎么会在这里？”

明明知道安子颜是害得她爸爸没了工作的人，可不知道为什么，她就是讨厌不起来这个姐姐。

安子颜看到她的小脸上还挂着泪痕，心疼极了。

安子颜担心小女孩儿有哪里不舒服，没说医院的人在找她的事，而是先问道：“你怎么躺在这上面？是不是哪里不舒服？”

妍妍摇头，大眼睛红红的，说：“我就是……想我妈妈了，我想她抱抱我。”

所以她躺在这里，就是想离妈妈近一点，想象躺在里面的妈妈在抱她？

想到这一点，安子颜难受死了。

安子颜伸手抱住妍妍，声音哽咽地说：“我来抱你，可以吗？你可以当我就是你的妈妈。”

妍妍顿了一下，小手回抱住安子颜，小声说：“我知道你不是……”

安子颜不说话，只是紧了紧抱着她的手。

妍妍带着哭腔说：“姐姐，我快要死了……我想死在妈妈身边，可以吗？”

“死”字从一个七岁的小孩儿口中说出来，安子颜真是听不得这样的话，眼泪一下子就夺眶而出：“死什么死，你不会死的，小孩子不准说这样的傻话，听到了吗？”

妍妍在安子颜怀中摇摇头：“我没有骗你，我真的要死了……我偷听到了爸爸和医生叔叔说的话，我活不多久了，很快就要死掉了……”

“你别说了。”安子颜心里难受得要命，制止她说下去。

“嗯，我不说了。”妍妍懂事地点头。

安子颜看她这个时候还这么懂事，更心疼了：“妍妍……”

这个世界怎么可以这么残忍？一个这么懂事、这么可爱的孩子，还没来得及感受这个世界的美好，你就要夺去她的生命，她到底做错了什么？

妍妍轻轻地推开安子颜，看到了安子颜的眼泪，小手伸过去，帮安子颜擦眼泪，还用稚气的声音给安子颜开导：“我妈妈说，死不可怕的。我们原本就是天使，下来玩的，现在天使界需要我们，所以就召唤我们回去天上而已。我们回去天上，是要帮助更多的人。”

安子颜猜想，是她妈妈去世的时候为了不让她伤心，所以才这样骗她的。

妍妍掉了几滴眼泪，抽了抽鼻子，说：“其实我不相信有天使的，可是我妈妈说有，那我就相信她。那样妈妈就不是死了，她只是变成了天使，在天上守护我和爸爸，可是……为什么……”她哽咽着，忍不住抱怨起来，“明明有妈妈在守护我们，可是我和爸爸还是过得不好……为什么会这样……

“我不想死，我一点也不想变成天使，我舍不得爸爸……

“我不想离开爸爸……

“妈妈已经不在了，爸爸就剩我一个，我不能丢下他……”

这时，王海生和护士也找到了这里。

“妍妍——”王海生狂奔过来，把妍妍拽到怀里，失而复得一般紧紧地抱住。

“爸爸……”妍妍面对父亲的时候，终于大声地哭了出来。

护士在一旁抹眼泪。

安子颜往后退开，靠在了一个温暖的怀抱中。

她回头，对上韩胤希那双幽深的眸子。

他张开双臂，拥抱她，给予她这个时候她最需要的港湾。

安子颜看着相拥的父女俩，妍妍刚刚说的话还在她的耳边，让她心里难过极了。

她偎在韩胤希的胸膛上，双手扣住他的背，把脸埋入他的肩膀，沙哑的声音带着哭腔传入他耳中：“为什么我这么坏……”

其实她想问的是，为什么唐沫颜会这么坏，为什么这个世界上会有这么坏的人。

所以在唐沫颜害了她之后，她把唐沫颜的身体给占了，这是上天对唐沫颜的惩罚吗？

韩胤希安抚地摸着她的头发，薄唇贴着她的耳朵，用磁性的嗓音安慰她：“不是，不是你，这不是你……”

这不是你干的，我知道跟你无关，所以不要拿别人的错误来责怪自己。

这是安子颜此时最想听到的话，她收紧了双手，力道中有着自己都不知晓的依赖。

“妍妍——”王海生突然惊慌失措地吼叫。

安子颜望过去，便看到妍妍软在他怀中，那张小脸苍白得像纸一样。

护士立马看出了状况不对，赶紧说：“快回医院！”

妍妍半昏半醒中一把揪住了王海生的袖子，虚弱地说：“爸爸，不去医院，我们没钱……”

一旁的护士眼眶瞬间红了，别开脸抹眼泪：“王先生，这时候先不要管钱的事……”

没等她说完，安子颜就打断了她的话，站出来说：“钱不用担心，先送妍妍去医院要紧，赶紧啊！”

王海生被安子颜吼得一愣，然后迅速抱起妍妍，快速地往外跑。

安子颜下意识地就牵了韩胤希的手，带着他一起跟上。

韩胤希低头看了看两人相握的手，这好像是第一次她这样主动地牵他，不是为了其他事，只是想要他在她身边。

一行人快速地赶回了医院。

妍妍的情况很不好，第一时间被送进了抢救室。

在外面的等待，每一秒都是煎熬。

安子颜感觉自己每一次的呼吸都是沉重的。

韩胤希拥着她，两人靠在墙边，就算护士说了好几次，两人都没去坐到椅子上。

过了不知多久，终于抢救室的门打开了，医生一脸沉重地走出来。

王海生靠得最近，冲过去的时候一眼看到医生的神情，心脏猛然缩紧。

“医生，妍妍怎么样了？”他小心翼翼地问，好像怕惊扰了谁，好像这样问就不会出什么事了。

安子颜也察觉到了低沉的气氛，不自觉地屏住了呼吸。

医生叹了一声，对王海生说：“妍妍的病情不容乐观，要赶紧做一个手术，但这个手术只是暂时缓解，起不到多大作用，原本还有三个月，可是现在……”

王海生脸色苍白，声音干哑地问：“还有多久？”

医生难以开口，但还是得说：“不到一半时间，这还是乐观的估计。”

也就是说，一个半月的时间可能都没有。

王海生全身紧绷着，声音像是缥缈的，继续问：“那要是最坏的情况呢？”

医生说：“半个月左右……”

王海生猛地张大嘴，仿佛呼吸不过来，但他还是用哽咽的声音礼貌地对医生说：“谢谢、谢谢您。”

目前还有一个难题，医生犹豫了一下，才对他说：“王先生，等一下的手术，需要的费用可能也有点高，不知道你有没有办法短时间内凑到钱……”

王海生一愣，问道：“需要多少？”

医生说了一个数。

王海生眼神犹如死了一般，垂在身侧的手紧握成拳头。

“如果不做这个手术的话，那妍妍……”这样残酷的话，医生实在说不出口，尤其这关系到一个七岁小女孩儿的生命。

“这个钱我出！医生，马上就做手术！”在一片死寂中，一道声音突然破空而来。

王海生转头看向说话的安子颜，脸上并没有高兴的神情，只有憎恨：“不用了！你的钱，我……”

安子颜瞪着他，生气地吼道：“不用？所以你想妍妍死吗？”

王海生抿紧了嘴唇，始终倔强地不肯松口。

安子颜态度非常强硬地说：“我告诉你，我的钱不是给你的，是给妍妍的，所以你没资格替她拒绝！”

不想管他，她直接转向医生，叮嘱医生赶紧去给妍妍做手术，不管是手术费用还是术后费用，都由她承担，要给妍妍用最好的药。

医生为难地说：“唐小姐，就算你愿意支付手术费用，也要亲属签字才能进行手术。”

护士赶紧去劝王海生：“王先生，现在不是意气用事的时候，或许唐大小姐以前跟你有过什么误会，但那些不重要了，现在最重要的是保住妍妍的命啊！你赶紧签字吧，这个手术越快做越好，不能拖！妍妍还小，每一分钟的拖延对她都是致命的。”

护士的话惊醒了王海生，是啊，就算他再憎恨唐沫颜，也不能拿妍妍的性命开玩笑。

在护士的劝说下，他终于还是签了字。

妍妍被推入了手术室。

此时时间已经很晚了。

韩胤希问过医生，这个手术风险不大，但也只是暂时保住妍妍的命，妍妍最需要的还是心脏移植。

手术没风险，加上时间又很长，所以韩胤希想带安子颜走，毕竟她留在这里也做不了什么，而且两人一放学就赶来医院了，还没吃晚饭。

安子颜是不太愿意走的，她想看着妍妍手术成功出来。

韩胤希说：“你晚饭都没吃，现在一定很饿了，我们先去吃饭吧。我跟护士小姐说了，手术一结束就马上通知我们，如果中途出什么状况的话，也第一时间打电话给我。所以你不用担心，医生都说了，这个手术风险不大。”

其实安子颜想说自己不饿，她确实没感觉肚子饿，也没有食欲，但她想起他也没吃晚饭，所以同意了。

走之前她想起一件事，走向王海生。

王海生一看她走来，就警惕起来，虽然这半天下来，看得出她是关心妍妍的，但谁知道她是不是在演戏呢?

他见识过这个大小姐的心肠有多歹毒，所以不会轻易相信她。

安子颜对他说：“等妍妍手术出来，你帮我告诉她，让她好好休息，等着做心脏移植手术。”

王海生惊愕地看着她，眼眸猛然颤动，仿佛不敢相信自己听到的话，声音沙哑地问：“你说什么？”

安子颜正色说：“我说，妍妍心脏移植的手术费用，我一力承担，就当作我的补偿吧。”

王海生却冷笑了一声：“唐大小姐，你是想要我吗？”

安子颜皱眉，没想到自己都这么诚心了，他还是不信她。

看来唐沫颜以前做的事，真的让他恨透了她，所以才对她如此警惕，半句话也不会相信。

她反问他：“我为什么要要你？花这么一大笔钱来要你吗？”

他有脑子吗？她要是想要他的话，至于拿这么大一笔钱出来救妍妍吗？

虽然曾经伤害他们的罪魁祸首不是她，但她现在占了唐沫颜的身体，那她确实有些责任，而且她实在不忍心看到妍妍这么小就离开这个美好的世界。

如果只是花一笔钱就能拯救一条可爱的小生命，现在她又有能力，为什么不救？

王海生见识过太多人，尤其是有钱人，总是喜欢以钱来玩弄他人。

他不知道她这样做的目的是什么。

好心？呵，这位大小姐有心吗？

当她用恶毒的手段把别人玩弄在手心中，自以为有权有势就可以操控别人的人生，甚至性命的时候，这样的她，怎么可能突然发好心？

吃人的恶魔突然对你好，那背后绝对有目的。

王海生在失去妻子之后，女儿便是他的全世界，所以他不可能拿女儿来赌她的好心。

安子颜看他的脑子这么转不过来，真是气炸了。

她生气地说："你刚刚也听到医生怎么说了，如果妍妍不换心脏，她就活不了多久！还是说你已经想到办法在短时间内赚够妍妍手术的钱了？但是就算你赚到钱了，也不是就有心脏给妍妍做移植手术！"

是要符合配型才能做心脏移植。

这里面需要很多的条件达成，这也是当初妍妍错过了一个机会，王海生会那么绝望的原因。

要在短时间内再找到适合的心脏可以做移植，这几乎是不可能的事，除非有权、有势、有钱。

这个时候就体现了权势的重要性，这甚至不是有钱就可以解决的。

安子颜说："我不只是出钱，我也会想尽办法让人全世界去找，看有没有适合妍妍的心脏。这个我也无法保证一定能找到，我只能尽我所能去做！"

她的话让一旁陪着的护士都动容了，一个非亲非故的人，肯这样去帮妍妍，真的很难得了。

护士对王海生说："王先生，我看唐小姐是真心想帮妍妍的，而且之前医院也跟你说过，要再排到适合的心脏，最短也要等上三四年，这还是最短的，如果唐小姐愿意帮忙的话，妍妍说不定就有救了。”

护士想着妍妍，那么可爱，懂事又爱学习，画画也很棒，这么聪明有天赋的孩子就这样离开的话，真的是太让人遗憾了。

王海生深呼吸一口气，像是想通了。

他让护士先离开，面向安子颜，直截了当地问：“好，你告诉我，你有什么条件？”

她又是给钱做手术，又是帮忙找心脏，不可能没有条件。

如果能救妍妍，不管是什么条件……王海生在心里已经做出决定。

安子颜看他这么问自己，心里苦笑了一下。

她故意摆出高傲的表情，问他：“如果我让你把命给我呢？”

王海生几乎没有犹豫就回答：“好，可以。”

安子颜愣怔。

她听得出他语气里的认真，他这次完全是抱着豁出去的心态，只要能救妍妍，就算真的用他的命去换，他也愿意。

他是个好爸爸。

安子颜本来是没想提出什么条件的，但看他这样，好像她不提条件他就会不安，她便说：“你的命我就不要了，我只要你答应我一件事。”

王海生看着她：“什么事？”

看吧，他就知道她不可能没有条件。

她想让他做什么？

王海生在脑海里猜想了许多，比如她会让他去做什么伤天害理的事，甚至可能是杀人。

然而让他怎么也没想到的是，她说的却是……

安子颜说：“从今天开始，你不准再给妍妍买粉色的裙子，因为她不喜欢。以后尊重她的喜好，先问过她喜欢什么颜色、什么衣服再去买，别把你自己的喜好强行安给她。”

王海生怀疑自己听错了，她说的这是什么？

“这就是你的要求？”

安子颜点头：“对，目前就是这个要求。”

王海生还是不敢相信。

安子颜不想跟他说太多了，便带着韩胤希离开了医院。

此时夜色已晚，外面的夜幕已经布满了点点星辰，月儿高高挂起。

“几点了？”她问。

韩胤希看了看时间，说：“快晚上十点了，晚饭时间已经过了，我们现在吃东西的话，是夜宵时间。”

安子颜疲惫地叹了一口气，呢喃道：“希望妍妍没事……”

要救妍妍，最重要的不是正在做的这个手术，而是找到适合的心脏。

安子颜虽然答应了，但她也不知道该怎么办。

她本来想的是，跟唐父说一声，让他帮忙派人去找，唐家有权有势，应该会认识很多人。但是她怕唐父会问她为什么要这么尽心尽力去帮一个陌生人。

那她该怎么回答呢？

她要把唐沫颜以前做过的坏事全盘托出吗？

那当然不可以……毕竟她现在就是唐沫颜。

安子颜越想越头疼，连连叹息。

韩胤希似乎知道她在担心什么，把她的小手牵起来，握在手心中，拍了拍，说：“放心吧，心脏的事我会让人去找，你不用担心。”

至于能不能找到，就要看妍妍的造化了。

安子颜转头看向他，笑了一下，问：“你是不是有读心术啊？”

好像她在想什么，他总是能知道的样子。

就像之前在墓园里他安慰她的时候，说不是她干的，简直像是知道真不是她干的似的。

有时候她真怀疑他是不是知道她不是唐沫颜。

但是这怎么可能呢？

韩胤希笑着点了点头，深邃的黑眸望入她的眼，说道：“我是有读心术，但我只读你的心，其他人的，我不感兴趣。”

猝不及防被撩了，安子颜脸蛋微微发热，耳根都红了。

明知道他这是“渣男”的情话，但她还是听得心跳加速。

“你……你这种话，跟多少女生说过？”想起他的那些女朋友，安子颜就不由得感到堵心，醋意一下子涌上全身，酸得她浑身难受。

如果他没有那么花心就好了，如果他第一个喜欢的人是她就好了……

她突然感觉好妒忌，妒忌那个让他第一个明白什么是心动的女孩儿，那个他人生中仅有一次的初恋对象。

韩胤希手一扯把她拉到怀里，执起她的小手，放在唇边吻了吻，声音低沉且认真地说：“只有你，只有你一个。”

只有你，只有你一个。听到这样的话，谁能不心动？

安子颜感觉自己的小心脏都快要爆炸了。

这一刻她心甘情愿地相信他说的这句话是真的，哪怕是骗骗自己也好。

第 二 十 章

她和南司耀之间的小秘密

这天，韩胤希带安子颜出去吃饭，去的居然是上回南司耀带她去的那家夜景很美的米其林三星餐厅。

安子颜想起之前看到的照片，他是知道她和南司耀在这里被拍的，所以他今天特地带她来这里的？

她一时搞不懂他在想什么。

韩胤希绅士地拉开椅子让她坐下，然后才解释："本来想包下餐厅的，但想了想还是算了，人多点也热闹点，对吧？"

安子颜点头："对啊，我们就是吃个饭，用不着包下整个餐厅的。"

韩胤希神秘地勾唇而笑，摇头说："当然不只是吃个饭。"

安子颜疑惑："不然呢？"

韩胤希拍了一下手。

这时一小队乐手出现，齐齐拉着小提琴走到她面前。

安子颜笑了，这是在制造浪漫吗？

感觉不会就这么简单，所以她一脸期待地看着他。

韩胤希笑着，什么也不说。

这时又有人出现了，也是一小队人马，手中各自捧着一束花，还每一束都是不一样的，有白玫瑰、有红玫瑰、有香槟玫瑰……

安子颜第一次知道，原来玫瑰花有这么多种颜色。

一眼望过去好漂亮，还真是有一种让人心生甜蜜的浪漫感。

她看向他，嘴角藏着笑意，猜测道："不会还有礼物什么的吧？"

韩胤希打了一个响指："Smart girl（聪明的女孩儿）！"

安子颜眼中闪着隐隐的期待，等着他把礼物拿出来。

韩胤希勾起嘴角，提示道："打开你的包包看一下。"

安子颜打开了包包，在里面找到了一个锦盒。

这是……她打开锦盒一看，里面躺着一枚戒指，是很简单的戒指，上面还有些看不太清的纹路。

韩胤希说："拿起来。"

安子颜照他所说去做，拿起了戒指。

韩胤希把自己修长的手指递到她面前："给我戴上。"

安子颜哭笑不得："这不是送给我的吗？"

这个小气鬼，还在意着之前照片的事！

但她还是托起了他的手，慢慢地给他戴了上去。

她刚给他戴好戒指，他就一个反手握住了她的手。

安子颜甜蜜地笑着，问道："我的呢？"

韩胤希一边摸着她的手指，一边故作思考，喃喃地道："你的……会不会在花里面呢？"

他转头看向那些玫瑰花。

安子颜也赶紧望过去，猜测会在哪一束花里面。

难道要她一束束地找吗？

韩胤希笑了一下，又卖关子地说："或者会不会等一下推出来一个蛋糕，在蛋糕里面呢？"

安子颜转回头看着他，终于按捺不住，语气带着点自己都没察觉的撒娇："到底在哪儿啊？"

"又或者是……"韩胤希拖长了尾音，把手指移开，看着她的小手说，"在你的手上呢？"

安子颜一愣，顺着他的视线往下看，竟然发现一枚同款的戒指戴在自己的手指上。

她蒙了："这……你是什么时候戴上去的？"

简直就像变魔术一样，他居然还会这个？

韩胤希用指腹摩挲着她戒指上的纹路，勾唇而笑，一本正经地说：“因为我使了一个魔法，先警告你哦，这枚戒指戴上后，不管发生任何事，你都不能摘下来，要是你敢……呵呵，就会受到惩罚的，听到了吗？”

安子颜笑了，他好霸道啊，还不让她摘下来。

但她还是乖乖地点头，应道：“嗯。”

韩胤希执起她的手，跟他的手贴在一起，两枚戒指也合在一起，表面的纹路仿佛是连为一体的。

安子颜看不太懂上面的纹路是什么意思，感觉像是英文，可是又描得很花，但不得不说，很漂亮。

她问：“这是你定做的吗？”

韩胤希摇头。

安子颜不免有点遗憾，还以为他是很用心去定做的，原来不是啊。

毕竟定做的不一样，是独一无二的。不是定做的，那就是别人也能买到一样的戒指。

韩胤希黑眸含着笑，说：“我亲手做的。”

安子颜一愣，仿佛不敢相信地道：“真的？”

韩胤希挑眉看着她：“你怀疑我？”

这种简单的小东西，对他来说几乎没有难度。

连枪他都会制作，更何况是这么一枚小小的戒指。而且他用的还是特殊的材料，这对戒指绝对是全世界独一无二的，多少钱都买不到。

安子颜赶紧摇头：“我没怀疑你啊，只是很……惊讶。你是什么时候做的？我都不知道。”

韩胤希说：“你只要记住，不准摘下来、不准弄丢，知道了吗？只要你不摘，它基本不会自己掉下来。”

安子颜看着手上的戒指，越看越喜欢，尤其是两枚戒指放在一起的时候，真的很好看。

看得出他真的是很用心设计的。

她终于还是忍不住问：“这上面的纹路代表的是什么意思？”

这可是他精心设计的，哪儿可能轻易就告诉她呢？

韩胤希笑着说：“这就要你自己发现了，我可不会告诉你。”

这个要她自己发现，才有惊喜，如果他告诉她这上面刻的是他和她的名字，韩胤希和安子颜，她一定会吓到的吧？所以还是由她自己发现，自己去发觉他已经知道了她的身份，这样才有意义。

虽然早就猜到他不会这么容易地告诉她，但安子颜还是郁闷了一下。

“真的不能告诉我吗？”她都没意识到，自己完全是在撒娇。

韩胤希差点就要心软了，老婆用这么软的声音哀求，谁能受得了？

但他还是不能直接说出来。

他只好说道：“你就当作一个解谜游戏吧，等你解出来的时候，我给你一个奖励。”

安子颜觉得还挺有意思的，再加上她是个不服输的人，便同意了：“好，你说的哦。”

不就是解题吗？她就不信自己解不开这个谜题！

第二天。

安子颜和韩胤希还没进教室，只是刚走入校门，就被人发现两人戴了情侣戒指。

于是马上就有人把这件事发到了学校论坛上。

南司耀走在校道上的时候，就听到了身旁学生的议论，于是他也上了学校论坛，看到了那个帖子。

还有人拍下了安子颜和韩胤希手上的戒指，只是拍得不够清晰，依稀看得出是情侣戒，但看不清款式。

又有人开了一个帖子，开始扒这款戒指是什么品牌的，说韩少和唐大小姐戴的情侣戒绝对是奢侈品牌的，估计还是高级定制版。

南司耀拧眉，抬起自己手上的戒指看了一眼。

不知道为什么，心情有些不好，他把戒指摘了下来，随手放进裤兜。

等进了教室，他脸上恢复了吊儿郎当的表情，一屁股坐下的时候，看向安子颜说：“听说你们戴情侣戒了？哪个牌子的？”

安子颜摇头，说：“这个我不知道。”

她不好意思说是韩胤希自己做的戒指，感觉像是在炫耀。

南司耀啧了一声，道：“给我看看。”

他看一眼不就知道了吗？

韩胤希一口拒绝：“不给。”

韩胤希都这么说了，安子颜当然不敢给，只好抱歉地看着南司耀。

南司耀尽管不爽，但也不能怎么办，只好嘟囔道：“不给就不给，小气！”

最后两个字，他显然是对某个小气鬼说的。

南司耀越想越气，他之前送戒指给她，她不收，而韩胤希送给她，她就收，他到底哪里比不上韩胤希？

向来自恋的他有了一刻对自己的不自信。

这不行，他必须要挽回一点局势。

于是当天下午，趁着韩胤希不在的时候，南司耀递了一个盒子给她。

他还找借口说：“7月23号是你的生日，我那时候在国外，没能参加你的生日会，这个就当作补给你的生日礼物。”

闻言，安子颜愣住了。

7月23号？那也是她的生日！

唐沫颜居然跟她是同一天生日？

这个突然的信息在安子颜的脑中炸开了似的，让她脑壳隐隐发疼。

她完全没想到会有这样的巧合。

这也太不可思议了吧！她和唐沫颜居然会是同一天生日。

不，按两人同年级来算，她们应该也同龄。也就是说，她们是同年、同月、同日生的！

怎么会偏偏这么巧呢？安子颜想着重生的事，难道也是因为她们是同年、同月、同日生的关系吗？

她越想脑壳就越疼。

本来重生是一件很玄幻的事，不可能按任何逻辑去分析、思考它，但她现在有种感觉，冥冥之中可能有什么联系。

南司耀看她没有一口拒绝，正要高兴，就发现她在发呆。

他把手伸到她面前晃了晃：“喂？你打开看看，看喜不喜欢。”

他可是还特地问了人才买了这个礼物的，她必须喜欢才行。

安子颜还在思考刚刚的问题，无意识地打开了。

盒子里躺着一条漂亮的手链，是红玉髓的，非常精致，就算她不懂，也能猜到这是名牌货。

果然，就听到隔壁组的女生惊呼：“哇，这是B家新款的手链！我超喜欢这个颜色的，太好看了，要是我生日的时候有人能送我一条就好了。”

她的同桌调侃：“好几万块一条，谁会送给你啊？你还是做梦比较快。”

“人还是要有梦想的嘛，万一呢？”女生一边说，一边捧着双手做幻想状，还看了好几眼南司耀，接着向安子颜投以羡慕的眼神。

安子颜毕竟是女生，当然也喜欢漂亮的首饰，但是这个她不能收。

她轻柔地笑着，礼貌地把盒子推了回去：“这个礼物我不要。”

南司耀挑眉，又把盒子推回去：“为什么不要？因为不是韩胤希送的，你就不要吗？你这样我会很伤心的！”

安子颜正色说：“反正我不能要。”

南司耀睨了一眼她手上的戒指，嘴角微扬，但眼底毫无笑意：“他送你戒指，你就收，我送你手链，你却不要，我送的东西到底哪里比不上他送的了？”

明明在这之前，她跟他的关系更好，而韩胤希呢？对她完全是爱搭不理！

他又不是第一次送东西给她，以前她都收下，为什么现在不收了，只收韩胤希给的礼物？

是不是在她心里，韩胤希比他重要？

尽管他是明知道这个答案的，可这时候去细想，他心里就很不悦。

安子颜不想跟他吵架，好声好气地解释：“不是这个原因，你跟他不一样。”

南司耀冷笑：“对，我和他是不一样。他是你男朋友，哦不，未婚夫嘛！”

安子颜不解他为什么会发脾气。

既然这些他都知道，那为什么非要送她礼物？她跟他又不是那种关系，她收了他的礼物不就显得暧昧不清了吗？

平时可以交朋友，但是在这种事情上，安子颜分得很清楚，绝不会三心二意。

虽然她现在跟韩胤希的关系她也说不太清楚是怎样的，但至少名义上她是韩胤希的未婚妻，既然这样，她就不可以接受别的男人的礼物。

南司耀拿起那个盒子，睨着她问：“你真的不要？”

安子颜几乎没有犹豫就摇头说：“不要，但还是谢谢你的心意。”

南司耀冷着脸，头都没扭，就把手中的盒子扔了出去。

盒子准确地落入垃圾桶中。

安子颜皱眉，心里叹息，道：“你……”

南司耀一脸冷然：“你不要，那它就没有任何价值了。”

安子颜说：“你可以留着送给别的女生，或者把它给退了。”

至于要丢掉吗？还非要当着她的面丢掉。

她当然知道他就是故意在她面前发脾气的。

她发现，这家伙平时吊儿郎当的，实际上真的很孩子气。

隔壁组的女生一看他把这么贵的手链丢了，眼睛就像黏在了垃圾桶上，恨不得扑过去捡。

可是当着他的面，她又不敢这么做。

犹豫了很久，她才忍不住问他：“南少，你真的不要了吗？不要的话，那能不能……”

南司耀淡漠地说：“丢到垃圾桶里，那就是垃圾了。”

女生表示没听懂他的意思，所以他到底是要还是不要啊？

真是急死人了！他快点说啊，只要他说不要，她就可以去捡了。

女生很快发现，不止她一个人虎视眈眈地盯着垃圾桶。

这时一个人先动了，女生一惊，急忙也要冲过去，可是定睛一看才发现，走向垃圾桶的人是安子颜。

安子颜把盒子从垃圾桶里捡了出来，回到座位上，把盒子放在桌上，看着南司耀道：“你拿回去退了吧。”

好几万块呢！他不是说自己最近手头紧吗？像他这样花钱，多少钱够他挥霍的？

安子颜实在搞不懂这些有钱少爷在想什么，浪费成性，这个习惯要改才行。

南司耀的目光又忍不住从她手上的戒指上掠过，不知道为什么，每看一眼这戒指，他就有一种说不出的不爽感。

他不爽，那他就不想某人好过。

南司耀撇了撇嘴，说：“你该不会真以为，他是因为学生会的事才没来上课的吧？”

安子颜微微蹙眉，道：“你这话是什么意思？”

南司耀对上她的眼睛，说：“你根本不了解韩胤希，他没有你想的那么简单，他的很多事，你根本一无所知。”

安子颜没表露出什么表情，她心想，她的很多事韩胤希也不知道。

南司耀继续说："他以前交过多少女朋友，你知道吗？你知道为什么吗？"

安子颜当然知道韩胤希以前有过不少女朋友，但是为什么，这个她确实不知道。

她忍不住问："为什么？"

南司耀看她有反应了，露出得意的表情，勾着嘴角说："我为什么要告诉你？"

安子颜："……"

她怀疑他是想整蛊她才故意这样说的。

相比她刚刚的淡定和无动于衷，南司耀更喜欢看她现在的表情。

他往前凑近，用一种让人发毛的诡异眼神盯着她，然后慢悠悠地吐出一句话："我想你自己心里也很清楚，如果你不是唐大小姐，他还会喜欢你吗？"

如果你不是唐大小姐，他还会喜欢你吗？闻言，安子颜心头猛然震了一下。

这句话正好戳中了她的软肋，因为她不是唐沫颜，她根本就不是正牌的唐大小姐，她是假的。

南司耀欣赏着她骤变的表情，仿佛这是他早就预料到的结果。

他得意地轻扯嘴角，用只有她能听到的音量说："我早就说过，我知道你的一个秘密。"

秘密……安子颜惶惶不安地对上他的眼。

他知道？从他刚刚的这些话，她感觉他像是知道她不是唐沫颜。

可是他怎么会知道呢？

她想起了上次她去给妈妈送生日礼物，被他跟踪了，难道是他后来去调查了她？

但就算如此，他也不可能因此断定她是重生的吧？

安子颜总觉得哪里说不通。

重生这种事，如果不是当事人说出来，不是随随便便就有人能想到的。

虽然她不否认南司耀很聪明，但他又没有通灵，怎么可能猜得到这种事？

安子颜越想越是满头的问号。

正好这时上课铃响了，打断了她的思绪。

南司耀倒不急，慢悠悠地抽回身，然后顿了一下，又对她说："友情给你个提醒，你对韩胤希还是保留一点，别傻乎乎地把一颗心交给他，不然到时候他的目的达到了，把你抛弃的时候，你会哭得很惨。"

安子颜什么也没说。

南司耀转回头，优哉游哉地靠在她的桌子上，嘴里还哼着歌。

到了放学，安子颜收到了韩胤希的信息，说他有事赶不回来，让她自己先回公寓，他晚点会回去。

南司耀探头瞄了一眼，幸灾乐祸地笑着说："你不问问他去干什么吗？说不定是背着你去找别的女人呢？"

安子颜皱眉，把手机屏幕移开：这人连基本的礼貌都不懂吗？

幸好她这句没说出来，要是她说出来了，南司耀只会嗤笑，然后告诉她，别说礼貌，连道德他都没有。

对于任性妄为的他来说，这些东西是毫无必要的。

而且她自己不也是这样吗？

所以他一直说，他们俩是同一类人。

安子颜正色回答他："我什么都不会问，他做什么、见什么人，有他的自由，我不会去干涉他。"

她也没资格去干涉别人，就算韩胤希名义上是她的未婚夫，那也不代表她就可以干涉他所有的事。

南司耀不可置信地拍了拍手，啧了一声，说："原来我们唐大小姐这么善解人意啊，简直是楷模，所有的女生都应该向你学习。"

安子颜懒得跟他说了，今天跟他对话，让她感到很不舒服。

她收拾了东西，准备离开。

南司耀突然握住了她的手腕。

他坐着，她站着，明明是他自下而上地仰视她，可是他的气势不减反增，眼神带着压迫感。

"韩胤希正好不在，你欠我的两顿午饭不如就改成晚饭吧？一顿晚饭换两顿午饭，很划算吧？"

安子颜不太想跟他吃饭，便拒绝了："不了，明天中午再请你。"

南司耀偏偏执拗起来，态度强硬地说："我就要今晚。"

安子颜蹙眉，隐约觉得此刻的南司耀有些不对劲，之前他再怎么耍脾气，眼神也不会这样。

她不喜欢无法预料的局面，而且直觉告诉她，不能去。

所以不管会不会惹怒他，她还是再次拒绝了，摇了一下头，用坚定的语气说："不行。"

南司耀冷笑一声，讥诮地问："你就这么怕那家伙生气吗？"

她就这么在意韩胤希的感受？

那他的感受呢，她是不是半分都不在意？

真是差别对待呢！

尽管早就知道她有多偏心，但不知道为什么，南司耀今天格外不爽，胸口燃着一股自己都说不清道不明的怒气。

今天的晚饭，他就是非要她陪他一起吃！

他南司耀执意要的东西，还没有得不到的。

安子颜懒得解释，他想这么认为就这么认为吧，反正她现在也习惯拿韩胤希当挡箭牌了——好用就行。

南司耀看她默认的样子就来气，怒火像是被浇了汽油，烧得更旺盛了。

他微眯眼眸，朝她凑过去，用只有她能听到的声音说："我刚刚说的那个秘密，你不会想让韩胤希知道，对吧？"

安子颜拧眉看着他。

她真的很想搞清楚他所说的秘密是不是她重生这件事……

去还是不去？两个选项在她心中不安地摇摆。

终于，安子颜还是选择了"去"这个选项，因为她必须要搞清楚这件事。

"好，我去。"

南司耀露出胜利的表情："很好。"

安子颜低头瞥了一眼他握着自己手腕的手："你可以放手了吗？"

南司耀其实不想放，多握了几秒，才不情不愿地松开了手。

她的手腕好细，好像他随便一拧就能弄断。

这大概就是女孩子和男孩子的不同，弱与强，细与粗。

南司耀又眯了眯眼，一直以来他都认为唐沫颜是强的，再加上性格上的相似之处，他认为两人是同类，所以他选择了她。

现在他不知道为什么会有种感觉——她可以是弱的。

没关系，她可以躲在他身后，他会保护她。

虽然明明他从来不喜欢去保护别人。

在他看来，这个世界是强者生存的，不能自己保护自己的人，那就自然要被淘汰。

安子颜问他："走吧，去哪里吃？"

南司耀勾起嘴角，露出迷人的笑容："你请客，你说了算。"

安子颜想着他喜欢御膳居，那就去御膳居吧。

谁知，南司耀想了一下，说："不去御膳居，我带你去另一家。"

安子颜白了他一眼："早说让你选了。"

这家伙真是难伺候。

南司耀睨着她："你是不是在心里骂我，说我真难伺候？"

安子颜："……"

这家伙难道也会读心术吗？

两人到了他所说的餐厅。

安子颜原本还担心是像上次那种情侣餐厅，但还好，是一家高级日料店。

店里还有小溪流水的景观，布置得很雅致。

南司耀一脸求夸奖的表情："不错吧？喜欢吗？"

安子颜点头："还行。"

南司耀说："这里最适合情侣幽会了。"

安子颜脚步顿了一下，下意识地就想转身走人了。

南司耀像是看出了她的意图，笑了一下，说："这里是一个个包间的格局，而且隔音很好，在没客人允许时，服务员也不会随便进房间，所以这里很适合情侣幽会。"

安子颜听懂了。

南司耀往后退，迁就了她的步伐，侧身低头凑到她耳边说："尤其是像我们这样一男一女来，服务员很有眼色，还会……"

安子颜举手，阻止他说下去，道："我不想知道，谢谢。"

他们是来吃饭的，别说得好像他们是来幽会的好吗？

南司耀耸了耸肩："本来还有很多内幕想告诉你的，你真的不想知道？"

安子颜摇头："不用了，我只想安静地吃饭。"

吃完饭她就可以走人了。

南司耀一脸遗憾："有一次我还遇到隔壁的情侣在那啥，虽然说这里隔音很好，但就隔着一堵墙，还是能听到一些动静……"

安子颜受不了地打断他的话："你别说了行吗？我真的一点都不想知道！"

南司耀瞅着她："你真是一点八卦心都没有。"

安子颜不置可否。

谁都有八卦心，或多或少而已，但她不是什么都八卦的好吗？

而且跟男生聊这种话题，她感觉很奇怪。

在服务员的引领下，两人到了包间外。

包间外面就是一处小景，有流水，还种了一棵不知是什么品种的树，飘落了些许粉色的花，让这一处的景象显得格外别致。

如果没有他刚刚说的那些八卦，她对这里还挺有好感的。

两人进了包间。

这里的包间不算太大，但非常雅致，还是像日式的坐席，是坐在地上的。

"我不吃生的。"安子颜事先声明，还补充道，"最近肠胃有点不太好，不能吃生的。"

南司耀点头表示明白："那直接点一份怀石料理吧。"

说完，他就用日语对服务员下了单。

安子颜没想到他会说日语，还挺流利的样子。

她随手翻了一下菜单，正好就翻到了怀石料理那一页。

个、十、百、千、万……一份怀石料理居然要上万元？

这吃的是饭吗？这吃的明明就是钱吧！

难怪他要来这里吃了，看来是想宰她一顿。

南司耀问她："喝点酒吗？"

"不……"

她不能喝酒！

然而南司耀只是问她，并没有要听取她的意见的意思，问完她就直接对服务员说："还要一瓶樱花酒。"

他这句说的是中文，安子颜听懂了。

她翻到了饮品那一页，看到了樱花酒的价格，又惊了一下，一瓶酒居然比刚刚那份怀石料理还要贵！

看来他今天是抱着让她破产的心态来吃这顿饭的。

还好她现在是唐大小姐，有钱，请得起。

安子颜用了刚刚的借口，对他事先声明道：“这酒你得自己喝，我最近身体不好，不能喝酒。”

南司耀刚想说什么，手机振了一下，他拿起一看，眸中闪过一抹笑意。

他抬头看向她，饶有兴味地问：“你想知道韩胤希现在在哪儿，跟谁在一起吗？”

安子颜一顿，摇头说：“不想。”

南司耀笑了两声，似乎想要戳破她的谎言：“真的不想？”

安子颜不易察觉地抿了一下嘴唇，没有立刻回答。

她明知道他是故意的，想要挑拨她和韩胤希之间的感情，所以她不能上当，但不可否认她还是有些在意他的话。

韩胤希现在在哪儿，跟谁在一起呢？

如果不是有什么猫儿腻，南司耀不会用这样告密似的语气跟她说。

压下心头的疑虑，安子颜选择不上当。

她转而反问他：“你是不是派人跟踪他了？”

这家伙真是死性不改。

南司耀依旧是毫无廉耻地承认了：“是啊，你之前不是问我就那么喜欢跟踪别人吗？我现在可以回答你——是的！我也不知道为什么，就是特别喜欢挖别人的隐私。这是我的一个小爱好，嘘，我只告诉你一个人，你别告诉别人哦。”

安子颜：“……”

这是什么鬼爱好！他还一副很得意的样子是怎么回事？这是值得拿出来炫耀的爱好吗？

“你不觉得挖别人的隐私很有意思吗？”南司耀说到这个，眼睛就亮了，隐隐带着一股变态的兴奋，“那些不为人知的秘密、不能被知道的秘密，想要藏着掖着，你发现了，挖出了真相……那一刻，我告诉你，真的超级爽！”

安子颜对此不想评价。

其实这就是人性，越是藏着的，越是让人好奇想要知道。

南司耀只不过是大胆地做了很多人都想做的事。

他甚至连伪装都没有，就这样坦白地告诉她，自己是如何恣意妄为，这让她反而不知该如何斥责他。

南司耀眸中的笑意突然加深，他凑近几分，压低声音对她说："如果不是这样，我怎么会知道你的秘密呢？"

安子颜一僵，她的秘密……

这时她也想起自己答应跟他来吃饭是为了搞清楚这件事，所以她也不拐弯抹角了，在他主动提起的情况下，她顺势问道："我的秘密，你知道多少？"

南司耀邪气地舔了舔嘴角，眼神像是在勾人似的，盯着她说："你猜呢？"

安子颜微微皱眉，这让她怎么猜？她也不想猜。

看他那副自信的模样，就算没有知道十成，也差不多有八成吧。

她只是想知道他所说的秘密是不是她重生这件事。

不得不感谢重生这段时间她练就的演技，她淡定地低头玩着手指，微微一笑，说："我猜……你其实一点都不知道，你只是想讹我。"

南司耀又怎么会看不出她是想套他的话，看看他知道了多少。

他其实不介意跟她玩玩这种打哑谜的文字游戏，但他现在突然没兴致玩了，他更想看看她的秘密被他揭露后她惊慌的表情，那一定很精彩！

南司耀索性就大方了一回，对上她的眼睛说："你不是唐沫颜。"

安子颜心慌了一下，脸上的淡定无法保持了——他真的知道……

南司耀更直白地说："你不是唐氏夫妇的亲生女儿！"

安子颜脸色微变。

但是就算被这样直接地说出了事实，她也告诉自己，不能慌张。

只有傻瓜才会当场承认。

她很快收敛了情绪，皮笑肉不笑地对南司耀说："你乱说话，我可是会生气的。"

南司耀显然早就想到她不会承认，谁会那么傻呢？

他笑着把自己所知道的娓娓道来："众所周知，唐夫人是出了名的工作狂，明明临近预产期，可她还是坚持工作。17年前的7月23日，那天下了一场大暴雨，她在路上不小心动了胎气，当时已经赶不及去唐家预订好的私立医院，便去了最近的省妇幼医院，生下了唐家大小姐。

“当天，省妇幼医院有不少女婴出生，而在当晚，因为大暴雨的关系，医院拥进很多病人，甚至发生了停电事故，总之就是弄得乱糟糟的。

“第二天，唐夫人和刚生下来的唐大小姐被转到了私立医院。

“只是唐家人并不知道，他们抱走的并不是真正的唐大小姐。

“至于到底是有人故意调包了，还是护士不小心抱错了，这大概就只有老天爷知道了。”

安子颜听到他说“省妇幼医院”的时候，心头震了一下——她也是在这家医院出生的……

再加上他后面的话，她倒抽了一口气。

唐沫颜居然不是唐氏夫妇的亲生女儿？！

下一秒，她的脑海里浮现出爸爸每次指控妈妈出轨的画面。

妈妈一直以为，爸爸说做过亲子鉴定是骗她的，只是他有了“小三”想要跟她离婚的一种手段。而事实也证明，爸爸确实有“小三”，在跟妈妈离婚不到一个月后，就跟另一个女人结婚了，而且听说那个女人当时已经怀孕四个月了。

安子颜突然不敢去想南司耀所说的这个事件跟她有没有关系。

如果有关系……是不是就合理地解释了她重生到唐沫颜身上这件事并非偶然？

一切的因果关系，皆有因可寻。

南司耀一边说，一边观察她的表情，如他所愿地看到了她表情变得凝重。

咚咚——

门外响起敲门的声音，是服务员准备上菜了。

南司耀看了安子颜一眼，出声说：“进来吧。”

门被拉开，几个服务员鱼贯而入，把菜端上后，又井然有序地离开，还包间以清静。

南司耀说了这么多话，也感觉口渴了，便给自己倒了一杯樱花酒。

他一边品酒，一边欣赏她神情的变化。

他喝完一杯酒，放下杯子，继续说道：“上次我跟踪你去那个小区，你去找的那家人，就是你的亲生父母吗？”

太多的信息让安子颜一下子整理不过来。

如果不是她逻辑思维强，这时候估计想得脑袋都要爆炸了吧。

所以南司耀所说的秘密，便是唐沫颜不是真正的唐家大小姐这件事。

安子颜不知道自己是不是该松一口气，但不得不承认，南司耀不知道她是重生的这件事，确实让她感觉松了口气。

可是她想到唐沫颜竟然不是唐家的血脉，自己又正好和唐沫颜是在同一家医院同一天出生，再加上她重生的事，这些加起来，她就感觉不是那么简单了。

对于南司耀刚刚的问题，安子颜当然不会回答，甚至有些生气。

尽管知道他不是个讲信用的人，但他跟踪她也就算了，竟然又去查了她后来的事，这就很过分了。

所以她这次并不是假装出来的生气，而是真的生气了。

安子颜冷着脸一下子站了起来，睨着他说："你再乱说话，我真的要生气了。"

南司耀赶紧起身拉住她。

安子颜甩开他的手。

南司耀赔笑，语气讨好地说："别生气啊，你不高兴听的话，就当我编故事好了。现在故事也编完了，菜也上了，正好我们吃饭吧，我也饿了，你不饿吗？"

安子颜来之前就觉得饿了。

她站起来本来只是想给他一个警告，但站起来的瞬间她就真的想走了，她跟这个人真的没法待在一起。

但她低头看了看桌上摆满的食物，觉得不吃确实浪费，而且这些好贵啊，想到是自己要负责买单的，不吃太亏。她犹豫了一下，还是坐了下来。

她说："重复的话我不想再说一遍，你别再惹怒我。"

南司耀想看到的反应已经看到了，他也不想再说什么，便点头应了："好、好、好，不说了，吃饭吧。"

说着，他还想给她倒酒。

安子颜瞪了他一眼："都说了我不喝。"

南司耀拍了拍脑袋："我这脑子，忘了、忘了，你别生气。"

安子颜低头吃饭，不理他。

南司耀这次难得很安静，就乖巧地吃饭，没怎么说话。

等快吃完，安子颜放下筷子，就听到他问：“你是从什么时候知道你不是真正的唐家大小姐的？你知道的时候是什么心情？震惊，还是惊慌、恐惧、不安？”

她白了他一眼——不是说不说了吗？这人真烦，简直像狗仔队一样八卦。

想到他爱跟踪人，爱挖人隐私，不就是狗仔队的所作所为吗？

她轻哼道：“你是狗仔队投胎的吗？”

南司耀咧嘴笑着，答非所问：“我是属狗的。”

安子颜忍不住戗他：“狗改不了吃屎。”

南司耀端起酒杯喝了一口，用很享受的表情说：“我喜欢吃美食。”

安子颜懒得跟他多说，直接叫来了服务员结账。

付钱后，她想着欠他的饭总算是还清了。

南司耀有恃无恐地说：“走，我送你回家。”

安子颜哪儿可能让他送，要是回到公寓正好让韩胤希撞见了怎么办？

所以她当然是拒绝了：“不用了，我叫了车来接我。”

还好她机智地让唐家派车过来了。

南司耀耸肩，吊儿郎当地说：“那真是可惜了，本来还想在车上跟你聊聊的。”

安子颜才不想跟他聊天了，直接给了他两个字：“再见。”

南司耀跟她一起到了门口，果然看到唐家的司机等在门口。

一看到她出现，唐家的司机便毕恭毕敬地拉开车门。

“沫颜！”突然，他喊她。

安子颜停下脚步，回头看着他。

南司耀竖起一根食指，放在嘴边做了一个嘘的手势，道：“刚刚说的事，是我们之间的小秘密哦。”

安子颜白了他一眼，转头上了车。

身后传来他愉悦的笑声。